Cedrik Ferner

Das Schicksal von Araquest 1

AF199422

Das Buch

Emiron kann es nicht fassen: Jahrelang durchstreift er mit seinem Meister die Länder von Araquest und jetzt, fast am Ende seiner Ausbildung zum Nomendi, soll sich auf einmal alles für ihn ändern. Nicht nur, dass die Elfen alarmiert den Süden verlassen, auch trachtet ihm ein unbekanntes Wesen nach dem Leben.

Am Ende stellt sich ihm eine folgenschwere Entscheidung, die das Schicksal von ganz Araquest bestimmen wird…

Der Autor

Cedrik Ferner wurde 1990 im Ruhrgebiet geboren und verschlang schon als Kind Geschichten, wie andere ihre Süßigkeiten. Mit der Veröffentlichung seines ersten Romans *Dunkle Schatten* erfüllte er sich selbst einen großen Traum. Weitere Bücher werden noch folgen.

Das Schicksal von Araquest

Dunkle Schatten

Ein Roman
von Cedrik Ferner

Bibliografische Information der Deutschen Nationalbibliothek:
Die Deutsche Nationalbibliothek verzeichnet diese Publikation in der
Deutschen Nationalbibliografie; detaillierte bibliografische Daten
sind im Internet über http://dnb.dnb.de abrufbar.

Lektorat: http://www.dualect.de/
Covergestaltung: Copyright © 2014 Nadine Ferner
Elfische Schrift: Elvish von Lillian Frank (dafont.com)

Herstellung und Verlag: BoD – Books on Demand, Norderstedt

ISBN: 978-3-7504-2404-3

Vorwort

Manch einer wird sich jetzt sicher fragen, warum Autoren so oft zu einem Vorwort neigen. Die wohl am weitesten verbreitete Meinung ist, dass es sich bei einem Vorwort nur um nervtötendes Blabla handelt, das mit der eigentlichen Geschichte nichts – oder nur wenig – zu tun hat. An sich stimmt das ja auch. Aber auch wenn es manchmal recht steif und langweilig sein mag, gehört es doch zu einem Buch dazu. Schließlich räumt es dem Autor Platz ein, um sich ein wenig auszutoben und seine Gedanken über die Entstehung des Buches mitzuteilen. Jetzt könnte man fragen: Und wer will das bitte wissen? Nun, bis vor wenigen Monaten – ja, Monaten! – der Autor selbst. Hä? Wurde dieses Buch nicht von dem Autor selbst verfasst und sollte er also nicht auch wissen, was in seinem Vorwort steht?

Dieses Buch ist ein wenig – tja, speziell, wenn man es so nennen darf. In diesem Fall wendet sich nämlich nicht der Autor an seine Leser. Nicht, weil er keine Lust dazu hätte oder nicht weiß, was er schreiben soll, sondern weil ihm mein Vorwort besser gefiel. Warum? Nun, er wusste von den Gegebenheiten des Drucks dieses Buches zuerst nichts – zumindest so lange nicht, bis er es das erste Mal in den Händen hielt. Und da hatte ich dieses Vorwort bereits einmal so ähnlich verfasst. Hier ergreife ich an seiner statt das Wort, und wie ihr sicher bemerkt habt, verzichte ich hier auf die »nötige« Form. Es liest sich meiner Meinung nach ohne einfach besser.

Wer ich bin, dass ich mir solche Freiheiten erlauben kann? Nun, ich habe dieses Buch für ihn erstmals rezensiert, anschließend ein wenig korrigiert, das Cover entworfen, die

Karte gestaltet, dieses Vorwort geschrieben und, nicht zu vergessen, das erste Exemplar des Buches drucken lassen – also eigentlich fast alles. Aber auch nur fast. Schließlich ist es ja noch sein Buch und nicht meines. Da er nicht auf das Vorwort verzichten wollte, sollte ich statt seiner das Wort ergreifen.

Ich könnte euch jetzt viel erzählen. Wie viel Zeit, Muße und Gedankengut in dieses Werk geflossen sind, was es ihm bedeutet und so weiter, aber das tut ja irgendwie schon jeder Verfasser. Es wird mal Zeit für etwas anderes. Deswegen werde ich nichts über seine Gedanken sagen. Ja richtig, es kommen an dieser Stelle keine Gedanken zur Erstellung dieses Werkes. Allerdings werde ich meine Gedanken kurz darlegen, die mit der Entstehung dieses Buches aufkamen.

Er wusste nicht, ob er es veröffentlichen sollte oder nicht – ein typischer Selbstkritiker eben. Ich wollte ihn irgendwie dazu bringen, sich für eines von beiden zu entscheiden, was mir, wie man sieht, gelungen ist. Allerdings wusste ich damals noch nicht, wie ich ihn dazu bringen kann, bis mir die Idee mit dem Buchdruck einfiel. Es sollte ein kleines Geschenk werden, als kleine Hilfestellung zur Entscheidungsfindung, frei nach der Frage: Was will ich eigentlich?

Es ist was anderes, sein fertiges Werk in den Händen zu halten, als nur theoretisch davon zu sprechen. (Die Buchschreiber unter euch werden sicher wissen, was ich damit meine.) Was draus geworden ist, seht – oder besser lest – ihr hier. So viel aber an dieser Stelle dazu.

Mein Dank gilt vor allem Frau Martina Takacs (www.dualect.de). Sie hat keine Mühen gescheut, mir – über einen ganzen Monat hinweg! – viele hilfreiche Tipps zu geben, wie man das Buch verbessern könnte. Und nun? Nun möchte ich euch nicht weiter vom Lesen abhalten.

Suche nicht die großen Worte, eine kleine Geste genügt.
– Phil Bosmans

In diesem Sinne – viel Spaß! Und mal ehrlich, das Vorwort zu lesen, war doch gar nicht so schlimm, oder? Obwohl ich zugeben muss, dass ich selbst kein Freund davon bin. Das ist aber wieder eine andere Geschichte …

Eure Nadine Ferner

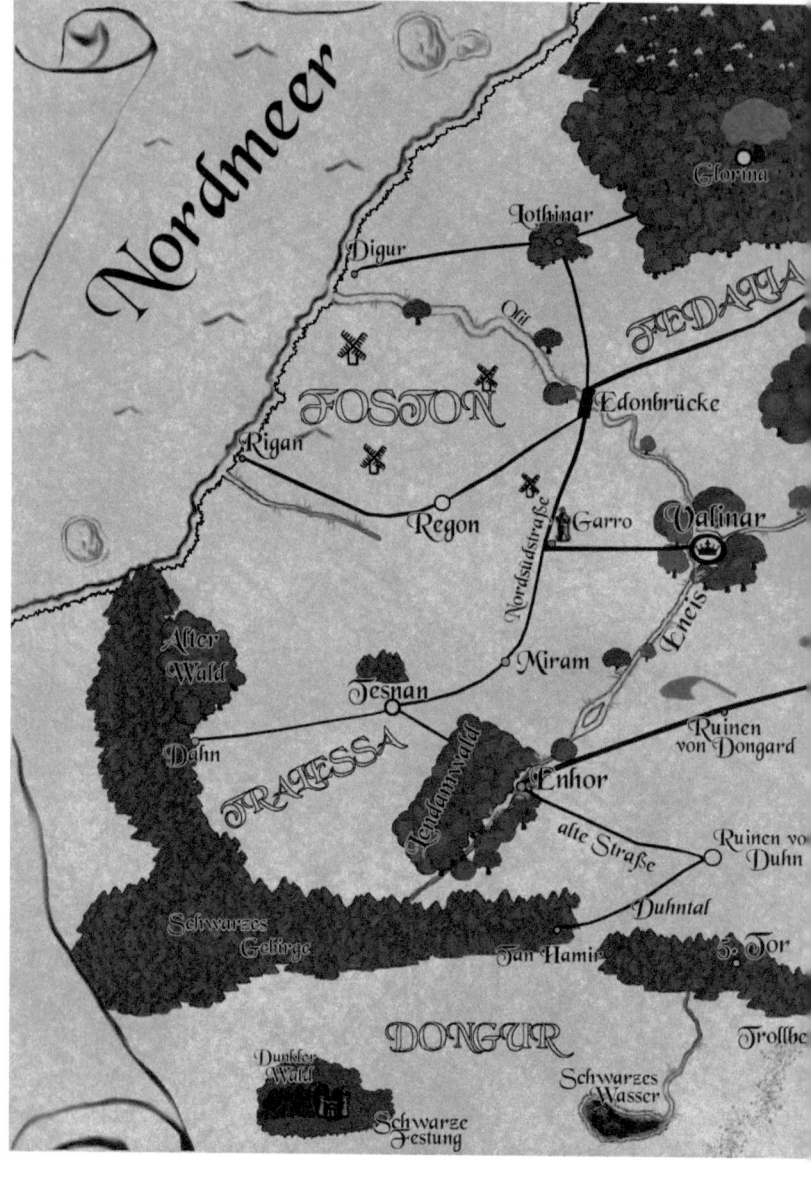

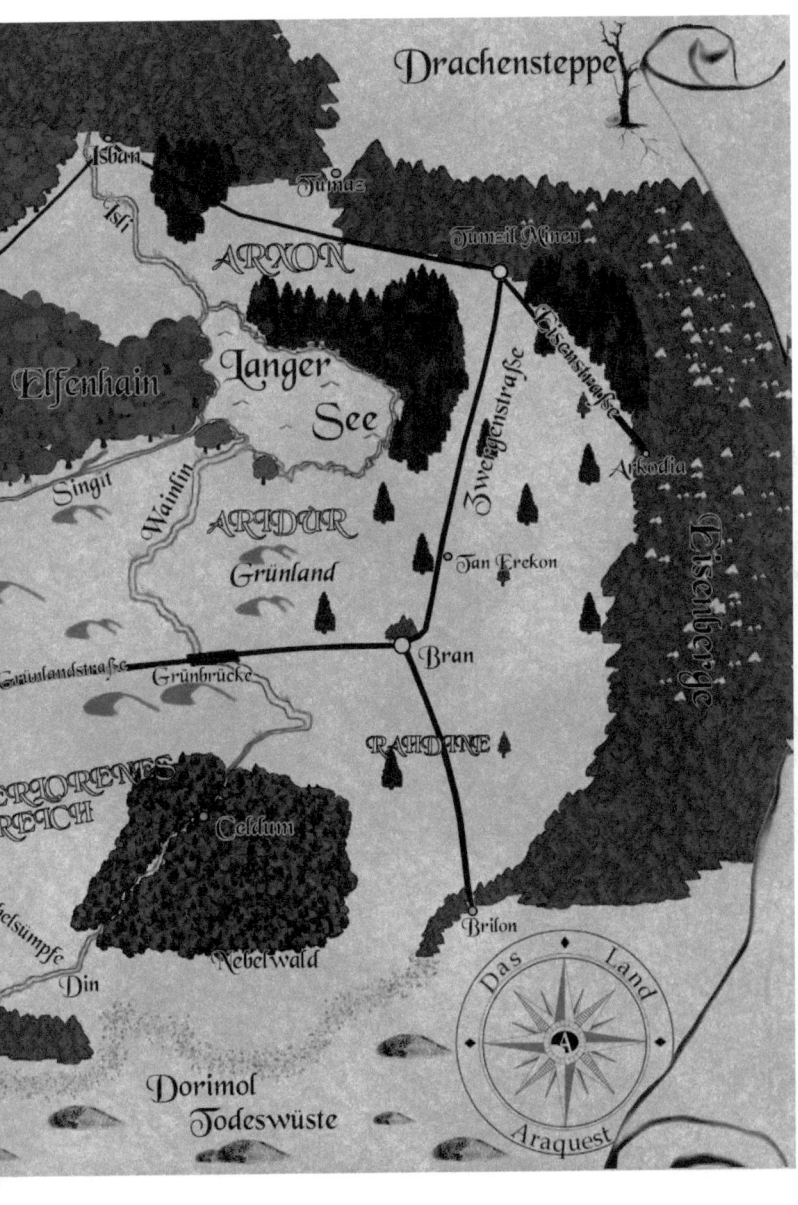

Prolog

Die Schatten wurden länger und dunkler. Ein kühler Windhauch jagte durch die engen Gassen. Eldrit rannte mit bebendem Herzen an heruntergekommenen Fassaden vorbei. Aus einzelnen Fenstern züngelten rote Flammen. Vom Grauen gepackt wagte er nicht, sich umzusehen. Überall auf den Straßen lagen Tote, deren leere Augen an den dunkler werdenden Himmel starrten. Ein süßlicher, fauliger Geruch nach Verwesung und Tod drang ihm in die Nase, was ihn dazu bewegte, noch schneller zu laufen. Sein Haar war bereits schweißnass und klebte ihm auf der Stirn. Er wusste, dass sein Leben hier ein jähes Ende finden konnte, doch sein Ziel musste er dennoch erreichen, bevor alles zu spät war. Er musste raus aus diesem Dorf, zurück nach Lothinar, um Hilfe zu holen. Seine Hände zitterten. Es war, als wäre er in einem Albtraum gefangen, einem Traum, den er nie zu träumen gewagt hätte. Die Welt musste erfahren, was im Süden vor sich ging, und er war der Einzige, der übrig geblieben war, um diese Aufgabe zu erfüllen. Wo war bloß der Weg, der aus dem Dorf führte?

Er bog in eine kleine Seitengasse ein. Auch hier nahm er den abscheulichen Geruch wahr, während er weiterhetzte und gleichzeitig gegen das Schwindelgefühl und die nahende Ohnmacht ankämpfte. Das Schwert stieß ihm beim Laufen immer wieder gegen das Bein und der Umhang umwehte ihn. Die untergehende Sonne verschluckte die ersten Schatten. Eldrit nahm alle Kräfte zusammen und murmelte ein paar Worte. Jetzt strahlten seine Augen in einem grünen Licht.

Er erreichte das Ende der Gasse so plötzlich, dass er Zeit brauchte, um sich neu zu orientieren. Am Rand einer breiten, gepflasterten Straße standen einzelne kleine Handelshäuser nahe beieinander. Im selben Moment entdeckte er etwas, das ihn mit Grauen erfüllte. Die Straße führte zum Marktplatz, und von Weitem erkannte er, dass sich dort einige dunkle Gestalten in einem aufkommenden dünnen Nebel bewegten. Er spürte, wie sein Körper sich gegen seinen Willen wehrte, spürte, wie ihm die Beine zitterten und die Brust schmerzte. Doch er wusste, er durfte nicht stehen bleiben – nicht jetzt, nicht hier. Nun hatte er die Möglichkeit, dem Grauen selbst entgegenzutreten, bevor es ihn finden und verschlingen würde, und allem ein Ende zu bereiten, bevor es zu spät war.

Er rannte in Richtung Marktplatz und lauschte auf Geräusche, konnte jedoch keinen laut wahrnehmen. Einzig die Stille des unausweichlichen Todes umgab ihn wie ein übler Fluch, der nach ihm tastete. Keuchend kam er den dunklen Wesen näher. Sein Körper schrie nach Ruhe und Erlösung, die Augen drohten, ihm den Dienst zu verweigern. Ein Zustand der Benommenheit erfasste ihn, und alles war verschattet und undeutlich. Weißer Nebel stieg kalt und undurchdringlich vor ihm auf. Er packte fest den Griff des Schwertes an seinem Gürtel, spürte Hoffnungslosigkeit nahen, als er erkannte, welche Gestalten dort auf dem Platz standen. Es waren Dorfbewohner, die ihn aus leeren, toten Augen anstarrten.

Mit zitternder Hand zog er das Schwert aus der Scheide und hob es, bereit zum letzten Kampf. Nun gab es kein Entkommen mehr. Dies war das Ende seiner Geschichte.

Eine andere Gestalt in der Mitte drehte sich zu ihm um, und ihn überkam eine Furcht, die er nie zuvor verspürt hatte. Er sah rot funkelnde Augen und lange, spitz zulaufende Ohren. Mit einem breiten Grinsen blickte das Wesen ihm direkt ins Gesicht. Eldrit stolperte und fiel auf die Knie. Kalte

Schauer liefen ihm über den Rücken und das Schwert entglitt ihm. Mit letzter Kraft stammelte er, ungläubig, mehr an sich selbst als an das Wesen gerichtet: »Das kann nicht sein.« Er wusste, dies bedeutete das Ende jeder Hoffnung. Ihm wurde schwarz vor Augen.

I

Die alten Bäume des Lendamwaldes schufen mit ihren dichten Laubkronen ein großes Sonnendach, das einen angenehmen Schatten warf. Zwei Reiter bewegten sich, der alten Waldstraße folgend, nebeneinander. Beide trugen Umhänge derselben Art aus braungrünem Stoff, die ihre Rüstung und die Waffen verbargen. Wäre jemand auf die Reiter aufmerksam geworden, hätte er nicht erkannt, wer sie wirklich waren.

»Es ist nicht mehr weit, Emiron. Gleich wird die Stadt in Sicht kommen.«

»Meint Ihr, es wird Probleme geben?«

»Für jedes Problem auf Erden gibt es eine Lösung. Vertrau dir selbst, dann wirst du sie stets finden.«

Emiron mochte Amils Sprüche. Sie waren fast immer klug und lehrreich, und meist kam alles, wie er es vorhergesagt hatte. Er konnte jede Lage zuverlässig einschätzen und behielt auch in scheinbar ausweglosen Situationen immer die Oberhand. Amil war nun schon seit neun Jahren sein Lehrmeister, und sie hatten sich immer aufeinander verlassen können. Schon damals, als Amil ihm als Meister zugewiesen worden war, hatte er eine große Verbundenheit zu ihm gespürt. Und stolz war er gewesen, denn es gab unter allen Nomendi – den Leuten vom altehrwürdigen Volk aus dem Norden – nur wenige, die mit ihm vergleichbar waren. Er war hochgewachsen und noch immer gut durchtrainiert. Seiner ruhigen Art zum Trotz machte seine Statur jedem schnell klar, dass er sich gut zur Wehr setzen konnte, wenn es darauf ankam.

Emiron hielt sich zwar auch für muskulös, wusste aber, dass er noch eine gehörige Portion Schlaksigkeit an sich hatte. Gedankenverloren war er hinter Amil zurückgefallen, der jetzt den Schritt seines Pferdes verlangsamte und sich zu ihm umdrehte. Auch Emiron zügelte sein Tier und schaute fragend in das ernste Gesicht des Meisters, das kaum Spuren seines wahren Alters zeigte. Allein ein paar graue Strähnen durchzogen sein dunkles Haar.

»Wir sind fast am Ziel«, sagte Amil. »Die Tore Enhors werden gleich in Sicht kommen. Ich weiß nicht, was genau uns in der Stadt erwartet, sei also wachsam.« Er zog sich die Kapuze des Umhangs über, sodass sein Gesicht fast vollständig verdeckt war, stieg mit einem eleganten Schwung vom Pferd und nahm die Zügel fest in die rechte Hand.

Emiron tat es ihm gleich, und beide gingen zu Fuß, die Pferde mit sich führend, weiter. So musste man sie für zwei einfache Reisende halten, die müde von einem langen Ritt eine Unterkunft in der Stadt suchten.

Der Wald lichtete sich, und die warme Julisonne schien auf ihre Gesichter. Von Weitem konnte Emiron jetzt die Stadtmauer von Enhor erkennen. Sie war aus großen grauen Steinen erbaut, die Feinde gleichzeitig beeindrucken und abwehren sollten.

Sie erreichten eine Biegung und konnten sehen, dass ihr Weg sie direkt zu einem schweren Holztor führte, das in die dicke Mauer eingelassen war. Zwischen dem Wald und der Stadtmauer erstreckte sich eine weite Graslandschaft. Bei den wenigen Bauernhäusern im Schatten der Mauer ging es geschäftig zu. Manche Bauern befuhren mit ihren Karren den Weg, andere, die vielleicht kein Fuhrwerk besaßen, schleppten ihre Waren selbst Richtung Stadt. Auf den Gesichtern spiegelten sich beim Anblick der beiden Reisenden sowohl Anspannung als auch Furcht. Auch einige Menschen in Rüstung – augenscheinlich Krieger und Stadtwachen – waren auf dem Weg zum Stadttor.

Als sie sich der Stadt näherten, deutete Emiron verhalten auf das Tor. »Es wird bewacht. Jedoch verstehe ich nicht, warum uns die Menschen hier mit einer solchen Abneigung betrachten.«

»Wahrscheinlich geht auch hier schon die Angst vor Fremden um. Ich habe das befürchtet. Versuch, den Augenkontakt zu vermeiden, und benimm dich ganz natürlich.«

Beide achteten darauf, ihr Tempo beizubehalten. Die Wachen am Tor sollten nicht denken, sie fürchteten sich oder hätten etwas zu verbergen.

»Egal, was passiert, es werden keine Waffen eingesetzt. Jedes Aufsehen ist zu vermeiden«, sagte Amil mit Nachdruck, kurz bevor sie das Tor erreichten. »Die Wachposten übernehme ich, halt du dich zurück«, ergänzte er mit leiser Stimme.

Emiron nickte leicht und achtete darauf, dass sein Umhang Rüstung und Schwert vollkommen verdeckte. Er hätte nichts dagegen gehabt, seine Kampfkünste anzuwenden, allerdings wäre es hier wirklich unklug gewesen – und vor allem unnütz. Aufsehen in der Stadt führte zu weiteren Schwierigkeiten und gefährdete die ihnen zugeteilte Aufgabe. Und das war das Einzige, was zählte, dass sie ihren Auftrag so gut wie möglich erledigten. Emiron war stolz darauf, dass er Amil in dieser heiklen Angelegenheit begleiten durfte, denn es ging um etwas wirklich Wichtiges.

Er dachte daran zurück, wie er vor einigen Tagen in der Kaiserstadt Valinar vom Kaiser selbst mit seinem Meister ausgeschickt worden war, um Informationen zu einer seltsamen Krankheit in den südlichen Teilen Tralessas zu sammeln. Dort, so hieß es, würden ganze Bauernschaften und Dörfer dem Tod zum Opfer fallen. Zudem bestand Grund zu der Annahme, dass es nur eine Frage der Zeit war, bis Enhor selbst betroffen wäre. Nun waren sie unterwegs zum Fürsten der Stadt, um ihn vor dem nahenden Unheil zu warnen und von ihm nach Möglichkeit weitere Hinweise einzuholen.

Es würde nicht einfach sein, das wusste er. Der Fürst von Enhor war bekannt dafür, seinen Willen auch gegen Widerstände durchzusetzen, aber mit Amil an seiner Seite war er guter Dinge. Es erfüllte ihn mit Freude und Stolz, dass sein Meister ihm vertraute, und er würde ihn nicht enttäuschen.

Am Tor angekommen bedeuteten ihnen die Wachposten, stehen zu bleiben. Die Wachen hatten alle ein leichtes Kettenhemd an und trugen einen Speer in der Rechten. Zudem hatte jeder von ihnen ein langes Schwert am Gürtel, das jedoch eher alt und abgenutzt als bedrohlich aussah. Amil hatte leicht gebeugt vor dem ersten Wachmann auf der rechten Torseite angehalten, sodass er müde und wie ein alter Reisender auf der Suche nach einer Unterkunft wirkte.

Der Wächter musterte sie gelangweilt. Seine dunklen, verfilzten Haare, das vernarbte Gesicht und die breiten Schultern sprachen für sich. »Wer seid Ihr? Was wollt Ihr in Enhor?«, schnaubte er.

Amil, der sich davon augenscheinlich nicht beeindrucken ließ, setzte ein harmloses Lächeln auf. »Mein Name ist Amil, und dies ist mein Gefährte Emiron.« Er deutete mit einem Kopfnicken auf ihn. »Wir sind Reisende und suchen eine warme Unterkunft. Es heißt, Enhor sei eine einladende Stadt für jedes wandernde Volk.« Beim Sprechen veränderte sich seine Stimme. Sie klang weder monoton noch besonders betonend, sondern wie eine fremde Art von Musik. Auch seine Augen verwandelten sich. Ihr trübes Grün wurde leuchtend, ja strahlte fast. Es war ein tiefes und magisches Funkeln, so als bewege sich etwas in ihnen.

Emiron wusste, dass sein Lehrmeister Magie einsetzte. Der Wachmann war für einen Augenblick wie erstarrt, unfähig, sich zu rühren. Gerade als Emiron schon fürchtete, dass die Willenskraft des Mannes zu groß wäre und er sich gegen Amils Magie würde behaupten können, nickte er und ließ sie passieren.

Die Stadt Enhor war in den alten Zeiten während der Herrschaft des Reiches Duhn am Fluss Eneis von Menschen gebaut worden. Im Zentrum des Königreichs Tralessa gelegen, diente sie seit jeher als einer der wichtigsten Handelspunkte. Von hier aus wurden Waren aus fast allen Königreichen von Araquest gehandelt und im ganzen Reich und darüber hinaus verteilt. Die Stadt bestand aus mehreren Teilen: der Altstadt im Südosten, der Hafenanlage im Osten, dem zentral gelegenen Marktplatz, der Festungsanlage im Norden und dem großen Wohn- und Handelsgebiet im Westen und Nordosten. Der Stadtteil, der älter als jeder andere Teil Enhors war, bestand aus Lehm- und Holzhäusern, deren Dächer zumeist mit Stroh abgedeckt waren. Enge, dunkle Gassen, die der Gegend einen tristen Eindruck verliehen, kerbten den Ortsteil ein. Weiter im Norden lag der Hafen Enhors, dessen Hafenbecken in den nahen Fluss Eneis mündete. Hier lagen einige Handelsschiffe der Menschen vor Anker, aber auch welche aus den Elfen- und Zwergenreichen. Viele Waren verschiedenster Art wurden hier täglich be- und entladen, darunter Wein aus dem sonnigen Osten, Schmuck, Wertstücke und Gestein aus den Zwergenbergen Dahn und Arxon, aber auch Nahrung aus allen Teilen der Welt. Um die gesamte Hafenanlage und die Stadt erhob sich schützend die große Stadtmauer aus grauem Stein, die sich vom Hafenbecken bis zur Flussmündung im Osten erstreckte. Betrat man Enhor durch das südliche Stadttor, das eigentliche Haupttor, so stand man auf einer gepflasterten, breiten Straße, die direkt zum zentralen Marktplatz der Stadt führte.

Emiron trat mit Amil durch das südliche Tor auf die gepflasterte Hauptstraße, die ins Stadtzentrum führte. Sie hielten ihre Pferde an den Zügeln, denn bei der großen Menschenmenge konnte man kaum reiten. Zudem vermieden sie so unnötige Aufmerksamkeit.

Viel mehr Soldaten als nötig befanden sich auf der Straße. Emiron sah sich um und entdeckte rechts viele kleine Gassen, die in den alten Teil Enhors führten. Zu seiner Linken standen große Handels- und Wohnhäuser aus Holz und Stein nahe beieinander und schienen auf die Passanten herabzusehen. Ihre geschlossenen kleinen Fenster wirkten wie Augen, die das Geschehen auf der Straße gelangweilt beobachteten.

»Ich war noch nie in dieser Stadt, hörte aber allerlei Dinge über den hier gehandelten Reichtum«, bemerkte Emiron. Sein Pferd wieherte leise, als er etwas fester an den Zügeln zog. Einige Händler schauten ihn im Vorbeigehen kurz an, liefen aber dann gleichgültig weiter.

»Dies ist wohl eine der wichtigsten Handelsstädte des Landes – oder sogar des gesamten Kaiserreiches.« Amil sah Emiron nicht an, als er sprach, sondern ließ den Blick prüfend über den Weg gleiten. »Das wiederum ist wohl mit ein Grund, warum die früher in dieser Stadt regierenden Fürsten stets besondere Privilegien innehatten. Manch einer meint sogar, der Fürst von Enhor sei dem König des Reiches Tralessa gleichgestellt.« Er zog an den Zügeln, und sein Pferd folgte ihm in die angegebene Richtung – in eine kleine Gasse, die zur Altstadt führte. Nachdenklich fügte er hinzu: »Natürlich sind solche Behauptungen immer gefährlich. Schon vor langer Zeit gab es einen Fürsten, der die Macht des Königs anzweifelte. Doch diese Geschichte ging für ihn nicht ganz so gut aus.«

Amil bog nun nach rechts in eine noch engere Gasse ein. Die Häuser standen hier näher beieinander, und ein übler Geruch wehte Emiron in die Nase. Eine Katze sprang, von ihnen aufgescheucht, fauchend davon.

»Wohin genau gehen wir, Meister? Müssen wir nicht sofort zum Fürsten der Stadt?«

Emiron wusste natürlich, dass Amil einen Plan hatte. Er hatte immer einen. Es war ihm jedoch zur Gewohnheit geworden, zu fragen.

»Ich hoffe darauf, jemanden zu treffen, der uns in unserer Sache weiterhilft. Außerdem sind dir sicher die vielen Soldaten aufgefallen. Recht ungewöhnlich, wenn du mich fragst, selbst für diese große Stadt.«

»Dann denkt Ihr, dass der Fürst sein geplantes Vorhaben durchführen wird?«

»Genau das ist mein Gedanke. Mir scheint, wir kommen gerade noch rechtzeitig.«

Die Gasse tat sich zwischen zwei brüchigen Ziegelmauern auf und führte auf einen kleinen Platz, der von vielen schäbigen Bauten umschlossen wurde. In seiner Mitte stand ein alter, reich verzierter Brunnen mit der Statue eines unbekannten Kriegers darin. Überall mündeten weitere

Gassen auf den Platz, auf dem einige Stände aufgebaut waren und Menschen lautstark ihren Handel abwickelten.

Ihnen gegenüber auf der anderen Seite des Platzes stand ein schäbiges altes, aus Holz und Lehm erbautes Gasthaus. Es sah aus, als würde es jeden Moment in sich zusammenfallen. Ein abgenutztes und kaum mehr lesbares Schild schwang über der Tür, auf dem stand: »Gasthaus Graubräu«.

Sie führten ihre Pferde über den Platz zu der Gaststätte. Emiron folgte seinem Meister zu den Stallungen, die noch schäbiger aussahen als das Haus. Hier herrschte gähnende Leere. Offensichtlich kamen nur selten Lasttiere hier vorbei. Als er mit Amil die Stallungen betrat, kroch ihm ein schrecklicher Geruch von altem Pferdemist in die Nase. Ein Junge kam aus einer dunklen Ecke hervor und schritt selbstbewusst auf sie zu. Sein blondes, struppiges Haar erinnerte an Stroh. Er war wohl nicht älter als elf Jahre, versuchte aber, eine gewichtige Miene aufzusetzen, als er sprach: »Ich bin Preston und bin hier der Stalljunge. Was kann ich für Euch tun? Wollt Ihr Eure Pferde hierlassen?«

Emiron wunderte sich, dass ein Junge in diesem Alter sich in so einer Gegend um die Stallungen kümmerte. Amil sah nicht verwundert aus. Als er antwortete, war seine Stimme freundlich, aber bestimmt.

»Wir sind Reisende aus dem Norden. Unsere Tiere haben einen langen Weg hinter sich. Gib ihnen Unterkunft und frisches Futter.« Sein Blick blieb auf die Augen des Jungen gerichtet, und für einen kurzen Moment sah Emiron eine Mischung aus Neugier und Interesse in Amils Gesicht aufflackern, jedoch wusste er es gekonnt zu verbergen, sodass der Junge sicher nichts davon mitbekam. Preston nahm die Zügel der großen Pferde entgegen und wollte die Tiere gerade zum Stall führen, als Amil erneut sprach: »Sag, mein Junge, möchtest du dir ein paar Münzen zusätzlich verdienen?«

Der Blondschopf horchte auf. »Was müsste ich denn dafür tun?«

Amil zog sich die Kapuze vom Kopf. Sein wettergegerbtes Gesicht offenbarte ein Lächeln. Als er sprach, senkte er die Stimme zu einem Flüstern, wie um sicherzugehen, dass nur Preston und Emiron ihn hören konnten. »Bring unsere Pferde im Morgengrauen gesattelt zu den Grabhügeln am Rande des Waldes vor der Stadt. Wir werden dich dort treffen, ehe die ersten Sonnenstrahlen die Gipfel der nahen Bäume erreichen.«

»Und warum nehmt Ihr Eure Pferde nicht selbst wieder mit, wenn Ihr aufbrecht?«

Emiron spürte die Neugier des Jungen fast körperlich und musste lächeln.

»Wir werden unsere Gründe haben, meinst du nicht?«, gab Amil gemessen zurück.

»Gut, dann gebt mir jetzt das Geld.«

Emiron fand es etwas frech von dem Jungen, gleich Geld zu verlangen, doch Amil schien keinen Grund zu sehen, ihm die versprochenen Münzen zu verweigern, denn er zog sogleich einen kleinen Geldbeutel aus dunklem Leder aus einer der tiefen Taschen seines Umhangs. »Zwei Silberlinge bekommst du jetzt und vier weitere morgen, wenn du mit unseren Tieren zu uns stößt.«

Der Junge schaute staunend auf die Münzen in Amils Hand. Was er auch erwartet hatte, das war es mit Sicherheit nicht gewesen. »D...d...danke, Herr«, stammelte er und griff vorsichtig nach den Silberstücken, als könnten sie jeden Augenblick wieder verschwinden.

Emiron fiel auf, wie überwältigt der Junge von der Menge des Geldes war, aber sicher hatte er in seinem Alter und dieser Heimat hier noch nie so viel Geld auf einmal gesehen. Er zweifelte nicht daran, dass es hier Diebe gab, die sich darauf spezialisiert hatten, Reisende um ihr Hab und Gut zu erleichtern. Dem Jungen traute er so etwas aber nicht zu, dafür wirkte er – Emiron fand kein anderes Wort dafür – zu ehrlich. Allerdings sah er selbst nicht oft so viel Silber in der eigenen Hand.

»Ihr könnt Euch auf mich verlassen. Morgen früh warte ich am Rande des Waldes auf Euch«, sagte der Junge würdevoll. Er schloss schnell die Hand um die Münzen, nahm die Pferde und führte sie in den hinteren Stall.

Emiron und Amil verließen die Stallungen und wandten sich zum Gasthaus. Noch einmal stellten sie sicher, dass Rüstung und Waffen von den Umhängen verborgen wurden, bevor sie die Schenke betraten.

Im Innenraum war alles aus dunklem Holz gearbeitet und vermittelte mit einigen ausgedienten Bänken und stark abgenutzten Tischen einen heruntergekommenen, fast schon maroden Eindruck. Kerzen beleuchteten die Tische nur spärlich, aber in der rechten Ecke brannte ein kleines Feuer im Kamin, das etwas Helligkeit in den Raum brachte. Von außen dagegen drang nur wenig Licht ein, denn die Fenster waren von einer Schmutzschicht überzogen. Einige dunkle Gestalten saßen an den Tischen und sprachen im Flüsterton miteinander. Ein Geruch von Pfeifenkraut und Schmutz durchzog den Raum. An der gegenüberliegenden Wand stand hinter der Theke der Wirt, ein dicker Mann, der aufschaute, als sie die Tür hinter sich schlossen.

Emiron drangen plötzlich laute Stimmen an die Ohren. In der Nähe stritten sich vier dunkel gekleidete Gestalten darüber, ob sie bleiben oder die Stadt verlassen sollten, da eine seltsame Krankheit sich offenbar in Richtung der Stadt ausbreitete. Weitere Gäste mischten sich in den Streit ein. Einige hatten vor, die Stadt zu verlassen, andere wollten die Meinung des Fürsten abwarten, bevor sie handelten.

Amil ging direkt zum Wirt und bestellte zwei Getränke. Dann gab er Emiron ein Zeichen, und sie setzen sich in die dunkelste Ecke des Raumes. Es dauerte nicht lange, und der Wirt kam zu ihnen und stellte, ohne ein Wort zu sagen, zwei gewaltige Krüge mit Met auf den unsauberen Tisch. Amil bezahlte und trank einen großen Schluck aus seinem Krug. Emiron zog, als der Wirt gegangen war, die Kapuze vom Kopf. Hier war es so dunkel, dass sie ohnehin kaum einen Unterschied machte.

Er ordnete seine Haare mit der Hand. Sie waren nichts Besonderes, einfach nussbraun und schulterlang, aber auch er hatte helle, grüne Augen, die manch einem auffielen. Alle Nachkommen des altertümlichen nördlichen Geschlechts hatten sie. Wissende konnten einen Nomendi daran schnell erkennen. Allerdings gab es nur noch wenige von ihnen, sodass ihre Existenz mancherorts sogar angezweifelt wurde, denn nichts sonst unterschied sie äußerlich von gewöhnlichen Menschen.

Ihre Anwesenheit interessierte nach wie vor niemanden – und das war gut so. Nomendi waren nicht überall willkommene Gäste, das wusste Emiron nur allzu gut. Die Menschen, die noch von ihnen Kenntnis hatten, betrachteten das alte Volk oft mit Argwohn und Misstrauen. In manchen Regionen hieß es sogar, dass es Unglück bringe, einen

Nomendi zu Gesicht zu bekommen. Das war natürlich Unsinn. Er wusste, es lag daran, dass ihr Volk mehr und mehr in Vergessenheit geriet und die Menschen einander selbst erdachte Geschichten erzählten. Meist wurden sie reich ausgeschmückt und beschrieben ein falsches Bild der Nomendi. Gern hätte Emiron in den alten, längst vergangenen Zeiten gelebt. Damals war das nordische Volk noch zahlreich, und Menschen, Elfen und sogar Zwerge sangen Lieder über die vielen Heldentaten der Nomendi, über die Kraft und Stärke des Königreiches Duhn und seine Magiekundigen. Er selbst kannte nur einige dieser fast vergessenen Lieder aus alter Zeit. Manche von ihnen wurden auch heute noch in der Stadt Lothinar, der Heimat der Nomendi gesungen, etwa von dem Nomendi Aromun, der einen Drachen nur mit dem Schwert bewaffnet allein im Kampf besiegte.

Am Nebentisch, etwa vier Schritte von ihnen entfernt, plärrte ein alter Mann, der schon ausgiebig vom Met gekostet hatte, etwas in seinen dichten weißen Bart, den Krug in der Hand schwenkend. Emiron erkannte die Worte. Sie gehörten zu einem altbekannten Lied, das er schon öfter in verschiedenen Wirtshäusern im Norden gehört hatte:

> *Ein Met, ein Wein, ein gutes Bier,*
> *Ein'n großen Schluck nehm ich von dir.*
> *Halt das nicht mal für vermessen,*
> *Denn kein Geld hab ich fürs Essen.*
> *Trinke viel und trinke gut,*
> *Ja, das macht mir großen Mut.*
> *Darum sag ich: Gebet mir*
> *Met, Wein, Bier, dann trink ich hier.*

Bei dem Wort *Schluck* und *Mut* hickste der Alte laut und verschüttete dabei einiges auf dem Tisch.

Ohne Vorwarnung hob plötzlich Amil die rechte Hand wie zum Gruß in die dunstige Luft. Emiron folgte seinem Blick in die Schenke und erkannte eine kleine Person, die aus einer anderen Ecke des Raumes auf sie zukam. Als sie sich gegenüber von Amil an ihren Tisch setzte, erkannte Emiron einen Elfen, der in einen schmutzigen grauen Umhang gehüllt war. Er hatte dichtes schwarzes Haar und spitz zulaufende Ohren, die sein längliches Gesicht noch schmaler aussehen ließen. Das Kerzenlicht spiegelte sich hell in seinen grauen Augen wider. Er sah nicht so jung aus, wie Emiron es von Elfen gewohnt war. Elfen, das wusste er, waren unsterblich. Einzig schwere Wunden und seelische Schmerzen konnten sie in den Tod führen.

»Guten Tag, Celborn. Lange nicht gesehen«, sagte Amil leise, sodass nur der Elf und Emiron ihn verstehen konnten.

»Guten Tag, Amil, du Wanderer des Nordens. Ich erwartete dich schon vor einigen Tagen in Enhor. Eine tückische Zeit ist das gerade.« Die Worte des Elfen waren klar artikuliert und seine Stimme erinnerte Emiron an die eines älteren Kindes. »Im Süden ziehen viele Orks durchs Land, auch tötet eine unbekannte Seuche Bauern und Vieh und löscht ganze Dörfer aus. Überhaupt habe ich Neuigkeiten für dich, die dir nicht gefallen werden. – Wer ist eigentlich dein schweigsamer Gefährte?« Celborn schaute Emiron fragend ins Gesicht.

»Das ist mein derzeitiger Schüler Emiron.«

»Da hast du aber Glück. So einen Lehrmeister wie Amil haben nur wenige je bekommen oder verdient.« Emiron nickte zustimmend, und der Elf wandte sich wieder an Amil.

»Gerüchte vom nahenden Tod gehen in Enhor um. Nicht weit von hier, nahe der Flussmündung, gab es erste Todesopfer der Seuche. Auch ganze Viehherden wurden ausgelöscht und verfaulen in der Sonne. So heißt es jedenfalls.«

»Dann ist es bereits schlimmer, als ich annahm«, sagte Amil ernst. Er schaute dem Elfen direkt in die Augen, und Emiron kam es vor, als überlegte er angestrengt.

»Seit einiger Zeit ist es Schiffen aus dem Süden verboten, im Hafen anzulegen«, sagte der Elf. »Reisende werden ausgiebig kontrolliert, bevor sie die Stadt betreten dürfen, als könnte man eine Krankheit dadurch aufhalten. Die Wachen an allen Toren wurden verstärkt.«

»Das haben wir bei unserer Ankunft erlebt«, sagte Amil und sein nachdenklicher Blick verschwand. »Mich interessiert, was die Ursache für die Unruhen im Süden ist und was der Fürst derzeitig plant. Wie kann es sein, dass sich eine große Anzahl von Orks in diesem Land frei bewegen kann?«

Emiron hörte dem Gespräch aufmerksam zu. Die Orks im Süden beunruhigten ihn sehr. Sie waren scheußliche Kreaturen, etwas kleiner als Menschen, aber sehr stark. Dass es auf einmal so viele von ihnen gab, ließ nichts Gutes ahnen.

Der Elf sah sich misstrauisch im düsteren Schankraum um, ehe er wieder zu sprechen begann. »*Sie* wurden gesehen – weit im Süden, in der Nähe von Duhntal.«

»Unmöglich!«, erwiderte Amil und schaute den Elfen dabei ungläubig an.

»Und doch ist es so«, sagte der Elf mit einem leichten Zittern in der Stimme. »Zwei Wanderer aus meinem Volk waren vor einigen Monden im Süden nahe der verfluchten Stadt Duhn unterwegs. Sie kamen vor wenigen Wochen bei Nacht in Enhor an und blieben nur kurz, ehe sie weiter nach

Norden zogen. Sie berichteten mir von den Orks in den südlichen Bergen und von einem Schatten, der sich von den südlichen Gebirgen nach Norden erstreckt. In der Nähe dieser Berge fingen sie einen Ork, der ihnen von merkwürdigen Gestalten berichtete. Was mit ihm passiert ist, muss ich Euch sicherlich nicht sagen. Noch bevor die ersten Gerüchte über die Seuche nach Norden drangen, kamen sie nach Enhor.«

Der Elf machte eine kurze Pause und Emiron trank einen großen Schluck aus seinem Krug. »Was wäre, wenn *sie* dahinterstecken?«, fragte er.

Bei dem Wort *sie* geschah etwas mit dem Elfen. Seine Augen blickten unstet nach links und rechts, als sähe er in den Augenwinkeln eine aufkommende Bedrohung. Seine Hände, die locker verschränkt auf dem Tisch gelegen hatten, griffen fester zu und zitterten leicht. Emiron kam es vor, als kämpfte Celborn gegen eine aufkommende Furcht, was für einen Elfen sehr ungewöhnlich war. Noch nie hatte er erlebt, dass einer von ihnen seine Angst offen zeigte.

»Das ist nicht möglich«, wiederholte Amil, und doch klang es etwas zögerlich. »Niemand aus diesem Volk weilt noch auf Erden. Schon vor ewigen Zeiten wurden alle vernichtet. Die Ruhelosen in Duhn zeugen noch heute als Mahnung davon. Vielleicht haben deine Freunde ja sie gemeint.«

»Oh nein, Amil. Die Ruhelosen können die Stadt Duhn nicht verlassen. Jene Wesen, die ich meine, bewegten sich nicht in der alten Königsstadt, sondern weit von ihr entfernt im Süden.«

»Also gut«, gab Amil mit schwerer Stimme nach. »Was genau wird der Fürst nun tun, da im Süden die Bauern sterben und eine Seuche sich seiner Stadt nähert? Will er immer noch seinen irrsinnigen Plan in die Tat umsetzen?«

»So ist es«, antwortete der Elf leise. »Seit Tagen sammeln sich Krieger aus der Umgebung in der Stadt. Wir wenigen Elfen und auch einige Handel treibende Zwerge aus dem Westen verlassen mit den Schiffen vom Hafen aus oder zu Fuß diese Gegend. Keiner möchte in diese Sache der Menschen hineingezogen werden. Außerdem droht die Gefahr der Seuche, der niemand begegnen möchte.« Und etwas leiser fügte er hinzu: »Es wäre auch für euch beide besser, die Stadt schnellstmöglich zu verlassen. Noch heute Abend bei Sonnenuntergang wird der Fürst auf dem großen Platz sprechen. Was er zu sagen hat, könnt ihr euch sicher schon denken. Ich für meinen Teil werde nicht länger in dieser verfluchten Menschenstadt verweilen.« Er erhob sich und nickte Amil freundschaftlich zu. »Und wenn ich euch noch etwas raten darf – geht, so lange ihr die Möglichkeit dazu habt. Der Fürst hat mit Sicherheit kein Interesse daran, dass Nomendi sich in seiner Stadt aufhalten«, sagte er und kehrte in die Dunkelheit der Ecke zurück, aus der er gekommen war.

Amil seufzte schwer, nahm einen letzten kräftigen Schluck aus seinem Krug und wandte sich Emiron zu. »Du hast Celborn gehört. Wenn der Fürst noch heute auf dem Platz sprechen will, ändert das an unserer Aufgabe zwar nicht maßgeblich etwas, es spricht jedoch dafür, sich damit zu sputen. Gehen wir also hin.« Er machte Anstalten, sich zu erheben.

Aber Emiron hatte so vieles gehört, dass die Fragen nur so aus ihm herausplatzten. »Meister, was meinte er mit *sie*? Woher kennt Ihr diesen Elfen eigentlich? Es kommt mir seltsam vor, dass er sich in solch einem Gasthaus aufhält.«

Amil sah ihn an. Ein kleines Lächeln spielte um seine Lippen, jedoch blieb sein Blick ernst. »Oft trifft man Dinge an Orten an, wo man sie am wenigsten vermutet«, antwortete er ruhig. »Doch genug davon. Es ist gefährlich, hier darüber zu sprechen. Lass uns zur Versammlung gehen, bevor die besten Plätze vergeben sind. Behalte deine Fragen einstweilen für dich. Du wirst die Antworten schon noch erhalten.«

Sie standen auf und verließen den Schankraum. Emiron verstand, dass Amil ihm sicher einiges erklären wollte, die Zeit aber jetzt dafür nicht reichte. Er mochte es zwar nicht, wenn er ihn immer noch wie ein Kind behandelte, das die wichtigen Dinge nicht versteht, erhob aber aus Respekt keine Einwände. Er würde ihm seine Fragen schon noch beantworten müssen.

Sie gingen an den Stallungen vorbei auf eine der engen Gassen zu, von wo sie gekommen waren. Die wenigen Verkaufsstände waren fast alle verschwunden. Emiron vermutete, dass die Besitzer sich ebenfalls zum großen Platz im Zentrum der Stadt begeben hatten. In den Gassen war es schmutzig und eng. So selbstsicher, wie sein Meister voranging, stand es für Emiron fest, dass er schon oft hier gewesen war. Sie kamen bald auf die große gepflasterte Straße zurück, auf der jetzt wenige Menschen anzutreffen waren. Zwerge oder Elfen sah er nicht mehr.

Amil gab ihm ein Zeichen, und sie zogen ihre Kapuzen wieder tief übers Gesicht. Schnellen Fußes schritten sie die Straße entlang. Der Weg wurde breiter und mündete in einen großen Platz. In seiner gepflasterten Mitte erhob sich eine mächtige Eiche, deren dichtes grünes Blätterdach einen schattigen Fleck auf den gepflasterten Platz warf. Der Stamm war von einer kleinen Mauer eingefasst, die auch als Sitzfläche diente. Um den großen Versammlungsort herum standen einige modernere Fachwerkhäuser. Viele Schilder schwangen dort über den Türen. Emiron sah das Gasthaus »Zum lachenden Schwein«, und ein besonders großes Schild verkündete, dass die beste Schmiede die von »Ratichlen« sei und man nirgends sonst so gute Schwerter, Messer und Äxte bekäme. Etwas weiter vorne befand sich ein Podium aus Holz, das die große Menschenmenge ringsum überragte. Es gehörte nicht recht hierher und wirkte übereilt erbaut. Hunderte, vielleicht sogar mehr als tausend Menschen waren bereits auf dem Platz versammelt. Unter ihnen konnte er viele Soldaten ausmachen, aber auch Bauern, die – mit einfachem Werkzeug wie Mistgabeln und Sicheln bewaffnet – erwartungsvoll zum Podium schauten. Händler sah er nicht und auch keine Zwerge oder Elfen. Bei einem zweiten Blick zu den nahen Häusern erkannte er, dass sämtliche Läden geschlossen hatten. Offenbar ging das handelnde Volk von dem öffentlichen Platz fort oder hatte sich der Menschenmasse angeschlossen.

Unmittelbar hinter dem Versammlungsort führte die gepflasterte Straße zu einem Festungshügel. Dieser überragte das übrige Stadtgebiet und war deswegen schon aus einiger Entfernung gut zu erkennen. Die Festung auf der Kuppe war aus massivem, dunklem Stein erbaut. Von hier aus regierte der Fürst von Enhor über das Treiben und den Handel der Stadt.

Sie stießen auf die ersten dichteren Menschenreihen und versuchten, sich vorsichtig einen Weg nach vorn zum Podium zu bahnen. Einige Leute sahen sie fragend oder ärgerlich an, die meisten kümmerten sich gar nicht um sie, denn alle blickten auf das noch leere Podest.

Die Sonne stand tief und spendete nur noch schwaches Licht. Die Schatten auf dem Platz wurden länger. Das Podium jedoch war so aufgebaut, dass es von den letzten Strahlen der untergehenden Sonne getroffen und von ihnen in gleißendes Licht getaucht wurde.

Ein Raunen ging durch die Menge, als ein Mann, von zwei Soldaten begleitet, die Bühne betrat. Soweit Emiron es erkennen konnte, trug er eine Tracht, die die Würde seines Ranges spiegelte. Prächtige blaue Gewänder wurden von einer mächtigen goldenen Kette dominiert, die der Mann um den Hals trug. Viele goldene und silberne Ringe funkelten wie aufblitzende Sterne an seinen Fingern.

»Fürst Richolas«, sagte Amil überflüssigerweise, da die Menge plötzlich laut zu rufen begann. Es waren nicht nur Jubelrufe. Viele ängstliche und bedrückte Stimmen waren zu hören. Die Angst vor dem herannahenden Übel war allgegenwärtig.

Fürst Richolas hob beide Arme in die Luft, zum Zeichen, dass er nun Ruhe wünschte, aber es dauerte einige Minuten, bis der Lärm abgeklungen war und er seine Rede beginnen konnte. »Grüße an das stolze Volk von Enhor!«, rief der Fürst und machte eine kurze Pause, um einige Jubelrufe über sich ergehen zu lassen. »Ihr kennt die Gerüchte über die Vorgänge im Süden. Ihr hörtet von einer drohenden Seuche, von Orks und von Tod.«

Er machte erneut eine Pause, aber diesmal herrschte völlige Stille auf dem Platz. Die Luft schien von Spannung geladen zu sein. »Ich muss euch leider sagen, dass die Gerüchte der Wahrheit entsprechen. Eine unbekannte Krankheit sucht sich von Süden her ihren Weg in unsere schöne Stadt. Orks und Trolle folgen ihr auf dem Fuße, um zu plündern und zu morden. Es muss gehandelt werden, und zwar jetzt.« Bei dem Wort *jetzt* grölten die Krieger auf dem Platz los, doch viele andere hielten sich schweigend zurück.

»Wir sind und bleiben die wichtigste Handelsstadt in diesem Königreich. Aber sagt mir, wie sollen wir Handel treiben, wenn die Händler sich nicht mehr in die Stadt trauen? Wenn eine tödliche Seuche zu uns hereindringt und ihre üble Gefolgschaft das zerstört, was viele tausend Menschenhände über die Zeit erschufen? Schon legen keine Schiffe mehr im Hafen an, fahrende Händler kommen nicht mehr zu uns.«

Der Fürst hielt inne und schaute auffordernd in die Menschenmenge. »Ich sage euch, warum ich euch heute zusammengerufen habe und was wir als stolzes Volk der Menschen, als stärkstes Volk dieser Welt, gegen diese Unruhen tun werden.« Er führte die rechte Hand nach links an seinen Gürtel und zog ein großes, reich verziertes Schwert hervor, das er auffordernd hochhielt, während er weitersprach: »Ich sage euch – Tod den Orks, Tod der Seuche, Tod allem, was sich uns in den Weg stellt. Nur wenn wir alles und jeden töten, der das Unheil mit sich trägt, sei es ein erkrankter Bauer, ein Stück Vieh oder ein Ork, können wir verhindern, dass die Seuche in unsere Stadt dringt. Nur so gebieten wir der Krankheit für immer Einhalt …«

»Das ist doch Wahnsinn!«, entfuhr es Emiron, während der Fürst weitersprach. »Er kann doch nicht mit einer Handvoll Soldaten und bewaffneten Bauern gegen eine angebliche Krankheit und gegen Orks Krieg führen. Das ist purer Selbstmord.«

Amil schaute Emiron warnend an. »Sprich nicht so laut. Viele hier denken ganz anders darüber. Du musst die Angst der Menschen verstehen. Sie fürchten, alles zu verlieren. Aber du hast recht. Hätte ich von dieser Veranstaltung gewusst, wären wir direkt zur Festung gegangen. Allerdings bezweifle ich, dass es etwas geändert hätte.«

»Und was machen wir nun?«, frage Emiron.

»Es bleibt bei unserem Auftrag. Der Fürst muss einsehen, dass sein Plan einem Aufruf zum Selbstmord gleicht. Nach allem, was ich nun weiß, kann er die Seuche nicht mit Waffen aufhalten, und erst recht nicht, indem er unschuldige kranke Bauern tötet. Wir wissen zum jetzigen Zeitpunkt einfach zu wenig über den Stand der Dinge im Süden. Was uns dort erwartet, ist uns nicht bekannt – zumindest hoffe ich es inständig, denn wenn Celborns Befürchtungen sich bewahrheiteten …«

Amil brach mitten im Satz ab und beließ es dabei. Emiron fragte nicht weiter. Sie schauten wieder zum Podium, wo der Fürst schließlich zum Ende seiner Rede kam. »Und so sage ich euch, lasst uns morgen, sobald die Sonne aufsteigt, gen Süden ziehen und jeden töten, der sich uns in den Weg stellt. Denkt daran, dass die Seuche sich überall verstecken kann, im Mann, in der Frau und sogar im Kind. Nur wenn wir jeden töten, können wir uns und unsere Stadt vor dem Untergang bewahren!«

Der Fürst steckte sein Schwert wieder an den Gürtel und schaute noch einmal ernst auf die vielen Menschen hinab. Als die Sonne nun gänzlich hinter den Stadtmauern verschwand, sah es für einen kurzen Moment so aus, als lege sich ein dunkles Tuch über sie. Die Menge kam in Bewegung, als der Fürst das Podium verließ. Viele Jubelrufe waren zu hören, überwiegend von den Soldaten. Es gab jedoch auch viele Menschen, in deren Gesichtern Furcht und Misstrauen zu erkennen waren. Insgesamt schienen alle Anwesenden in einer Stimmung voller Spannung und Erwartung auf den kommenden Tag zu sein. Amil zog Emiron am Ärmel und deutete auf eine Stelle, die etwas abseits vom Platz zwischen zwei großen, schief gebauten Häusern lag. Davon war eines die Schmiede, die Emiron schon von Weitem gesehen hatte. Sie beobachteten, wie die Menschen den Platz in verschiedenen Richtungen verließen. Manche blieben noch kurz stehen und unterhielten sich leise, andere prahlten schon jetzt lautstark mit ihren Kampffertigkeiten, die sie am nächsten Tag präsentieren würden.

Sie warteten, bis der Platz sich geleert hatte, und gingen zu der alten Eiche in der Mitte, wo sie sich auf die steinerne Umrandung setzten. Amil blickte zu der großen Festung auf dem Hügel. Einzelne Fackeln wurden am Rand des Platzes entzündet, und aus einigen Häusern drang warmes Licht. Aus einem Gasthaus hörten sie Singen und ausgelassene Stimmen. Augenscheinlich betranken sich dort die Soldaten.

»Wann gehen wir zum Fürsten?«, fragte Emiron leise in die nun schon vollkommene Dunkelheit hinein.

»Warte. Noch sind mir zu viele Menschen unterwegs und zu viele Wachen in der Festung«, antwortete Amil.

»Warum seid Ihr besorgt um die Wachen dort? Ist es nicht so, dass wir nur mit dem Fürsten reden werden?«, fragte Emiron überrascht. Weder rechnete er mit einem Kampf noch mit anderen Gefahren. Eine tiefe Freude stieg in ihm auf, die er sich nicht recht erklären konnte.

»Nach diesem Auftritt vorhin bin ich mir nicht mehr so sicher. Mag sein, dass wir hier nicht willkommen sind. Du hast Celborn gehört.«

Sie warteten schweigend, bis der aufsteigende Mond die Umgebung in weißes Licht tauchte. Die Sterne blinzelten ihnen zu, als sie im Schutz der Dunkelheit den nun völlig leeren Platz überquerten. Nur wenig Licht fiel aus den nahen Fenstern. Brennende Fackeln sah man nicht mehr. Sie sprachen kein Wort, während sie, in ihre langen Umhänge gehüllt, den Platz hinter sich ließen und den Weg zur Festung beschritten. Emiron spürte Unruhe in sich aufsteigen. Sie wurden beobachtet. Er blickte zu seinem Meister, der ihm schweigend ein Zeichen gab, dass er die Vermutung teilte. Sie ließen sich nichts anmerken und gingen schnellen Schrittes weiter. Der Weg stieg noch einmal steil an und ging dann in eine steinerne Treppe über, die zu einem Tor in der Festungsmauer führte. Die Anlage selbst war ein großes, eckiges Gebäude. Die Mauern bestanden aus demselben Stein wie die Stadtmauern. Das Dach war aus dunklem Holz gefertigt, und eine große Fahne wehte an einem der hohen Balken im nächtlichen Wind. Sie zeigte das Zeichen der Stadt, eine goldene Waage auf blauem Grund. Aus kleinen Fenstern drang ein wenig Licht nach außen, und vor dem Tor beleuchteten zwei Fackeln die drei Wachposten, die – keine Gefahr fürchtend – mit einem Würfelspiel beschäftigt waren. Die Stille, die sie umgab, war beinahe vollkommen. Nur ein leises Plätschern von dem bewegten Wasser des nahen Hafens, der Schrei einer Eule und das gedämpfte Flüstern der Wachmänner drangen an ihre Ohren.

So erreichten sie das große Holztor der Festung. Die Wachposten brauchten einen Augenblick, ehe sie erkannten, dass zwei Fremde vor dem Tor standen. Emiron versuchte, unter der Kapuze hervor die Augen seines Meisters zu erkennen. Amil erwiderte seinen Blick und wandte dann seine Aufmerksamkeit den Wachposten zu.

»Wer seid Ihr, dass Ihr zu so später Stunde die Festung des Fürsten aufsucht?«, zerriss die dunkle Stimme des Wachmanns die Stille. Sein Äußeres war in der Düsternis kaum zu erkennen. Er wirkte bullig und zu groß für das angelegte Kettenhemd.

»Wir sind Botschafter des hohen Kaisers aus Valinar und wünschen den Fürsten in einer dringlichen Angelegenheit zu sprechen«, antwortete Amil mit fester, durchdringender Stimme.

»Wir lassen um diese Zeit niemanden mehr ein«, kam es von einem zweiten Wachmann. »Schert Euch weg von hier. Für Fremde haben wir hier nichts übrig, und erst recht nicht für welche, die ihr Gesicht vor uns verbergen.«

Amil schob langsam die Kapuze zurück und schaute die Wachmänner einen nach dem anderen durchdringend an. Seine Augen bekamen erneut ein grünliches Leuchten, und er sprach: »Ihr werdet uns einlassen. Wir werden vom Fürsten erwartet.« Wie schon bei den wachhabenden Männern am Stadttor verfehlten seine Worte ihre Wirkung nicht. Die Wachposten schauten einander kurz irritiert an und öffneten dann ohne weitere Einwände das schwere Tor.

Die Eingangshalle war nicht so groß, wie man es von außen gedacht hätte. Drei reich geschmückte dunkle Säulen auf beiden Seiten trugen die mit blauem Stoff dekorierte Decke. Der Boden bestand aus schwarzem Stein, der nach vielen Jahren der Nutzung stark ausgetreten war. Am hinteren Ende der Halle stand ein langer Holztisch, an den einige leere Stühle gelehnt waren. An den Wänden hingen Wandteppiche. Sechs große Fackeln, je eine an jeder Säule befestigt, erhellten den Raum mit ihrem flackernden Licht. Zwei Gänge, einer zur rechten und einer zur linken Seite, führten aus dem Raum in den hinteren Teil der Festung.

Sie folgten dem Gang zur Rechten, um in die oberen Gemächer zu gelangen. Nicht lange, und sie trafen auf zwei weitere Wachposten, die beiderseits einer dunklen Holztür standen. Sie trugen gewöhnliche Kettenhemden, ein Wams aus einfachem Stoff, auf dem das Wappen der Stadt zu sehen war, und ein Schwert am Gürtel.

»Heda! Wer kommt zu dieser späten Zeit zum Fürsten?«, fragte der vordere von ihnen laut, als er Amil und Emiron im Gang erblickte. »Wer hat Euch eingelassen?«

»Wir wünschen den Fürsten der Stadt zu sprechen«, antwortete Amil höflich, ohne dabei auf die Frage des Wächters einzugehen oder seine Magie einzusetzen. »Sag deinem Herrn, dass zwei Botschafter des Kaisers aus Valinar ihn gern sprechen würden.«

Die beiden Wachposten sahen sich irritiert an, denn sie konnten sich das Erscheinen der Fremden zu dieser späten Stunde nicht recht erklären. Schließlich ergriff einer die Initiative und klopfte vorsichtig an die Tür. »Herr Richolas, seid Ihr da?« Von drinnen kam ein lautes Schnauben. »Mein Fürst, zwei Botschafter möchten Euch sprechen. Es scheint dringend.«

»Lasst sie ein«, tönte es ungeduldig.

Der Wachmann zur Rechten öffnete die Tür, und sie folgten ihm in einen kleinen, reich geschmückten Raum, der von einigen Fackeln und vielen Kerzen hell erleuchtet wurde. Am Tisch in der Nähe eines kleinen Fensters saß der Fürst, noch immer in dem kostbaren Gewand und mit der goldenen Kette. Der Wachmann beugte sich zu ihm, und sie wechselten flüsternd einige Worte, ehe Richolas sich erhob und auf Amil und Emiron zutrat.

»Seid gegrüßt«, sagte er mit seiner knarrenden, dunklen Stimme. »Wie kommt es, dass ihr mich erst zu dieser späten Stunde aufsucht?«

»Habt Ihr uns denn erwartet?«, frage Amil überrascht und zog leicht die Augenbrauen hoch.

»Nun ja, ich warte seit Wochen auf eine Nachricht des Kaisers. Die Zeiten sind schlecht, und die unbekannte Seuche aus dem Süden bedroht meine Stadt. Schon vor einigen Wochen habe ich Nachricht nach Valinar geschickt und den Kaiser über unsere Situation unterrichtet.« Der Fürst ließ ein lautes Seufzen hören, ehe er fortfuhr: »Ich selbst werde nun handeln müssen. Ihr habt meine Rede gehört?«

»Allerdings«, sagte Amil ruhig.

»Dann wisst Ihr bereits, was ich gegen die Bedrohung zu tun gedenke. Schon des Öfteren haben wir uns gegen streunende Orks oder Diebe verteidigen müssen. Es wird uns auch dieses Mal gelingen. Ich weiß nicht recht, was uns dort erwartet, aber wenn diese Krankheit nur halb so gefährlich und todbringend ist, wie mir zugetragen wurde, darf ich keine Zeit mehr verlieren. Handle ich nicht, so gefährde ich unnötig viele Menschenleben. Ich muss an die Bürger der Stadt und an das Reich denken.«

»Dennoch wäre es unklug, alles und jeden südlich von hier töten zu wollen, nur um Euch selbst und die Stadt zu retten. Ihr wisst doch nicht einmal, worum es sich bei dieser Krankheit handelt. Orks zu töten, ist eine Sache, aber gegen etwas in den Kampf zu ziehen, das noch viel gefährlicher sein könnte, etwas ganz anderes.«

Der Fürst sah Amil mit kalten Augen an, ehe er gelassen entgegnete: »Ihr mögt es unklug nennen. Ich aber sage, es ist der einzige Ausweg. Auch wenn Unschuldige und gar Kinder sterben müssen, rette ich doch die Stadt und ihre Menschen. Es geht um das Reich und seine Bewohner. Um alle, die ich schützen muss und werde.«

Emiron sah in die kalten Augen des Fürsten und wusste, dass keine Worte ihn von seinem Plan abbringen würden. Ein Schatten schien auf Richolas zu liegen, den er sich nicht erklären konnte – kalt, dunkel und bedrohlich.

»Was unternimmt der Kaiser gegen die Seuche? Was der König dieses Landes?«, fragte der Fürst verbittert und wurde immer lauter und zorniger. »Nichts geschieht mehr in diesem Land, nichts! Die Menschen hier leben in Angst. Ich gedenke, selbst zu handeln, und niemand wird mir sagen, was ich zu tun oder zu lassen habe. Lange genug habe ich auf eine Antwort des Kaisers oder des Königs von Tralessa gewartet. Diese alten Männer, die auf ihren hohen Stühlen sitzen und zuschauen, wie meine Stadt bedroht wird!«

»Und doch haben der König wie auch der Kaiser das Recht, dir Einhalt zu gebieten«, erwiderte Amil ruhig.

»Und wo ist der König von Tralessa, frage ich Euch, wo ist der Kaiser? Wenn er nur euch beide mit leeren Worten geschickt hat, so geht und belästigt mich nicht länger.« Der letzte Satz war keine Bitte, sondern ein Befehl. Die Wachmänner, die bis dahin nur schweigend an der Wand gestanden hatten, kamen näher, um sie wieder nach draußen zu führen.

Amil neigte leicht den Kopf. »Überdenkt Euer Vorhaben, Richolas. Ihr seid von Sinnen, wenn Ihr glaubt, Ihr könntet diese Krankheit – oder was es auch sein mag – mit Waffengewalt aufhalten«, sagte er, bevor er sich umwandte und den Raum verließ.

Emiron folgte ihm. Sie gingen denselben, schlecht beleuchteten Gang zurück, den sie gekommen waren. Während des kurzen Gesprächs hatte er geschwiegen. Obwohl sie anscheinend umsonst gekommen waren, beschäftigte ihn etwas anderes. Das kalte Auftreten des Fürsten machte ihn aus irgendeinem Grund nervös. Er hatte gespürt, wie eine dunkle Macht in Richolas' Worten mitgeschwungen war. Gerade wollte er Amil flüsternd seinen Eindruck mitteilen, als einer der Wachmänner ohne Vorwarnung einen kleinen, spitzen Gegenstand aus dem Gürtel zog und von hinten auf ihn losging. Emiron spürte die Attacke, noch ehe sie halb vollendet war. Ohne weiter zu überlegen oder auch nur einen Moment zu warten, drehte er sich zu dem Angreifer um, ließ gleichzeitig seinen Umhang fallen und zog mit der Rechten sein Schwert aus dem Gürtel, um damit den Dolch des Soldaten abzuwehren. Es klirrte laut. Der Soldat ließ die Waffe fallen und zog ebenfalls ein langes Schwert aus dem Gürtel. Doch auch Amil war bereit und stellte sich dem anderen Soldaten entgegen. Ein Strahlen durchzog plötzlich den Gang, als das Fackellicht auf die hellen Rüstungen der Nomendi traf und von ihnen silbern reflektiert wurde.

Emiron wehrte drei Schläge seines Angreifers ab, bevor sein Schwert durch den Leib des Mannes drang, der leblos zu Boden sackte, gerade als Amil sein Gegenüber ebenfalls durch einen geschickten Schwerthieb niederstreckte.

»Ein feiger Hinterhalt«, sagte Amil laut. »So etwas Ähnliches hatte ich erwartet. Jemand möchte uns hier nicht haben.«

»Damit wäre die Absicht des Fürsten wohl geklärt.«

»Ich bin mir nicht sicher, ob der Fürst aus eigenem Willen handelt. Hast du das Dunkle um ihn nicht bemerkt? Etwas ist hier, das nicht hierher gehört. Es scheint, als seien andere Dinge am Werk.«

Sie rannten den Gang in Richtung Eingangshalle hinunter. Hinter ihnen konnte Emiron laute Rufe hören. Sie wurden verfolgt. Mit schnellen Schritten erreichten sie die Halle und mussten feststellen, dass sie mit mindestens zwanzig Soldaten gefüllt war. Alle trugen ein leichtes Kettenhemd und hielten Dolche, Schwerter oder lange Speere in den Händen. Sie warteten schon auf sie, bereit, sofort loszuschlagen.

»Da sind Seuchenbringer!«, rief einer von ihnen mit lauter Stimme. »Tötet sie im Namen des Fürsten!«

Amil sah Emiron an. »Setz deine Magie ein und folge mir. Rasch jetzt!«

Amils Augen flimmerten wild und grün. Die ersten Soldaten wichen irritiert zurück, als auch sein Schwert ein leichtes grünliches Schimmern annahm. Emiron schloss die Augen und konzentrierte sich auf die gegenwärtige Situation. Er spürte die Kraft in sich ansteigen, spürte den Raum und die Menschen darin und öffnete die Lider. Die Bewegungen der Angreifer verlangsamten sich, als seine Augen ebenfalls in einem grünlichen Licht zu glühen begannen, und ein Gefühl der Freude stieg in ihm auf. Endlich durfte er die Klinge zum Kampf führen.

Die ersten Soldaten lagen tot am Boden, noch ehe die anderen begriffen, was vorging. Schwerter, Dolche und Speere hatten nicht die Macht, einen Nomendi auch nur zu treffen, geschweige denn tödlich zu verletzen. Emiron und Amil bewegten sich behände durch die Menge der feindlichen Männer. Emirons Schwert stieß grüne Funken in die Luft, als es fremde Klingen abblockte und Gegner zu Boden warf. Magie knisterte in der Luft. Er fühlte, wie Macht in ihm aufstieg, fühlte die Freiheit wie einen tosenden Fluss durch seine Arme strömen. Schweiß stand ihm auf der Stirn, nicht von den Kampfbewegungen, sondern von der Magie, die er nutzte. Es strengte ihn an und zehrte an seiner Kraft. Wild und grün strahlten seine Augen in die düstere Halle. Seine Schwertführung war präzise und seine Bewegungen zu schnell für die Angreifer. Gerade als alle zwanzig Männer im Raum kampfunfähig am Boden lagen, öffnete sich das große Tor und drei weitere Menschen betraten die Halle. Zwei davon waren einfache Soldaten in der Uniform der Stadt und mit schartigen Klingen bewaffnet. Sie schauten ängstlich drein, als sie ihre zwanzig Kumpane auf dem Boden liegen sahen. Zwischen ihnen ging eine größere Gestalt mit einer silbernen Maske, schwarzem Umgang und einem Schwert in jeder Hand. Der Umhang verhüllte den ganzen Körper, sodass keine Rüstung zu erkennen war. Die Waffen, die augenscheinlich viel zu groß und zu schwer für ihren Träger sein mussten, hatten pechschwarze Klingen und mit roten Steinen besetzte Griffe. Es waren Beidhänder, die jeweils von einer Hand gehalten wurden, wobei die Hände in verschlissenen grauen Handschuhen steckten, sodass die Haut darunter nicht zu sehen war. Das Gesicht war unter der ausdruckslosen Maske verborgen. Ein fremdartiger, süßlicher Geruch durchströmte plötzlich die Halle, und ein Röcheln drang unter der Maske hervor.

Amil und Emiron schnellten beide nach vorn und stießen mit den Schwertern zu, sobald sie erkannten, dass hier etwas Bedrohliches in die Halle gekommen war, ein Feind, dessen Art ihnen unbekannt war. Emiron hatte ein beklemmendes Gefühl, wie er es noch nie zuvor gespürt hatte. Hier stimmte etwas nicht. Als er zusammen mit Amil angriff, wurde seine Klinge von dem Fremden immer wieder zurückgeschlagen, und auch Amil hatte offenbar keine Möglichkeit, den Gegner mit der Maske außer Gefecht zu setzen. Das erschreckte ihn, denn sein Meister war einer der besten Kämpfer überhaupt. In Lothinar gab es keinen Zweiten, der so gut mit dem Schwert umgehen konnte wie Amil. Die zwei Soldaten waren verschwunden, ehe der Angriff begonnen hatte. Möglicherweise hatten sie es mit der Angst zu tun bekommen und lieber das Weite gesucht, als sich den Nomendi zu stellen.

»Versuch dich zu konzentrieren! Lass nicht nach!«, rief Amil laut, während seine Schwerthiebe im Saal widerhallten.

Emiron spürte die Bewegungen ihres Gegenübers genau, konnte fast fühlen, was es dachte. Trotzdem fand er keine Möglichkeit, durch seine Verteidigung zu brechen. Jeder Schwerthieb wurde pariert, als würde ihr Gegner ihre Taktik im Voraus erkennen. Noch seltsamer war, dass dieser Feind sich genauso schnell und geschickt bewegte wie sie selbst. Fast war es so, als sei er ebenfalls in der Kampftechnik der Nomendi geschult, als wäre es ihm möglich, dieselbe Art von Magie einzusetzen. Doch das konnte nicht sein. Gerade blockte Emiron einen besonders schweren Hieb ab, da wurden die Bewegungen der Gestalt mit einem Mal schneller und kräftiger, und sie wurden in die Halle zurückgezwungen. Dunkles Blut bedeckte einen Großteil des Bodens, sodass man Gefahr lief, darauf den Halt zu verlieren. Keinen Augenblick zweifelte Emiron daran, dass der Tod der vielen Soldaten nötig gewesen war. Sie hatten sterben müssen. Wer sich ihm und seinem Meister entgegenstellte, den erwartete nichts anderes. Schließlich war er ein Nomendi.

»Jetzt!«, schrie sein Meister unvermittelt, und Emiron wusste, was zu tun war. Mit aller Kraft stieß er gleichzeitig mit Amil zu. In ihrem Vorstoß steckte so viel Macht, dass ihr Gegner sie zwar blockieren, sich aber nicht mehr länger aufrecht halten konnte. Mit großer Wucht wurde er nach hinten gestoßen und fiel in der Nähe des Tores auf den Rücken. Seine Schwerter fielen ihm aus den Händen und klirrten laut auf dem Steinboden. Mondlicht tränkte den schwarzen Umhang der Gestalt und ließ die silberne Maske bedrohlich aufblitzen.

»Mir nach, rasch!«, rief Amil, und Emiron verlor keine Zeit. Die Gestalt am Boden würde sich gleich wieder aufrichten, da war er sich ziemlich sicher. Er rannte hinter seinem Meister her, der aus der Halle in den linken Gang lief. Dieser führte abwärts unter die Festung. Fackeln an den Wänden beleuchteten flackernd die kahlen Mauern aus schwarzem Stein. Amil führte ihn durch weitere ausgestorbene Gänge, ehe er an einer Tür aus schwerem Eisen halt machte.

»Meister, was war das für eine Gestalt am Tor?«, fragte Emiron mit bebender Stimme. Seine Haare klebten ihm schweißnass an der Stirn. Erst jetzt spürte er, wie erschöpft er war und wie viel der Kampf ihm abverlangt hatte.

»Nicht jetzt. Vielleicht werden wir verfolgt.«

Amil murmelte einige ihm unverständliche Worte. Es knackte laut, und die Tür schwang nach innen auf. Sie betraten den Keller der Festung. Links und rechts gingen weitere Gänge ab. Amil aber folgte dem Hauptgang, bis sie an einer glatten, leeren Wand stehen blieben.

»Hier führt ein kaum bekannter Weg aus der Festung hinaus. Ich hatte ohnehin befürchtet, dass wir ihn nutzen müssen. Hoffentlich ist er noch genauso geheim wie früher einmal.« Er legte die linke Hand flach gegen den kalten Stein und sprach erneut leise. Emiron erkannte Bruchstücke einer magischen Formel in elfischer Sprache, und ein kaum merkliches Glimmen drang aus dem Stein. Die Umrisse einer kleinen Tür wurden sichtbar und Amil drückte mit beiden Händen gegen den schweren Stein, der sich nach innen bewegte und den Weg in einen stockfinsteren Gang freigab. Amil nahm eine Fackel von der Wand und lief ohne zu zögern in den Gang hinein. Emiron folgte ihm. Im selben Moment hörte er ein dumpfes Geräusch hinter sich. Er schaute zurück und stellte fest, dass der Eingang sich wieder geschlossen hatte. Immer weiter folgten sie dem Gang, ohne dass sie auf Türen oder Abzweigungen stießen. Er sagte nichts, denn er spürte, dass jetzt nicht die richtige Zeit für seine Fragen war. Diese Gestalt am Tor hatte seinen Meister nicht weniger in Furcht versetzt als ihn, und das machte ihm Sorgen. Amil kannte sonst jedes Geschöpf, ob es nun weit verbreitet oder selten war. Selbst vor den geisterhaften Bewohnern Duhns hatte er keine Furcht gezeigt. Umso mehr wollte er wissen, wem sie da gerade begegnet waren. Noch dazu hatten sie es nicht geschafft, dem Fürsten zuzureden oder ihn gar von seinem Vorhaben abzubringen. Insgesamt hatten sie versagt. Die Männer Enhors würden am kommenden Tag bewaffnet in den Süden ziehen und alles töten, was ihnen in den Weg kam.

Der Gang stieg nun steil nach oben an, und eine alte, stark abgenutzte Treppe zeichnete sich unter einer dicken Dreckschicht ab, bevor er ohne Vorwarnung vor einer flachen Wand aus Stein endete. Emiron wäre fast mit Amil zusammengestoßen.

»Hier ist es«, sagte sein Meister leise. Er war außer Atem. »Durch diesen Ausgang müssten wir direkt an den Hügelgräbern nahe dem Wald herauskommen. Hoffen wir, dass uns niemand dort erwartet.« Mit beiden Händen drückte er gegen die glatte Steinwand, die mit einem kratzenden Geräusch langsam nachgab. Weißes Mondlicht flutete in den dunklen Gang. Amil löschte seine Fackel und trat hinaus ins Freie. Emiron folgte ihm und sah, dass sie aus dem Untergrund eines alten, mit Gras und Blumen bewachsenen Hügelgrabes gestiegen waren. Kaum hatten sie den Gang verlassen, als sich die Steinplatte auch schon mit einem leisen Knacken an ihre ursprüngliche Stelle zurückschob. Die Stadtmauern lagen nun wie die Bäume des Lendamwaldes südlich hinter ihnen.

Ein kühler Windhauch ließ die Blätter leise rauschen. Nicht weit entfernt führte ein abgenutzter Trampelpfad von den Hügelgräbern weg zum nördlichen Teil der Stadt hinab. Kleine Lichter waren dort zu erkennen, doch sonst befand sich Enhor im tiefen Schlaf. Weit im Osten, auf der anderen Seite, sah er, wie sich das Mondlicht auf dem nahen Fluss Eneis spiegelte. Im Norden erstreckte sich eine weite Graslandschaft, die nur vereinzelt durch einen dunklen Schemen durchbrochen wurde.

Emiron setzte sich neben Amil ins feuchte Gras und schaute zur Stadt hinüber. In der Hand hielt er noch immer sein Schwert. Im hellen Mondlicht erkannte er, dass die Klinge vom Kampf blutig war, und zog sie über das feuchte Gras. Das Schwert war aus ganz besonderem Metall gefertigt, das nur wenige Zwergenstämme hoch im Norden aus dem Berg fördern konnten. Zu gleichen Teilen von Elfen und Zwergen geschmiedet, waren die Klingen der Nomendi mit nichts anderem auf dieser Welt zu vergleichen. Ihre Schärfe war unerreicht und das Metall stabil, dabei jedoch wendig und leicht. Magische Runen waren am Griff eingraviert, die dazu dienten, die Magie des Anwenders in die Klinge zu leiten, sodass der Nomendi diese wie einen verlängerten Arm führen konnte. Auch Amil besaß solch ein Schwert. Seines war eine

Waffe aus alten Tagen, als das Volk der Nomendi und das der Elfen noch groß waren und der Menschenkaiser noch nicht die Macht innehatte, die er heute besaß. Emiron sah an sich herab. Erst jetzt fiel ihm auf, dass er seinen braunen Umhang nicht mehr trug. Seine schuppige silberne Rüstung blitzte im Sternenlicht. Auch sie war aus einem der ältesten und seltensten Erze der Welt gemacht, das nur die Elfen und Zwerge kannten, daher hatte es in der Sprache der Menschen keinen Namen. Fast nichts konnte sie ernsthaft beschädigen oder gar durchbohren. Nur magische Klingen und Waffen besonderer Machart konnten ihr gefährlich werden. Sie bedeckte fast seinen ganzen Körper. An Armen und Beinen trug er Schützer aus dickem Leder. Rüstung und Schwert zeichneten einen Nomendi gleichermaßen aus. Nur wirkliche Kämpfer und Angehörige dieses Volkes durften sie in der Öffentlichkeit tragen.

»Zu gern möchte ich wissen, wer uns da vorhin fast geschlagen hat«, durchbrach Amil die nächtliche Stille. Er sprach leise und wie zu sich selbst. »Noch nie habe ich jemanden getroffen, der ähnliche Fähigkeiten und Waffen besaß – noch nie in meiner gesamten Lebenszeit.«

Emiron schaute schweigend auf die nahen Bäume des Waldes. Ihre Wipfel bewegten sich rhythmisch im sanften Sommerwind. Wie gern hätte auch er etwas über diesen Gegner erfahren, aber wenn nicht einmal sein Meister etwas über diese schwarze Gestalt mit der silbernen Maske wusste, wäre es umso schwerer, das Geheimnis zu lüften. Eines war jedoch sicher: Es war kein normaler Mensch gewesen.

»Ist Euch aufgefallen, dass er ähnlich schnell und wendig zu kämpfen verstand wie wir? Wie ist diese Ähnlichkeit möglich? Besitzt er eine Art von Magie, von der wir nichts wissen? Ein Nomendi kann es schließlich nicht sein, davon hätten wir etwas gemerkt – und sei es nur ein winziges grünes Funkeln der Augen hinter der Maske«, überlegte er laut, während er noch immer die Bäume betrachtete. Ihre dichten Laubkronen wirkten in der Dunkelheit bedrohlich und doch merkwürdig vertraut.

»Ich weiß es nicht, doch ich hoffe es zu erfahren. Auf jeden Fall sollte Eragion über alle Geschehnisse hier informiert werden, und auch der Kaiser muss es erfahren«, antwortete Amil und schaute nun nach Osten.

Emiron vermutete, dass er auf die ersten Anzeichen des neuen Tages wartete. Eragion war der Älteste und das Oberhaupt ihres Ordens. »Was werden wir nun unternehmen, da diese Seuche sich jeden Tag ein Stück weit der Stadt nähert?«

»Ich denke, unser Weg führt zunächst zum König nach Tesnan. Er muss über seinen Fürsten und das Vorgehen in der Handelsstadt Enhor unterrichtet und außerdem vor der unbekannten Krankheit gewarnt werden. Vielleicht weiß er sogar schon mehr als wir, denn es sollen sich schon Orks weit in den Norden gewagt haben.« Amil kratzte sich leicht an der Nase, als er fortfuhr: »In jedem Fall ist Tesnan in Gefahr. Der Fürst kann diese Seuche, oder was immer die Menschen des Südens heimsucht, und das, was sie auslöst, nicht mit Waffengewalt stoppen. Und vielleicht …« Er machte eine kurze Pause, ehe er den Gedanken zu Ende brachte. »Vielleicht ist es auch nicht seine Absicht.«

Emiron dachte einen Augenblick über diese Äußerung nach. Der Fürst hatte tatsächlich nicht den Eindruck erweckt, dass er ganz er selbst war. Der Schatten, der mit jedem seiner Worte den Raum erfüllt hatte, war unheilvoll stark gewesen.

Vielleicht hatte er sogar etwas mit der schwarzen Gestalt zu tun, die ihnen entgegengetreten war. Das erklärte auch, warum die Soldaten sie angegriffen hatten. Richolas hatte verhindern wollen, dass sie die Stadt lebend verließen. Es war nicht in seinem Sinne, dass jemand die Kunde über sein Vorgehen weitergab. Und wenn es nicht der Fürst war, dann etwas anderes …

Sie saßen noch eine Weile still im Gras, bevor sich Amil langsam erhob. »Wenn ich mich nicht irre, müssten unsere Pferde jeden Moment die Stadt verlassen«, sagte er und blickte hinüber zu den Stadtmauern. »Wir haben uns schon viel zu lange hier aufgehalten. Wir sollten verschwinden, ehe der Tag anbricht.«

Sie gingen den alten Trampelpfad entlang, der weg von den Hügelgräbern an den Waldrand führte. Von hier aus ging ein breiterer Weg hinunter zum nördlichen Tor der Stadt. Sie brauchten nicht lange zu warten, als auch schon leises Hufgetrappel an ihre Ohren drang. Emiron wusste gleich, dass es sich um ihre Tiere handelte. Er konnte die Gegenwart von Artax, seinem langjährigen treuen Begleiter, spüren. Er sah, wie sie, geführt von einem kleinen Blondschopf, den Weg zu ihnen heraufkamen.

»Er hat also Wort gehalten und es geschafft«, sagte Amil erleichtert.

Der Junge führte die Pferde zu ihnen an die Weggabelung und blieb stehen. Das schwächer werdende Mondlicht schien hell auf seine Haare, sodass es aussah, als wären sie nicht von goldener, sondern weißer Farbe. Auf dem Rücken trug der Junge einen vollgepackten Beutel und um den Hals eine Kette mit einem kleinen goldenen Anhänger, den Emiron Tags zuvor nicht gesehen hatte. Die Tragetaschen auf ihren Pferden sahen so aus, wie sie sie zurückgelassen hatten. Niemand hatte sich an ihnen zu schaffen gemacht.

»Eure Pferde, versorgt und ausgeruht, wie Ihr es gewünscht habt«, sagte Preston höflich zu Amil. »Eure zwei Münzen musste ich allerdings als Bestechungsgeld an die Nachtwache hergeben.«

»Und jetzt möchtest du sie zusammen mit den vier noch ausstehenden wiederbekommen?«, fragte Amil und lächelte.

Der Junge zögerte. Als er antwortete, schaute er zu Boden, als unterhielte er sich mit seinen Füßen. »Ich möchte, dass Ihr mich mit Euch nehmt.«

Darauf sagte erst einmal niemand ein Wort. Emiron wusste, dass sein Meister den Jungen freundlich, aber bestimmt abweisen würde. Er fragte sich, wie der Bursche überhaupt darauf kam, mit ihnen gehen zu wollen, da er doch in der Stadt zu Hause war.

Als hätte Preston Emirons Gedanken gelesen, sagte er: »Ich habe kein Zuhause in der Stadt, und ich will auf keinen Fall hier bleiben. Meine Eltern sind lange tot, alle reden von einer Krankheit, die uns heimsuchen wird, und wenn Ihr mich nicht mitnehmt, gehe ich auf eigene Faust irgendwohin.« Er hob trotzig den Kopf und schaute Amil zugleich auffordernd und bittend an.

Der Meister lächelte immer noch und musterte den Jungen eingehend. »Weißt du denn, wer wir sind?«, frage Amil lächelnd.

»Ich weiß es nicht sicher, aber ich glaube, ihr seid Nomendi. Mein Vater hat mir von den Nomendi und ihren Rüstungen erzählt, und ich erkenne sie wieder, auch wenn ich nie zuvor eine gesehen habe.«

Amil betrachtete den Jungen noch einmal, wie er so dastand, mit dem Sack auf dem Rücken, bereit, in die weite Welt zu gehen, und sagte dann: »Wenn es dein Wunsch ist und du dir ganz sicher bist, darfst du mit uns kommen.«

Preston blickte auf, und reine Freude stand ihm ins Gesicht geschrieben. Er sah aus, als würde er gleich vor Glück und Zuversicht schreien. Stattdessen grinste er breit und blickte Amil erwartungsvoll an, nahm den kleinen goldenen Anhänger in die rechte Hand und umschloss ihn sicher mit der Faust.

»Versprich mir nur eines«, fügte Amil ernst hinzu. »Mach immer, was ich dir sage. Solltest du dich nicht daran halten, musst du uns verlassen.«

»Mach ich«, versprach Preston aufgeregt und glücklich.»Ich versprechs.«

»Dann ist es ja gut«, sagte Amil und nahm einen Ersatzumhang aus einer der Tragetaschen.

Auch Emiron, der über die Entscheidung seines Meisters ziemlich verwirrt war, holte seinen zweiten Umhang heraus und zog ihn über die Rüstung, sodass sie wieder vollkommen verdeckt wurde.

»Mein Name ist Amil und ich bin ein Nomendi aus Lothinar. Dies ist mein derzeitiger Schüler Emiron. Befestige deine Sachen an Emirons Pferd. Du wirst mit auf meinem Pferd reiten.« Amil schwang sich in den Sattel und sah zu, wie der Junge seinen Sack an einer der Taschen befestigte. Dann nahm er ihn hoch und setzte ihn vor sich.

Auch Emiron bestieg sein Pferd. Im Osten sah man nun einen kleinen hellen Strich am Horizont. Der neue Tag kündigte sich an.

»Wir werden nicht die alte Waldstraße nehmen. Dort ist mir die Gefahr der Verfolgung zu groß. Wir reiten am Rande des Waldes nach Nordwesten. Hoffen wir, dass wir dort ungestört bleiben.«

Sie wendeten ihre Pferde und ritten über saftiges grünes Gras am Waldrand in westlicher Richtung. In Ihrem Rücken erhob sich langsam die Sonne eines neuen Tages.

II

Im Osten stieg die aufgehende Sonne immer höher und erwärmte mit ihren ersten hellen Strahlen die dicke Stadtmauer von Enhor. Im Innern der Festung, wohin kein Sonnenstrahl drang, stand ein dunkelhaariger Mann in einem geschmückten blauen Gewand und mit einer goldenen Kette um den Hals in einem von Fackellicht erhellten Raum. Seine Hände hinter dem Rücken verschränkt, schaute er mit ernstem Ausdruck aus dem Fenster nach Süden.

»Sie konnten entkommen«, sprach er. »Meine Männer hatten keine Möglichkeit, sie festzusetzen. Auch Euer Diener hat versagt.« Der Mann sprach schnell und schaute dabei weiter aus dem Fenster. Jemand stand bei ihm im Raum, kleiner als er, etwa so groß wie ein älteres Menschenkind und ganz in Schwarz gekleidet. Sein Gesicht war unter einer großen Kapuze vollkommen verborgen.

»Mein Diener wurde nicht besiegt, sondern nur zurückgedrängt«, sagte er mit einer kalten, kratzigen Stimme. »Ich bin überzeugt, er hätte sie besiegt, wäre ihnen kein Fluchtweg geblieben.«

»Das spielt nun keine Rolle mehr. König Balduan von Tesnan wird davon erfahren und vielleicht etwas gegen mich unternehmen.«

»Was will der König denn tun?«, fragte der andere lachend. Sein Lachen war kalt und spitz. »Die Seuche kommt der Stadt immer näher und Orks streifen frei und ungehindert durch das Land der Menschen. Ihr habt selbst gesagt, es sei Zeit für Taten, nicht für leere Worte.«

»Das stimmt«, sagte der Fürst gemessen und nickte. »Wenn ich nicht handle, wird es niemand tun.«

»So ist es. Ich selbst werde Euch beistehen, und zusammen halten wir die Seuche aus dem Süden auf, ja vernichten sie vielleicht ganz. Zusammen können wir dem Tod Einhalt gebieten. Vertraut mir.« Er sprach jetzt mit einer melodischen Stimme, einem Singsang, der die Bedeutung der Worte um ein Vielfaches verstärkte. »Wenn es Euch kümmert, so schicke ich jemanden, der die Nomendi aus dem Weg schafft.«

Für einen Moment spürte der Fürst die aufkommende Kälte im Raum, doch fasste er sich schnell wieder und drehte sich zu dem Wesen um. Rot glühende Augen blitzten wie helle Rubine unter der schwarzen Kapuze hervor.

»Tut, was Ihr für notwendig erachtet«, sagte der Fürst. Ein Schauer lief ihm über den Rücken. Ihm war, als sähe er einen dunklen Schatten vor sich stehen.

»Gewiss«, gab das Wesen mit seiner schneidenden Stimme zurück. »Tut, was ich Euch sage, und Seuche sowie streunende Orks werden vernichtet.«

»Ihr denkt an unsere Vereinbarung?«, fragte der Fürst, während er sich wieder dem Fenster zuwandte.

»So, wie Ihr dort steht, werdet Ihr zum neuen König von Tralessa gekrönt. Dies war und bleibt mein Versprechen an Euch. Ihr werdet diese Lande beherrschen. Alles Volk wird Eurem Wort folgen, bis in den Tod und noch darüber hinaus.«

Der Fürst lächelte den heller werdenden Himmel an. König Richolas – ein wunderbarer Gedanke! Und er musste nichts weiter dafür tun, als die aufkommende Seuche mit Gewalt zu vernichten – was für ein unschätzbar guter Handel.

»Sammelt Eure Truppen, Fürst, es wird Zeit«, sagte das Wesen und verließ den Raum.

Richolas setzte einen entschlossenen Gesichtsausdruck auf. Er würde seine Truppen heute ins Feld schicken. Alle Bauerndörfer und kleinen Siedlungen, die sie auf dem Weg zu den südlichen Bergen passierten, würde er niederbrennen und alles Leben dort auslöschen. Manchmal waren radikale Taten gefragt, um das Überleben des eigenen Volkes sicherzustellen. Nur fehlte es oft an überzeugten Menschen, die sie ausführten. Als Held und zukünftiger König von Tralessa käme er zurück in seine Stadt. Das Volk würde allein ihm zujubeln und erkennen, dass er fähig war, nicht nur mit Worten, sondern auch mit den entsprechenden Taten umzugehen. Es war sein Schicksal – seine Bestimmung. Langsam drehte er sich um und folgte dem dunklen Wesen hinaus.

Emiron schaute zu einem hellblauen, sommerlichen Himmel empor. Einige weiße Wolken zogen über sie hinweg. Seit den frühen Morgenstunden waren sie nun schon am Waldrand entlanggeritten. Enhor lag weit hinter ihnen im Osten. Zu ihrer Linken erhoben sich die alten, knorrigen Bäume des Lendamwaldes wie eine bedrohliche, lebendig wirkende Mauer. Zu ihrer Rechten erstreckte sich eine weite Graslandschaft, die hier und da von einem einsamen Bauernhaus oder einem Baum unterbrochen wurde. Ihr Ziel lag etwa zwei Tagesritte entfernt im Nordwesten.

Sie sprachen kein Wort, während ihre Pferde über einzelne dicke Wurzeln sprangen, die wie Schlangen aus dem Wald in das hohe Gras krochen. Emiron spielte den vergangenen Tag in Gedanken noch einmal durch. Man schickte sie im Auftrag des Kaisers und der Stadt Lothinar nach Enhor, um den Fürsten vor der Bedrohung der Seuche aus dem Süden zu warnen und Wissen über diese zu sammeln.

Ihr Ziel war es gewesen, die Handelsstadt kontrolliert räumen zu lassen. Die Bewohner sollten sich nach Norden in die kleineren Dörfer und Städte oder in die Königsstadt Tesnan in Sicherheit begeben, sodass die Krankheit sich nicht weiter nach Norden ausbreitete. Stattdessen hatte der Fürst einen regelrechten Krieg ausgerufen. Einen Krieg, den er nicht gewinnen konnte, mochte er noch so viele Unschuldige dafür in den Tod schicken. Krankheiten hielt man nicht mit Waffen auf, so viel war sicher. Aber was hatte Richolas diesen Wahn in den Kopf gesetzt? Sicherlich waren die Menschen in der Stadt froh, dass ihr Fürst gegen die aufkommende Bedrohung handelte, doch wussten sie überhaupt, gegen wen oder was sie da in den Kampf zogen? Selbst Amil und er wussten bis jetzt nicht viel über die Krankheit, nur dass sie jeden dahinraffte, der nicht frühzeitig flüchtete. Einige Fliehende hatten sich bis nach Enhor durchgeschlagen und ihren Bewohnern so von den Qualen ihrer sterbenden Familien berichten können. So hatte es nicht lange gedauert, bis die Kunde an den kaiserlichen Hof in Valinar und zu den Nomendi in Lothinar gelangte. Schon immer waren Nomendi durch die verschiedenen Königreiche von Araquest gestreift, allzeit darauf bedacht, den Frieden aller Reiche zu wahren und vor Gefahren zu warnen. Eine Krankheit jedoch, die wie ein unbekanntes Heer über das Land hereinbrach, war mehr als eine kleine Unstimmigkeit unter den Völkern. Dazu kamen nun die vielen Orks, die sich seit einigen Wochen gehäuft nach Norden trauten. Waren sie von der Seuche nicht bedroht? Was steckte dahinter? Vor allem wollte er wissen, was das für ein seltsamer Schatten war, der sich des Fürsten sichtlich bemächtigt hatte. Er war sich jetzt ganz sicher, in dessen Äußerungen eine dunkle Macht wahrgenommen zu haben.

Als sei dies alles nicht schon genug, war da noch diese unbekannte Gestalt gewesen, die über ähnliche magische Techniken verfügte, wie ein Nomendi sie anwandte. Er konnte es sich nicht erklären. Wer sollte ein Interesse daran haben, Menschen in Gefahr zu bringen? Natürlich nutzten die Orks aus den Bergen jede Möglichkeit, Menschen zu quälen und zu töten. Aber was konnten sie mit der Seuche zu tun haben, die außer ihnen alles dahinraffte? Orks waren nicht gerade die schlauesten Kreaturen, und Emiron zweifelte stark an ihren Fähigkeiten. Das Schlimmste von allem aber war, dass sein Meister keine Antworten auf diese Fragen fand. Amil, der sonst eigentlich alles wusste, konnte sich die Hergänge offenbar genauso wenig erklären wie er selbst, und das war kein guter Gedanke. Und warum entschied er dann noch, einen fremden Jungen mit nach Tesnan zu nehmen? Amils prüfender Blick, als er den Burschen betrachtet hatte, war ihm nicht entgangen, doch seiner Auffassung nach war Preston ein ganz normaler Junge, nicht bemerkenswerter als andere Jungen in seinem Alter. Immerhin, seit ihrem Aufbruch hatte er kein einziges Wort gesprochen.

Der Fürst ritt in voller Rüstung auf seinem hohen Ross gemächlich dahin. Zufrieden und selbstgefällig schaute er sich um. Sein Heer folgte ihm mit schnellen Schritten. Es waren sicher an die tausend Mann, die er mit sich führte, genug also, um gegen die Bauern in den kleinen Dörfern und herumstreunende Orks vorzugehen. Es waren auch viele Kaufleute seinem Aufruf gefolgt, sodass nicht alle wie Soldaten mit Kettenhemden gepanzert und bewaffnet waren, aber dennoch würden sie die Seuche mit allen Kranken, denen sie begegneten, ein Stück mehr eindämmen und die wenigen

Orks wieder in die südlichen Berge vertreiben. Zufrieden betrachtete er sein Banner. Es wurde von einem Mitglied seiner Leibwache getragen und wehte im aufkommenden Wind. Das Knattern des Stoffes war Musik in seinen Ohren. Schon bald würde er das Zeichen seiner Stadt überall in Tralessa sehen, selbst in der Königsstadt Tesnan. Wenn er erst als Retter der Menschen und aller Völker des Reiches nach Enhor zurückkehrte und das bekam, was ihm zustand, würde er als der neue König endlich alles bekommen, was ihm bisher verwehrt worden war. Sein Blick fiel auf die in Schwarz gekleidete Gestalt seines Begleiters, der neben ihm ritt. Er schaute ihn nicht an, und doch fühlte er sich von ihm beobachtet. Er erinnerte sich noch gut an den Tag, als er in seiner Stadt aufgetaucht war und ihm das verlockende Angebot unterbreitet hatte, ihm die Macht im Reich zu verschaffen, die ihm zustand. Am Anfang hatte er Bedenken gehabt, doch schlussendlich war er auf den Handel eingegangen. Einige Tage später hörte man dann von der Krankheit, die in den südlichen Gefilden Bauern und Vieh dahinraffte. Flüchtlinge strömten nach Enhor und baten um Schutz. Die schwarze Gestalt hatte zu ihm gesagt, er müsse seinem Volk zeigen, dass er ein wahrer Herrscher sei. Mit den Truppen der Stadt müsse er jeden Menschen im Süden töten, um das weitere Ausbreiten der Seuche zu verhindern. Und wenn Orks sich blicken ließen, so solle er auch diese wie elendes Viehzeug niedermachen.

Wenn er erst siegreich nach Enhor zurückkehrte, würde er der schwarzen Gestalt deutlich machen, dass er sie nicht mehr brauchte. Er konnte mit seinen Truppen weiter nach Tesnan marschieren und sich dort als König niederlassen. Und wer weiß, vielleicht käme er mit ein wenig Glück sogar bis nach Valinar.

Eine Trompetenfanfare durchbrach seine Gedanken. Einige Reiter aus der Vorhut stießen zu ihnen, ihre Gesichter bleich und angsterfüllt. »Sie sind nur noch wenige hundert Meter vor uns«, sagte einer von ihnen keuchend. »Jenseits dieses Hügels liegt ein flaches Tal. Dort sind sie versammelt.«

»Wer genau? Menschen oder Orks?«, fragte Richolas. Er verstand nicht, warum seine Soldaten sich so fürchteten. Was konnten ein paar einfache Bauern oder Orks gegen sein Heer ausrichten?

»Wir wissen nicht, was sie sind. Sie sehen aus wie Menschen, jedoch bewegen sie sich seltsam schwerfällig, aber ...«

»Ja, was denn nun?«, fragte Richolas gereizt.

»Ich weiß, es klingt verrückt, aber einige von ihnen sehen aus, als seien sie ...«, der Soldat machte eine kurze Pause, »... als seien sie nicht mehr am Leben.«

»Und wie, meinst du, können sie sich dann auf uns zu bewegen?« Entnervt winkte er ab. Sicher sah dieser Soldat nur die von der Krankheit gezeichneten Bauern, die mit letzter Kraft ihrem Schicksal zu entkommen versuchten. »Wir greifen an. Gebt den Befehl weiter«, sagte er in einem, wie er hoffte, starken Befehlston. Zufrieden hörte er den Trompeten zu, die seine Männer zur Aufstellung drängten. Bei einem Seitenblick bemerkte er, dass das schwarze Wesen nicht mehr bei ihm war. Ganz sicher war es bis vor wenigen Sekunden an seiner Seite gewesen. Wie konnte es sich so schnell und unbemerkt entfernen und zu welchem Zweck? Wollte es den Angriff von einer anderen Stelle aus unterstützen?

Seine Männer standen in einer langen Kampflinie bereit, die einfachen Händler und Abenteurer als Stoßtrupp vor den Soldaten. Gemessenen Schrittes marschierten sie voran auf eine grüne Hügellandschaft zu, die sich zu einer breiten Kuppe erhob. Er konnte nicht sehen, was dahinter war, zweifelte aber keinen Moment, dass es, was immer es war, kein Problem für ihn darstellte.

Sie waren noch etwa fünfzig Meter von der Anhöhe entfernt, als er sie sah. Es waren nicht nur ein paar Bauern. Es mussten an die fünfhundert Menschen auf der Anhöhe sein. Und es waren nicht nur Menschen. Unter ihnen sah er auch einige Orks und kleinere Gestalten, von denen er nicht sagen konnte, wer oder was sie waren. Erst dachte er an Elfen, aber Elfen hielten sich aus den Angelegenheiten der Menschen heraus, so gut sie es vermochten. Noch dazu lebten kaum mehr welche von ihnen im Süden seines Landes. Die kleinen Gestalten bewegten sich schnell und trugen anscheinend schwarze Rüstungen, die jedes Licht aufsogen, als wären sie dunkle Löcher der Finsternis.

Er brauchte einige Sekunden, um zu begreifen, was er sah. Dann befahl er, ohne Zeit zu verlieren, den Angriff. Seine Truppen marschierten zügig auf die Gegner zu, und als die zwei Heere aufeinanderprallten, bebte der Boden.

Fürst Richolas war in den hinteren Reihen geblieben. Er wollte zuerst sichergehen, dass die Schlacht gewonnen war, bevor er selbst in das Kampfgeschehen eintrat, jedoch vergingen nur wenige Minuten, bis die Angriffsrufe seiner Truppen sich in Angstschreie wandelten.

Etwas stimmte nicht. Immer mehr seiner Leute rannten davon und versuchten, sich abseits des Schlachtfeldes in Sicherheit zu bringen. Wütend schrie er Befehle, die ungehört verhallten. Er konnte nicht glauben, was er sah. Seine Männer rannten vor dem Feind davon? Das durfte er nicht zulassen. Wutentbrannt preschte vor.

Als er die ersten Gegner aus der Nähe sah, stieg unvermittelt eine unbekannte Furcht in ihm auf. Angst umarmte ihn wie ein alter und fast vergessener Bekannter. Ein süßlicher Geruch stieg ihm in die Nase, als er mehrere von ihnen auf sich zukommen sah. Sie schleppten sich langsam vorwärts auf ihren Gliedern aus Knochen, an denen nur verfaultes Fleisch hing. Tote Körper. Vermeintlich lebendige Leichen. Was war hier los?

Ein Zischen an seinem Ohr ließ ihn erschaudern. »Jetzt bekommt Ihr die Macht im Reich, die Euch wahrhaftig zusteht«, sagte das schwarze Wesen und stieß ihm ohne Vorwarnung eine lange schwarze Klinge in die Brust. Sie durchdrang seine Rüstung, als wäre sie aus Butter. Unerwartete Kälte überwältigte und lähmte ihn. Langsam kippte sein schlaffer Körper zur Seite, bis er vom Pferd fiel und still am Boden liegen blieb. Ein paar letzte Atemzüge gelangen ihm noch, während er in die toten Augen und auf die toten Körper der eigenen Männer um sich her blickte. Sie würden nie wieder lebendig nach Enhor zurückkehren. Das Wesen hatte ihn in eine Falle gelockt, und er hatte kläglich versagt. Die Schlacht war verloren, und das Reich würde ins Dunkel sinken – mit seiner Stadt, die er über alles liebte. Wie hatte er nur so ein Narr sein können? Dann brach sein Blick.

Es war bereits Abend geworden, als Amil das Tempo verlangsamte und sein Pferd schließlich an einem von jungen Bäumen geschützten Grasplatz am Waldrand zum Stehen brachte. In der Nähe floss ein kleiner Bach zwischen den mächtigen Stämmen hindurch. In der Ferne konnte man die Schemen dreier nahe beieinanderstehender großer Berge erkennen, die einsam aus der Graslandschaft aufragten.

»Hier werden wir heute die Nacht verbringen.« Er stieg ab und half dem Jungen vom Pferd. Preston sah sich sofort in der Umgebung um. »Du kannst Feuerholz sammeln. Geh aber nicht zu tief in den Wald und nimm nur totes Holz vom Boden. Nicht alle Bäume hier sind freundliche Wesen.«

Der Junge nickte und verzog sich ins Unterholz, um seinen ersten Auftrag auszuführen.

Emiron stieg vom Pferd und sah sich um. Der Platz hatte etwas Gutmütiges an sich, gerade so, als hätte er nur auf sie gewartet. »Dies hier scheint ein freundlicher Ort zu sein«, sagte er und schaute Preston dabei zu, wie er einige tote Zweige aufsammelte. Die beiden Pferde stupsten einander kameradschaftlich die Nasen und fingen dann an, große Büschel frischen Grases zu fressen.

»Es ist ein alter Rastplatz der hier lebenden Waldelfen«, sagte Amil und schaute zu den knorrigen Bäumen in ihrer Nähe. Ihre hohen Wipfel bewegten sich sanft im Wind. »Mit ein bisschen Glück treffen wir heute Abend welche aus dem alten Volk, das in Tralessa einst sehr zahlreich war.«

»Meint Ihr, dass sie etwas über die Zustände im Süden wissen?«, frage Emiron.

»Das kann ich nicht mit Sicherheit sagen. Wenn aber jemand überhaupt etwas sicher darüber weiß, dann sind es die Elfen. Du hast Celborn gehört. Viele von ihnen streifen noch immer durch das südliche Land, und auch er stammt aus dem alten Volk. Elfen gehen anders mit Veränderungen in ihrer Welt um. Stets sind sie darauf aus, das zu erhalten, was ist, da sie selber unsterblich sind und bewahren wollen, was sie kennen und lieben. Ändert sich etwas in ihrer schützenswerten Heimat, dann erfahren sie es sehr schnell.«

Im Unterholz knackte es laut, und ein blonder Schopf tauchte zwischen zwei hohen Büschen am Rand der Lichtung auf. »Das dürfte reichen«, sagte Preston und schleppte das gesammelte Holz dorthin, wo noch die Überreste eines erloschenen Feuers erkennbar waren.

Sie saßen gemeinsam am Feuer und aßen eine Kleinigkeit der mitgebrachten Vorräte aus ihren Tragetaschen, bevor die Sonne hinter den drei Bergen im Westen versank und die ersten Sterne am dunklen Himmel erschienen.

»Die Berge sind von hier zwar deutlich zu sehen«, sagte Amil und wischte sich den Mund ab. »Aber ich denke, dass wir noch zwei Tage reiten müssen, ehe wir Tesnan erreichen.«

Emiron schaute die nahen und doch so fernen Berge an. Er wusste, dass die Stadt direkt an ihrem Fuß lag, denn er war schon einige Male mit Amil dort gewesen. »Meint Ihr, dass Tesnan ebenfalls in Gefahr ist?«, fragte er.

»Ich weiß es nicht«, antwortete Amil bedrückt. Er räumte die Reste ihrer Mahlzeit weg und fügte hinzu: »Vieles ist mir nach wie vor ein Rätsel. Ich glaube nicht, dass es eine natürliche Krankheit ist, die sich da von Süden her verbreitet.«

»Bei uns im Wirtshaus haben viele über das Unheil im Süden gesprochen«, meldete sich Preston zu Wort. »Sie sagen, dass man krank wird, wenn man in die Nähe von Toten kommt. Es gab auch einige, die von Orks gesprochen haben oder welchen begegnet sind. Norbert der Lange hat damit geprahlt, gleich sieben von ihnen mit einem Schlag seines Hammers getötet zu haben. Das hat ihm aber keiner geglaubt.«

»Es ist seltsam, dass sich vermehrt Orks im Süden zeigen, wo sie doch Gefahr laufen, sich bei den Kranken anzustecken«, sagte Amil und setzte seine nachdenkliche Miene auf. »Was für eine Seuche tötet Menschen und ihr Vieh, ohne für die Orks gefährlich zu sein?«

Leise Geräusche am Waldrand schreckten sie auf, und Emiron legte die rechte Hand auf den Griff seines Schwertes. Amil schaute in die Richtung, aus der die Laute kamen. Es war, als würden leise Glöckchen klingeln und viele Stimmen dazu kaum vernehmlich singen. Emiron ließ den Griff des Schwertes wieder los. Er ahnte, wer dort durch den Wald kam, und es erfreute sein Herz. Schon immer hatte er die Anwesenheit von Elfen zu schätzen gewusst. Sie waren die freundlichsten Geschöpfe auf dieser Welt. Ihr Wesen war gut und rein. Ihre Seelen strahlten so hell und makellos, dass es ihn bei mancher Begegnung zu Tränen gerührt hatte. Als Kind war er zu den Elfen in Lothinar gezogen und hatte dort vieles von ihnen lernen dürfen. In Lothinar, der Stadt der Nomendi, gab es noch sehr viele von ihnen. Nur in der Elfenstadt Glorina und im Reich Fedalia lebten noch mehr. Sie alle gehörten dem Elfenvolk des Nordens an. Sie waren als die ältesten und weisesten der Unsterblichen bekannt.

Sicher steckte mehr als Glück dahinter, wenn sie hier auf Elfen des Südens trafen, denn man wusste auch bei einem ihrer alten Rastplätze nie, ob sie ihn noch benutzten. Die Elfen des Südens blieben fast immer unter sich und mieden, anders als die des Nordens, die Gesellschaft der Menschen. Konflikte und Unruhen unter den Elfen, aber auch mit den Zwergen, hatten in der Vergangenheit dazu geführt, dass es nicht mehr viele von ihnen gab. Emiron kannte nur Bruchstücke von dem, was sich abgespielt hatte, aus Geschichten, da alles schon endlos lange zurücklag, aber er wusste, dass es auch heute noch lebende Elfen aus jener Zeit gab, obwohl ihre Zahl weiter stetig abnahm.

Ein bläuliches Licht erhellte die Lichtung. Es strahlte aus Laternen, die einige kleine Geschöpfe in die Höhe hielten. Es war eine Gruppe von etwa dreißig Elfen in grauen und grünen Umhängen. Im Gegensatz zu ihren Verwandten im Norden waren sie klein und sahen fast wie Kinder aus, die auf eine unbegreifliche Weise Würde und Alter ausstrahlten. Leise bewegten sie sich durch das Dickicht auf sie zu. Ihre Umhänge raschelten dabei durch das Unterholz. Die schmalen Gesichter schauten heiter und freudig überrascht.

»Drei Gestalten sitzen hier«, sangen einige und fingen an zu kichern. »Drei Gestalten auf unserem Platz. Was mag wohl der Grund für ihre Reise sein?«

»Seid gegrüßt, ihr Waldelfen«, sagte Amil freundlich und erhob sich. »Es würde uns sicherlich sehr freuen, wenn Ihr gedenkt, heute Nacht bei uns zu bleiben.«

»Wie freundlich er doch ist«, spaßte einer der Elfen, und seine spitzen Ohren bewegten sich, als er den Kopf schief legte, »uns unseren eigenen Platz zum Ruhen anzubieten. Aber ja, wir bleiben gern, denn in guter Gesellschaft nächtigt es sich doch besser.«

Sie kicherten und flüsterten untereinander, als sie alle auf die Lichtung traten und sich zu den drei Gefährten ans Feuer setzten. Einige Elfen zogen sich kurz zurück und brachten zusätzliches Holz und Essen. Darunter war ein gelbgrüner Trunk, der, als Emiron einen Schluck davon kostete, seinen ganzen Körper in einen zufriedenen, entspannten Zustand versetzte. Preston glotzte die Elfen mit aufgerissenen Augen an, die sich nun um ihn setzten und ihn ebenfalls interessiert anstarrten.

Es herrschte eine gemütliche und freundliche Stimmung. Sie aßen gemeinsam und hörten den Liedern zu, die im Hintergrund gesungen wurden.

Es dauerte nicht lang, bis das Mahl vorüber war und Müdigkeit über sie kam. Emiron wurde schläfrig. Das zweite Essen lag ihm schwer im Magen, und der Trunk tat ein Übriges. Preston lag zwischen zwei Elfen nah am Feuer und schlief bereits tief und fest, als einer von ihnen plötzlich ein Gespräch begann.

»Ihr seid auf dem Weg nach Tesnan?« Der Elf senkte die Stimme, sodass Preston in seinem seligen Schlaf nicht gestört wurde.

»Wir kommen von Enhor und wollen nun zum König, ja«, antwortete Amil ebenfalls leise. Einige der Elfen stimmten ein weiteres Lied an, als der Mond seine hellen Strahlen auf die Lichtung warf.

»Unruhige Zeiten sind das«, sagte der Elf traurig. »Wir sind auf dem Weg in die nördlichen Lande zu unseren Verwandten. Hier wollen und können wir nicht länger bleiben. Unsere Heimat wird bald nicht mehr sein.«

»Was ist passiert?«, fragte Emiron. Es konnte nichts Gutes heißen, wenn Elfen sich entschlossen, ihre Heimat zu verlassen.

»Ein Schatten kommt von Süden her. Und er ist nicht mehr fern.«

»Ihr wisst also davon?«, fragte Amil angespannt.

»Ja und nein«, antwortete der Elf. Sein grauer Umhang lag locker auf seinen Schultern. Darunter war im Licht des Feuers eine lederne Gewandung zu erkennen, die reich mit Blattsymbolen verziert war. »Wir glauben, etwas zu wissen, sind jedoch nicht vollkommen sicher. Vieles spricht dafür, dass etwas Schlimmes geschehen ist.«

»Was wisst Ihr über die Seuche im Süden? Kommt sie von den Bergen? Oder hat Duhn etwas damit zu tun? Wandert der Fluch des verlorenen Reiches nach Tralessa?«

»Wir nennen es nicht Seuche, doch kommt es von den Bergen und den Gebieten, die ihr Menschen Verlorenes Reich nennt. Jedoch glauben wir nicht, dass die Stadt Duhn und ihr Fluch etwas damit zu tun haben. Jene Geschöpfe der alten Königsstadt können ihre Grenzen nicht überschreiten.« Das blaue Laternenlicht spiegelte sich geheimnisvoll in den grauen Augen des Elfen. Das Feuer war heruntergebrannt. »Etwas ist in die Welt gekommen, und ich meine nicht die Orks. Es ist ein alter Schatten, den wir Elfen einst schon fürchten mussten. Ihr wisst, wovon ich spreche?«

Amil sah leicht irritiert aus, als könnte er nicht fassen, was er gerade gehört hatte. »Wie könnte das möglich sein? Ihr sprecht doch nicht von den Kreaturen der alten Zeit? Meines Wissens wurden alle schon vor Ewigkeiten im großen Krieg der Götter vernichtet. Nichts ist von ihnen geblieben, bis auf wenige Ruinen weit jenseits der südlichen Berge.«

»Der Tod geht um im Süden, Amil«, sagte der Elf eindringlich. In seiner Stimme schwang eine Spur von Anspannung mit. »Er geht um, versteht Ihr? Die ersten Bäume unseres Waldes sind vertrocknet oder liegen im Sterben. Dunkle Gestalten wandeln nun unter ihnen. Dichter weißer Nebel drängt sich durch sein Unterholz. Nicht länger vermochte unsere Magie sie aufzuhalten.«

»Dann redet Ihr nicht von den Orks oder den Verfluchten aus Duhn?«, fragte Emiron, der versuchte, die Erklärung des Elfen zu verstehen.

»Nein, ich rede nicht von den verfluchten Orks, obwohl ihre derzeitige Zahl bei Weitem die übersteigt, die unser Volk seit vielen Menschenleben erdulden musste.« Der Elf trank einen Schluck der klaren Flüssigkeit aus seinem Becher. »Ich rede von den dunkelsten aller Geschöpfe dieser Welt, jenen, die einst glaubten, die Welt und gar den Tod selbst zu beherrschen.«

»Ich verstehe immer noch nicht«, sagte Emiron nun etwas lauter. Er war es leid, wie dieser Elf in Rätseln sprach. Er wollte endlich wissen, was denn dieser Schatten war, vor dem sich sogar die Elfen fürchten mussten. Was konnte so mächtig sein, dass Elfen ihre Heimat verließen?

Amil blickte in das nur noch schwach glimmende Feuer. Die kleinen Flammen zuckten über das letzte Holz und kämpften ums Überleben. »Es kann eigentlich gar nicht sein … Dass sie noch existieren, meine ich. Sie wurden nämlich einst in einer großen Schlacht geschlagen, als das Reich von Duhn und seine Stadt noch nicht verloren und öde waren, der Fluch noch nicht gesprochen und die Zwerge im Norden wie im Süden ihre tiefen Schächte gruben. Doch kenne ich nur Bruchstücke dieser alten Geschichten und Lieder aus vergangener Zeit und bin nicht der Richtige, sie vorzutragen.«

»Wenn Ihr es wollt, kann ich Euch einen Teil eines alten Liedes vortragen, das ich vor langer Zeit von meinem Vater lernte«, bot der Elf an.

Emiron nickte. Er mochte Geschichten aus den vergangenen Zeiten und war jetzt vor allem neugierig auf eine Erklärung der Geschehnisse.

»Es wäre uns eine Freude«, sagte Amil, und der Elf begann mit süßer Stimme ein Lied zu singen. Andere Elfen fielen teilweise ein, sodass sich bald ein ganzer Chor von

Stimmen erhob. Emiron fühlte sich, als tauchte er in das Lied ein, so als sei auch er ein Teil davon und von seiner Geschichte.

Einst waren zwei Wesen von großer Macht,
Weise, voll Schönheit und Zauberkraft.
Niemand wusste, woher sie kamen.
Fanir und Fanros, so waren ihre Namen.
Als Götter der Wesen formten sie die Welt,
Schufen mit Bedacht unterm Himmelszelt.
Ihr Wirken voll Großmut war edel zugleich,
Sollte auch bewahren ihre Macht, so reich.

So schufen sie Schmuck für die Ewigkeit,
Mit Metallen und Kraft aus der alten Zeit.
Macht und Magie lebten darin fort,
Wo immer sie waren, von Ort zu Ort.
Viel Gutes schufen sie somit zusammen,
Und niemand musste mehr leiden, noch bangen.
Fanir, sein Wissen zu teilen gedacht,
Viel Zeit auch unter den Menschen verbracht.

Fanros empfand dies als Verrat,
Wollt' allein regieren, stark und hart.
Streit unter den Mächtigsten entstand,
Er verlor den Zwist und verließ das Land.
Die Getreuen nahm er mit sich fort,
Ging weit in den Süden und regierte dort.
Sein Hass wuchs und dunkel wurd' seine Gestalt,
Hexenkraft und schwarze Magie besaß er bald.

Schuf dunkle Geschöpfe voll Grausamkeit,
War zum Kampf gegen Fanir gar bereit.
Jedes Volk unterwerfen, das war sein Ziel,
Zu kämpfen, bis jeder in Schatten fiel'.
Freie Völker schlossen gegen ihn sich zusammen,
Trotzten dem Schatten, und den Sieg sie errangen.
Das Dunkle, zerstört vom vereinten Heer,
Für den Schatten gabs keine Wiederkehr.

Fanirs Schmuck jedoch wurd' im Kampf zerstört,
Seine Macht erstarb, ward nie mehr gehört.
Der dunkle Schmuck, er ging verloren,
Auf dass er niemals neu erkoren.
Bevor Fanir geschwächt die Welt verließ,
Pflanzt' er einen Baum, den er Zeroida hieß.
Seitdem ist das Schicksal an diesen gebunden,
Bis ein neues Licht wird dereinst gefunden.

Der Elf verstummte, und lange Zeit erfüllte Schweigen die Lichtung.

Schließlich durchbrach Emiron die Stille. »Ich habe einige Zeit bei Euren Verwandten im Norden gelebt und viele ihrer Lieder und Geschichten gehört, und natürlich kenne ich die Geschichten vom alten Baum, von Fanir und von vielen großen Schlachten. Dieses Lied aber ist mir völlig fremd. Was hat es damit auf sich?«

»Dass Ihr das Lied noch nie gehört habt, wundert mich nicht. Unser Volk kennt viele vertraute aber auch fast vergessene Geschichten und Lieder. Manche davon hören wir oft, andere sehr selten. Besonders jene, die unsere Herzen mit Trauer erfüllen, werden nur selten vorgetragen.«

Eine angenehm kühle Nachtluft umgab sie. Die vielen Schatten auf der Lichtung waren in das blassblaue Licht der kleinen Lampen getaucht und ließen ihren Lagerplatz ein wenig geisterhaft wirken. Amil schaute schweigend die nahen Bäume an. Die hohen Kronen tanzten sachte im Wind.

Emiron blickte in die schwach glimmende Glut des Feuers, während der Elf weitersprach. »Die Geschichte handelt von den zwei großen Göttern der alten Zeit. Fanir wird in vielen Liedern und Geschichten genannt, und sein Baum steht auch heute noch in vollem Glanz im Herzen von Glorina. Fanros war sein Bruder im Geiste, so könnte man es nennen. Er schuf den Schatten, um seine Macht in dieser Welt zu festigen. Wir Elfen sprechen wenig darüber, denn es waren unsere Verwandten, die dem Schatten verfielen – die dunklen Albe in der Sprache der Elfen, oder Dunkelelfen in Eurer Sprache.«

»Also gab es diese Geschöpfe wirklich?« Es war einige Jahre her, aber Emiron war sich doch sicher, dass er diese Bezeichnungen schon einmal gehört hatte. In seiner Kindheit waren ihm in Lothinar viele Märchen von den Elfen erzählt worden. Damals hatte er sich bei diesen Geschichten gefürchtet.

»Es gab sie, ja«, antwortete der Elf mit schwerer Stimme. »In der großen Schlacht von Duhn wurden sie mithilfe des großen Bündnisses alle vernichtet und Fanros in den Schatten gestürzt. Es war bis heute sicher die größte Schlacht, die unsere Welt je erdulden musste. Viel mehr weiß ich darüber aber nicht, denn nur selten erzählen wir davon. Viele Elfen gingen in jener Zeit in den Tod, und auch von den Menschen starben viele.«

Emiron meinte, in der glimmenden Glut eine kleine Gestalt zu erkennen. Er sah ein dunkles Wesen mit rot glühenden Augen, das ihn mit seinem Blick suchte. Sofort schaute er auf und in Amils Gesicht. Sein Meister blickte noch immer nachdenklich zum nahen Wald.

»Wenn die Legenden wahr sind und diese Wesen es wirklich erneut in unsere Welt geschafft haben, dann ließe sich damit die Seuche erklären«, sagte Amil und wandte sich nun dem Elfen zu. »Ich selbst habe es nie geglaubt, aber wenn es Dunkelelfen gibt, dann sind sie es, die für den Tod im Süden verantwortlich sind. Der kaiserliche Hohe Rat muss sofort davon unterrichtet werden. Wisst Ihr etwas über die Geschehnisse in Enhor?«

»Wir haben Kunde von einer kleinen Heerschar aus etwa eintausend Menschen, die die Stadt gen Süden verließen und dort auf den Schatten trafen. Er war wohl schon näher an Enhor herangerückt, als sie es ahnten. Wir wissen nichts Genaues vom Ausgang, doch sind wir uns sicher, dass sie dagegen nichts ausrichten konnten. Zu groß war die Zahl der Orks und zu viele wandelten im Tode unter der Sonne.«

»Dann ist die Stadt verloren«, stellte Amil mit leiser, brüchiger Stimme fest.

»So mag es geschehen sein«, sagte der Elf traurig.

»Habt Dank für Eure Erzählungen, aber lassen wir es für heute genug sein. Es ist spät geworden, und wir müssen morgen früh weiter.«

»Wenn Ihr in Tesnan seid, so richtet dem König Grüße von den Waldelfen des Lendamwaldes aus. Sagt ihm, dass sich große Scharen von Orks unter dem Schatten im Süden sammeln und auch seiner Stadt gefährlich werden können.«

»Es steht wahrlich nicht gut um dieses Land«, sagte Amil, während er es sich in seinem Nachtlager bequem machte. Auch Emiron überkam große Müdigkeit.

»Einen merkwürdigen Jungen habt ihr da aufgegriffen, Amil«, hörte er den Elfen noch leise sagen, bevor ihn der Schlaf wohltuend einhüllte. »Mein Herz erkennt ein großes Schicksal in seiner Zukunft. Gebt gut auf ihn Acht.«

Die Sonne war gerade aufgegangen, und ein nebliger Dunst kroch über die Lichtung, als Amil ihn sanft an den Schultern fasste. »Wach auf, Emiron. Eile ist geboten.«

Emiron setzte sich müde auf und sah seinem Meister zu, wie dieser im Schneidersitz neben ihm am neu angefachten Feuer das Frühstück zubereitete. Von den Elfen war nichts mehr zu sehen.

»Du hast gut geschlafen, nehme ich an?« Amil lächelte nicht, vielmehr wirkte es, als hätte eine innere Unruhe von ihm Besitz ergriffen. »Nimm etwas Brot. Die Elfen haben uns eine Menge überlassen, ehe sie fortgezogen sind.« Er reichte ihm das wohlschmeckende Elfenbrot und biss selbst ein großes Stück davon ab.

Neben ihm saß Preston, der ebenfalls am Brot kaute. »Reiten wir jetzt weiter?«, fragte er mit vollem Mund.

»Genau das werden wir tun. Es gibt Dringendes mit dem König zu besprechen.«

Erst jetzt fiel Emiron die vergangene Nacht wieder ein, und auch, dass Preston fast alles verschlafen hatte. Hatten die Elfen vermeiden wollen, dem Jungen mit ihren Geschichten Angst zu machen? Preston schien jedenfalls bestens gelaunt und aß bereits ein zweites großes Stück Brot.

»Sollten wir nicht sofort zum kaiserlichen Hohen Rat nach Valinar aufbrechen, Meister?«, fragte Emiron, während Amil das Feuer mit feuchter Erde löschte.

»Wir müssen zuerst zum König. Tesnan ist nicht mehr weit, und wir sollten Balduan zumindest von den Geschehnissen in seinem Land unterrichten und ihm vielleicht mit Rat zur Seite stehen, bevor wir nach Valinar weiterziehen. Hoffen wir, dass der Schatten die Stadt noch nicht erreicht hat.«

Emiron nickte. Was, wenn der König genauso wie der Fürst handelte? Das südliche Königreich wäre dann vermutlich ganz verloren. »Meister, denkt Ihr, dass es dort genauso sein wird?«

»Du meist wie in Enhor? Ich hoffe sehr, dass das nicht der Fall ist.« Amil packte seine Tasche und gurtete das Schwert an.

Auch Emiron machte sich für den Ritt bereit. Er blickte nach Westen zu den drei großen Bergen. Einzelne Wolken lagen auf den Gipfeln, sodass sie aus der Ferne wie gigantische Pilze aussahen, die selbst ein Riese nicht verspeisen könnte. Irgendwo zwischen ihnen lag die Königsstadt Tesnan, und er hoffe inständig, dass es dort friedlich zuging, nicht nur, weil er die Worte des Elfen nicht aus dem Kopf bekam, sondern weil dort jene Frau wohnte, die er von allen Menschen auf der Welt am meisten verehrte. Ihre letzte Begegnung lag fast ein Jahr zurück, und er konnte das Wiedersehen kaum erwarten.

»Komm, Preston. Wir müssen weiter.« Der Junge folgte Amils Anweisung und ließ sich in den Sattel heben. »Wenn wir uns beeilen, sind wir in zwei Tagen in Tesnan.«

III

Sie rannte durch eine der engen Seitengassen am Rande des alten Marktplatzes. Der Mond war bereits untergegangen, und im Osten zeichnete sich der aufkommende Morgen ab. Durch die Berge gut abgeschirmt, lag die Stadt noch in tiefer Finsternis, aber sie musste sich sputen, um rechtzeitig nach Hause zu kommen. Sie brauchte den Schutz der Dunkelheit, aber sie hatte auch keine Lust, auf irgendwelche Strolche zu treffen, die in den Nächten nicht selten hier herumlungerten. Sie trug zwar kaum eine Barschaft bei sich, um die es sie zu erleichtern lohnte, allerdings galt es zu verhindern, dass irgendjemand sich um Dinge kümmerte, die keinen etwas angingen. Es durfte nicht herauskommen, dass sie heimlich ihrer größten Leidenschaft nachging.

Sie bog ab und sah, wie Licht aus den Fenstern eines Gasthauses fiel und den Weg vor ihr golden einfärbte. Ihren Umhang fest an sich gedrückt rannte sie, so schnell sie konnte, vorbei und weiter in die höheren Gefilde der Stadt. Sie musste zu Hause sein, ehe die ersten Sonnenstrahlen die Stadtmauern erreichten. Hinter der nächsten Kurve bremste sie abrupt ab. Nur ein paar Schritte vor ihr waren drei große Kerle mit einem Betrunkenen beschäftigt, dem sie anscheinend Schläge androhten. Schnell drückte sie sich tiefer in die Schatten eines Hauses. Sie wollte sich nicht einmischen – nicht, bevor es wirklich brenzlig wurde. Niemand sollte wissen, dass sie sich hier herumtrieb. Während sie wartete, gingen ihre Gedanken unwillkürlich zurück zu den letzten Stunden und dem, was sie diesmal gelernt hatte. Ihr Lehrmeister war nicht gerade zimperlich und merkte es schnell, wenn sie nicht bei der Sache war. Mittlerweile trainierte er sie regelmäßig einmal die

Woche im Schwertkampf und in der Kunst des Bogenschießens. Heimlich natürlich, da es Frauen verboten war, diese Techniken zu erlernen. Heute war es besonders hart gewesen. Ganze zehn Mal hatte sie Prügel mit dem Übungsschwert abbekommen. Solche Lektionen erinnerten sie daran, dass sie noch viel zu lernen hatte. Aber es machte ihr nichts aus. Eines Tages – davon war sie überzeugt – würde sie zu den Besten gehören und genauso gut mit dem Schwert umgehen können, wie es die Nomendi konnten, deren Schwerttechnik herausragend war. Das hatte sie sich selbst und Emiron versprochen. Schon als kleines Mädchen war es ihr größter Wunsch gewesen, den Schwertkampf zu lernen, wovon ihre Eltern jedoch nichts hören wollten. Sie meinten, dass ein Kampfplatz keine angemessene Umgebung für ein Mädchen darstelle. Emiron dachte zum Glück anders darüber. Er fand es gut, dass sie wehrhaft sein wollte, sich selbst verteidigen konnte. Bei dem Gedanken an ihn wurde ihr warm und tiefe Sehnsucht breitete sich in ihr aus. Sein offenes, herzliches Lächeln, der herausfordernde Blick aus den klaren Augen, der vor Mut und Abenteuerlust nur so strotzte. Nicht weit von einem Markt ganz in der Nähe waren sie sich begegnet, und sie hatte ihn einfach angesprochen, aber da hatte sie noch nicht gewusst, dass es sich bei dem Gefühl, das in ihrer Brust aufkam, um Liebe handelte. Es war ein vollkommen neues Gefühl, köstlich, und doch schmerzvoll, und es hielt noch immer an, obwohl Emiron nun schon seit vielen Wochen fort war.

Sie hatten so viel Zeit wie möglich zusammen verbracht. In seiner Gesellschaft hatte sie ganz sie selbst sein können, nicht die zierliche, süße Prinzessin, als die ihre Eltern sie gern präsentierten, sondern eine junge, starke Frau aus Fleisch und

Blut, ohne sich verstellen zu müssen. Sie wusste nicht wann, aber sie wusste, dass sie ihn wiedersehen würde, weil sie einfach zusammengehörten.

Ein dumpfer Schlag ertönte, und sie sah, wie die drei Kerle von dannen zogen. Den armen Tropf, den sie wohl ausgeraubt hatten, ließen sie in der Dunkelheit liegen. Ein Teil von ihr wollte ihm helfen, doch ein anderer riet ihr zur Vorsicht. Sie zögerte, doch da rappelte sich der Mann auch schon auf, fluchte und trollte sich ebenfalls.

Sie atmete auf, trat aus dem schützenden Schatten und hoffte, nun unbehelligt heimzukommen.

Sie ritten über eine weite Graslandschaft, aus der sich nur wenige Bäume wie einsame Wächter erhoben. Weit hinter ihnen lag der alte Lendamwald, dessen Blätterdach im Sonnenlicht grünlich glänzte. Vor ihnen reckten sich die drei gewaltigen Berge in die Höhe, die von den Menschen die Drillingsberge genannt wurden. Es waren die einzigen Berge weit und breit. Die Zwerge, die einst unter diesen Bergen gelebt hatten, nannten sie in ihrer Muttersprache Kalikoz–Nún, was übersetzt so viel wie »die drei Brüderberge« bedeutete. Am Fuß des mittleren Berges lag eine steinerne Stadt. Sie wurde von Menschen bewohnt und diente seit jeher als Sitz des Königs des südlichen Reiches.

Sie erreichten die breite Nord-Süd-Straße und ritten auf das Portal von Tesnan zu. Die ganze Stadt war so angelegt, dass sie aus den drei Bergen hervorzuwachsen schien. Viele kleine, grellweiße Türme und Mauern verliehen ihr einen Eindruck von Unbezwingbarkeit, und in ihrer Mitte wölbte sich eine gewaltige steinerne Kuppel über dem Thronsaal. Aus diesem Grund galt sie als das zentrale Wahrzeichen der Stadt.

Geschaffen worden war die Kuppel vor unzähligen Jahren von den Zwergen, als jene noch die Berge bewohnten und in ihnen nach wertvollen Metallen gruben. Nachdem das Gebirge jedoch nicht mehr den erhofften Ertrag brachte und ein Großteil der Rohstoffe abgebaut war, hatten die meisten der kleinen ehemaligen Stadtbewohner den Ort verlassen. Viele von ihnen hatten weiter im Westen die Zwergenstadt Dahn gegründet. Dort wurde noch heute in tiefen Mienen nach wertvollen Erzen gegraben.

Auf der Straße war kein Mensch und kein Zwerg zu sehen und Emiron hielt das für ein schlechtes Omen. Er sah am Portal vier Wachposten stehen, alle aufrecht und mit aufmerksamem Blick in ihre Richtung. Da sein Meister die Kapuze nicht überzog, tat er es auch nicht. Tesnan war eine freundliche Stadt, in der sie immer willkommen waren, vor allem, da eine enge Freundschaft Amil mit König Balduan verband. Es war noch kein Jahr her, seit Emiron die Stadt das letzte Mal betreten hatte, aber auch heute wieder überwältigte ihn der Anblick der großen Stadtanlage, die schier unüberwindbar wirkte. Preston sagte nichts, aber er machte große Augen und der Mund stand ihm offen vor Staunen.

Einer plötzlichen Eingebung folgend, ließ er den Blick nach Südosten schweifen, in die weite Ebene, die sich bis hin zum schwarzen Gebirge erstreckte. Es war ein sonniger Tag ohne Wolken, und doch meinte er in weiter Ferne etwas Dunkles am Himmel auszumachen. Das Gebirge konnte es nicht sein, denn das war zu weit entfernt. Emiron kam zu dem Schluss, dass es Wolken sein mussten, die rasch von Süden heraufzogen, doch es kam ihm vor, als braute sich etwas Bedrohliches zusammen, das schnell näher rückte. Was mochte wohl dort in diesem Moment geschehen? Ob

Menschen starben? Oder sammelten sich die Orks gerade zu einem Angriff? Er blickte wieder nach vorn und merkte, dass sie das Portal beinahe erreicht hatten, also wischte er seine Befürchtungen einstweilen beiseite.

»Seid gegrüßt, Amil«, sagte einer der Wachposten.

»Ich grüße Euch ebenfalls«, antwortete Amil. »Wir sind gekommen, um den König zu sprechen. Es ist dringend.«

Der Wachposten nickte und gab den anderen ein Zeichen. Das Portal knarrte laut und öffnete sich langsam nach innen. Sie ritten hindurch und fanden sich auf einer gepflasterten Straße wieder, die sich durch die Stadt wand und sanft bergauf zum Kuppelbau führte. Links und rechts standen Steinhäuser, aus denen sich ab und zu ein einsamer Turm wie ein Wächter erhob. Sie folgten der Straße weiter und sahen nur wenige Menschen, die mit missmutigen Blicken an ihnen vorübergingen. Ihre Gesichter erinnerten Emiron an die der verängstigten Männer und Frauen in Enhor, die nicht laut gejubelt hatten, als der Fürst den Angriff angekündigt hatte.

Am oberen Ende der Straße führte eine kleine weiße Steinbrücke zum Eingang des großen Kuppelbaus. Unter der Brücke floss ein klarer Bergbach hindurch. Sie überquerten den Übergang und stiegen von ihren Pferden, als auch schon ein Wachsoldat in festlicher Rüstung auf sie zukam. Auf seiner Brust prangte das Zeichen der Stadt: ein weißer Berg hinter Schwert und Hammer auf dunkelblauem Grund.

»Wir müssen zum König«, sagte Amil zum Wachposten, der sofort einen Befehl an einen Soldaten weitergab.

Ihre Tiere wurden ihnen abgenommen und in einen nahen Verschlag geführt. Das große, mit Gold verzierte Tor wurde geöffnet, und sie traten ein. Die Halle war rund und großräumig. Das Innere der Kuppeldecke wölbte sich wie ein zweiter Himmel über ihnen, blau bemalt und mit goldenen Sternen verziert. Um das Gewölbe zu stützen, standen sechzehn riesige Säulen aus Stein in einem Kreis. An jeder war eine große Fackel angebracht. Licht kam zusätzlich aus zwei Fenstern, die neben dem Tor an der Ostseite eingelassen waren. Der Boden bestand nicht aus Marmor, aber aus glänzendem schwarzem Stein, der Marmor sehr ähnelte. In Nischen standen an den runden Wänden große Statuen verstorbener Herrscher des südlichen Reiches, die mit leeren Augen in die Halle starrten. Dem Eingangsportal gegenüber befanden sich am Ende des Raumes zwei reich verzierte Stühle, auf denen der König und die Königin saßen, wenn sie ihre Gäste empfingen. Wandteppiche aus wertvollen Stoffen verbargen die kalte Mauer aus Stein dahinter.

Ein großer Mann in prächtigem blauem Gewand saß auf einem der Stühle und schaute auf, als sie in die Halle traten. Sein Gesicht mit dem blonden Dreitagebart wirkte trotz der vielen kleinen Falten überhaupt nicht alt, sondern vielmehr jugendlich und sympathisch. Langes, dunkelblondes Haar fiel ihm fast bis auf die Schultern. Neben ihm saß eine junge Frau, die ihnen einen überraschten Blick zuwarf.

»Ihr seid wahrlich willkommen, Amil, mein Freund«, sagte der Mann und lächelte. »Wie ich sehe, habt Ihr Eure Schüler gleich mitgebracht.«

»Seid gegrüßt, König Balduan von Tralessa«, gab Amil höflich zurück. »Ich komme mit einer Botschaft und vielleicht auch einem Rat zu Euch.«

»Beides ist hier sehr willkommen«, antwortete Balduan nun ernst, erhob sich und trat auf sie zu. »Es sind eigenartige Zeiten. Aber sagt mir, Meister Amil, wer ist Euer neuer kleiner Begleiter?«

Preston hatte sich schüchtern in Amils Nähe gehalten, doch nun trat der Blondschopf vor und schaute dem König fest in die Augen. »Mein Name ist Preston, und ich komme aus Enhor.«

Balduan schmunzelte. »Aus Enhor kommst du also. Na, da bin ich tatsächlich sehr gespannt auf deine Botschaft.« Freundlich wandte er sich Emiron zu. »Es ist schön, auch dich wiederzusehen, Emiron, Ernathorns Sohn. Sei ebenfalls willkommen.«

»Danke, mein König«, erwiderte Emiron höflich und verbeugte sich dabei leicht. Sein Blick war jedoch auf die junge Frau gerichtet, die nun ebenfalls nähertrat. Die Erkenntnis traf ihn hart in die Magengrube, er erstarrte und kämpfte darum, die Fassung zu bewahren.

»Dies hier ist meine Tochter Safiana. Ich glaube, das letzte Mal, als du bei uns warst, wurdest du ihr noch nicht vorgestellt.«

Balduan wies mit seiner breiten Hand auf die junge Frau, die einen höflichen Knicks machte, ohne dabei ihr makelloses Lächeln abzulegen. Die blonden Locken umrahmten ihr schmales Gesicht und fielen ihr sanft auf die Schultern. Emiron schüttelte seine Erstarrung ab und verbeugte sich vor der anmutigsten Frau, die er je gesehen hatte.

»Es ehrt mich, Euch zu sehen«, sagte er mit einer Stimme, von der er hoffte, dass sie nicht allzu überrascht klang.

Später am Abend saßen sie mit dem Rat der Stadt an einem großen runden Tisch in der Mitte der Halle und berichteten von den Ereignissen in Enhor. König Balduan und seine Frau Gildrit saßen neben Duran, dem Befehlshaber von Tesnan, und dem Zwerg Tunzil. Auch Preston war bei ihnen, obwohl der

Junge, müde von dem langen Ritt, es kaum schaffte, das Gähnen zu unterdrücken. Safiana nahm nicht an dem Treffen teil, aber sie war ihm zuvor noch über den Weg gelaufen. Emiron war noch einigermaßen benommen, denn sie war nur kurz an seiner Tür aufgetaucht, hatte ihm einen flüchtigen Kuss gegeben und war ohne ein Wort davongehuscht, dabei war er ohnehin schon verwirrt genug gewesen. Die Königstochter von Tesnan … Er schüttelte leicht den Kopf und ein Lächeln stahl sich auf seine Lippen, aber dann rief er sich zur Ordnung und lauschte den Worten seines Meisters.

Amil berichtete eben, was für eine Ansprache Fürst Richolas den Menschen in Enhor gehalten hatte, und beschrieb den Besuch in der Festung. Emiron sah die Betroffenheit im Gesicht des Königs und wie der Zwerg gedankenverloren in eine noch schwach glimmende Lampe in der Mitte des Tisches starrte.

Amil war in seinem Bericht an der Stelle angelangt, als sie mit den Soldaten des Fürsten kämpften und mit knapper Not fliehen konnten. Emiron horchte auf. Ihm fiel plötzlich auf, dass er nichts von dem unheimlichen Angreifer mit der silbernen Maske erzählte. Ihm wollte kein triftiger Grund einfallen, doch Amil wusste, was er tat. Preston schaute in die Tiefen der Lampe und schien bereits halb im Schlaf. Emiron hörte nun vom Treffen der Waldelfen und dem Gespräch über die Geschehnisse im Süden.

Der König holte hörbar Luft, als Amil von dem Verdacht der Elfen und von den Orks erzählte, die sich derzeit versammelten. Als er vom Abschied der Elfen erzählt hatte, deren Grüße übermittelte und zum Ende seiner Geschichte kam, ergriff der König das Wort.

»Schlechte Nachricht bringt Ihr mir da in mein Haus«, sagte er und sah sie einen nach dem anderen an. »Gerüchte über einen nahenden Kampf haben mich aus Enhor erreicht, doch konnte ich das Ausmaß nicht erahnen. Nie wäre ich von einem solchen Vorhaben ausgegangen, wie der Fürst es ohne meine Zustimmung durchsetzte. Enhor, einer unserer wichtigsten Stützpunkte, wurde vermutlich von der Seuche erreicht. Ich selbst habe schon vor Tagen meine besten Kundschafter in den Süden geschickt. Auch die Zwerge von Dahn wissen von der Krankheit. Menschen und Zwerge sterben. Bauernhäuser und kleine Dörfer sind betroffen, und ihre Bewohner tot oder geflohen. Als König nehme ich jene auf, die gesund sind und es bis hierher schaffen, aber was, wenn die Krankheit zu uns getragen wird oder jene Wesen diese Stadt erreichen? Was soll ich tun? Selbst der Kaiser könnte hier nicht helfen.«

»Was geschieht nun?«, fragte der Befehlshaber in die Runde. Mit den kurzen schwarzen Haaren, dem rasierten, ernsten Gesicht und dem strengen Blick strahlte er einen ausgeprägten Willen aus. »Wenn Enhor, wie Ihr sagt, bereits verloren ist, sich im Süden die Orks sammeln und unser Volk den Tod findet, muss etwas geschehen. Die Streitmacht von Tesnan allein wird nicht reichen, und ich bezweifle, dass sie gegen eine *Legende* ...« Er betonte das Wort übermäßig und schaute Amil dabei ruhig an. »... etwas ausrichten kann. Ich habe zwar noch nie von Dunkelelfen gehört, aber wenn sie für diese Seuche und die Orks verantwortlich sind, dann müssen sie verjagt oder getötet werden.«

»Das ist nicht so einfach, wie Ihr annehmen mögt«, sagte Amil und schaute dem Befehlshaber direkt in die Augen. »Wie ich bereits sagte, bedienen sich diese Kreaturen Kräften, die wir nicht kennen oder auch nur annähernd ergründen könnten. Allein die Elfen könnten noch wissen, was zu tun ist. Und was die Orks betrifft – man kann sie angreifen, sicher, doch bezweifle ich, dass sie allein kommen werden.«

»Und wenn sich unsere Streitmacht mit der von Dahn zusammentut? Menschen und Zwerge können vereint nach Süden ziehen und töten, was sich ihnen entgegenstellt.«

»Ihr denkt, wie der Fürst von Enhor es tat, Duran. Ich stehe dem kritisch gegenüber. Ihr wollt sicher keine Unschuldigen töten, und wir wissen noch zu wenig, um zielgerichtet handeln zu können.«

Der Zwerg schaute auf. Sein Bart war lang und grau und seine Augen wie dunkler Stein. Die Falten in seinem Gesicht waren so tief, wie sie bei einem Menschen nie hätten sein können. »Wir sind viele gute Krieger in Dahn«, sagte er. »Jedoch sind wir längst nicht so zahlreich wie unsere Vettern im Norden. Trotzdem teile ich Durans Meinung. Wir müssen versuchen, den Kreaturen im Süden Einhalt zu gebieten, ganz gleich, ob es sich dabei um Dunkelelfen oder Orks handelt. Wenn diese Wesen die Krankheit bringen, bleibt uns keine andere Wahl.«

»So wie ich Amil verstanden habe«, sagte der König mit einem kurzen Blick auf seine Besucher, »werden wir Hilfe und mehr Wissen brauchen, ehe wir etwas tun können. Mein Vorschlag wäre es darum, den Kaiser und die Nomendi um Beistand zu ersuchen.«

Amil schaute den König nachdenklich an. Emiron überlegte. Es kam ihm gar nicht so dumm vor, den Kaiser um Hilfe zu bitten. Er war für seine Weisheit bekannt, ein hochgewachsener Mensch, der in Valinar, der größten Stadt aller Königreiche, lebte und von dort aus mit Weitblick und

Weisheit über sämtliche Reiche regierte. Sein Wort war Gesetz. Von ihm waren Amil und er in den Süden geschickt worden, um mehr über die Geschehnisse in Erfahrung zu bringen, bevor er eine Entscheidung traf.

»Ich widerspreche dem nicht, denn eine andere Lösung kann auch ich zu diesem Zeitpunkt nicht finden. Nur möchte ich Euch noch eines raten: Schützt Eure Stadt, so gut Ihr könnt. Geht nicht hinaus, um einen Kampf zu führen, ehe der Kaiser und mein Ordensoberhaupt eine Entscheidung getroffen haben. Ich hoffe, dass wir Rat und Beistand bekommen werden. Vielleicht wissen die Elfen mehr, als wir zu diesem Zeitpunkt ahnen.«

»Die Elfen?«, fragte der Zwerg mürrisch. »Die können und wollen niemandem helfen. Sie denken wahrscheinlich wie üblich nur an sich, oder könnt ihr mir sagen, warum die Waldelfen nach Norden geflohen sind, ohne uns beizustehen oder auch nur zu informieren?«

Emiron sah den Zwerg ärgerlich an. Elfen und Zwerge waren seit langer Zeit nicht gut aufeinander zu sprechen. »Ich glaube nicht, dass eine Handvoll Elfen Euch unterstützen könnte«, sagte er deshalb etwas missmutig. »Es waren nur noch sehr wenige, die im alten Lendamwald lebten. Könnten sie euch helfen, so hätten sie es ganz sicher getan!«

»Pah!«, rief der Zwerg und schlug mit der Faust auf den Tisch. »Ich traue diesem Volk nicht über den Weg! Diese Spitzohren mit ihren Bäumen und dem ganzen anderen Grünzeug. Vielleicht haben sie sich ja mit den Dunkelelfen verbrüdert, wer weiß? Immerhin sind beides Elfen. Es wäre nicht das erste Mal, dass Elfen sich in die Angelegenheiten anderer Völker einmischen.«

»Genug!«, rief der König. »Es hilft uns nicht weiter, Vergangenes anzusprechen. Meine Entscheidung ist gefallen. Amil, ich werde einen Boten mit Euch nach Valinar schicken, der am kaiserlichen Hof Unterstützung für meine Stadt und mein Königreich erbitten wird.«

Preston hatte seinen Kopf vom Tisch gehoben. Er war mitten im Gespräch eingeschlafen und abrupt vom Faustschlag des Zwergs auf die Holzplatte geweckt worden. Jetzt schaute er sich irritiert um, als hätte er vergessen, wo er war.

»Wir könnten Euren Boten bis zum alten Wachturm begleiten, doch bevor wir selbst zum Rat des Kaisers stoßen, führen mich dringende Angelegenheiten nach Lothinar zurück«, sagte Amil und warf Preston einen kurzen Blick zu.

»So sei es«, antwortete Balduan nun etwas ruhiger. »Ihr könnt in zwei Tagen aufbrechen. Bis dahin bitte ich Euch, als meine Gäste hierzubleiben. Mit Euch, Amil, würde ich morgen gern noch einmal ausführlicher sprechen. Bis dahin wünsche ich Euch allen eine gute und erholsame Nacht.« Der König erhob sich und verließ, gefolgt von den anderen, die Halle.

Emiron hatte zusammen mit Preston ein geräumiges Zimmer unweit der Königshalle zugewiesen bekommen. Amil war eine separate Kammer daneben hergerichtet worden. Als sie sich für die Nacht fertig machten, freute er sich, endlich wieder in einem bequemen Bett schlafen zu dürfen, aber er fragte sich, ob er wohl am nächsten Tag die Gelegenheit bekäme, Safiana allein zu treffen. Er musste sie unbedingt fragen, warum sie ihm nichts gesagt hatte. Warum sie mit keinem Wort erwähnt hatte, wer sie war. Als er seine Tasche in die Ecke stellte, sah er, dass frisches Wasser und eine gefüllte Obstschale für sie bereitgestellt waren. Seine Aufmerksamkeit erweckte jedoch ein kleiner gelber Umschlag, der so platziert worden war, dass er im ersten Moment nicht direkt sichtbar war. Er zog ihn unter der Obstschale hervor, öffnete ihn hastig mit fahrigen Händen und zog ein kleines Stück Papier heraus, auf dem mit präziser Handschrift zu lesen war: „An unserem Platz. Heute Nacht."

»Seit wann bist du schon bei den Nomendi?«, riss ihn unvermittelt Preston aus seinen Gedanken.

»Schon sehr lange«, antwortete Emiron und steckte das kleine Papier in eine seiner Taschen. »Ich wuchs als Kind bei den Elfen und den Nomendi in Lothinar auf, bevor Amil mein Lehrmeister wurde. Aber zu den Nomendi kommt man nicht, man wird als einer geboren. Wusstest du das nicht? Ganz am Anfang wusste auch ich nicht, dass das Blut der Nomendi in meinen Adern fließt. Erst durch Amil erkannte ich dieses Geschenk.«

Der Junge schaute ihn mit neugierigen, wachen Augen an. »Woher weiß man, ob man ein Nomendi ist?«

Emiron seufzte. »Bei mir war es Meister Amil, der mein Talent erkannte. Es mag Zufall oder Schicksal gewesen sein, so genau kann ich das nicht sagen. Wir Nomendi besitzen nämlich Kräfte, die andere Menschen nicht haben. Der Legende nach stammt ein Teil unseres Volkes von Fanir selbst ab. Und von dem hast du bestimmt schon gehört?« Ihm fiel ein, dass Preston bei ihrem Gespräch mit den Waldelfen geschlafen hatte.

»Ich kenne ein paar Geschichten von Fanir und einem Baum, den er pflanzte. Jeder kennt die Geschichten darüber.«

Emiron kratzte sich am Kopf. Er versuchte, sich daran zu erinnern, was Amil ihm vor langer Zeit erzählt hatte. »Wir Nomendi waren einmal ein großes Volk, das zusammen mit den Elfen im nördlichen Reich Fedalia lebte. Doch über die Jahre vermischten die Nomendi sich immer mehr mit den gewöhnlichen Menschen, und so ist das Volk beinahe ausgestorben. Nur sehr wenige Menschen auf dieser Welt besitzen noch die Nomendikräfte, und die meisten von ihnen wissen nicht einmal, welche Kräfte in ihnen wohnen, so wie ich damals.«

»Heißt das, die Nomendi haben magische Kräfte? Ich hab davon gehört, dass ihr zaubern könnt, so wie die alten Meister aus Duhn es konnten. Stimmt das? Weißt du, ich frage mich die ganze Zeit, warum dein Meister mich mit euch nahm. Ich habe mir das so sehr gewünscht, aber ich war mir eigentlich sicher, dass er es ablehnen wird.«

»Das dachte ich auch.« Emiron fiel der Blick seines Meisters wieder ein, als er Preston in Enhor so aufmerksam betrachtet hatte. »Ich kann es dir auch nicht erklären, aber wenn ich eines weiß, dann, dass Amil nichts Unüberlegtes tut. Ich denke, er hat etwas Bestimmtes mit dir im Sinn. Und um deine Frage zu beantworten – wir Nomendi bezeichnen uns selbst nicht gern als magisch oder gar als Zauberer. Die Magie, die in uns wohnt, ist keine, die äußerlich etwas bewirken könnte. Eher ist es, als würde sich unser Wille manifestieren. Stell dir vor, du konzentrierst dich auf deine Umgebung, du wünschst dir schärfere Sinne oder dass du dich schneller bewegen kannst. In etwa so funktioniert es. Natürlich klappt das nicht sofort, und bei jedem wirkt die Magie ein wenig anders. Amil zum Beispiel schafft es, damit Menschen zu beeinflussen oder einfache elfische Formeln zu wirken. Das hat allerdings nichts mit den Märchen aus Duhn zu tun. Jene Menschen konnten allein mit Worten Berge versetzen und Feuer in den Himmel stoßen. So erzählt es jedenfalls die

Legende. Ob es stimmt, können uns auch die Verblichenen in der alten Königsstadt nicht mehr sagen. Ihre Geister sind ruhelos, leer und verbittert.«

»Kennst du die Geschichte vom verlorenen Reich und Duhn? Ich hab immer nur von Geistern gehört, die dort wohnen. Eigentlich glaub ich nicht an Geister, aber selbst die alten Männer haben im Gasthaus oft von ihnen gesprochen.«

»Ich weiß nur, was Amil mir von Duhn erzählt hat, und das ist leider nicht viel. Die Stadt wurde einst als Juwel des Südens bezeichnet, eine Königsstadt der Menschen, die ihresgleichen suchte. Noch schöner und prächtiger als Valinar soll sie gewesen sein, ihre Mauern dick und ihre Bauten hoch. Das Besondere an der Stadt jedoch waren ihre Bewohner. Einige von ihnen waren Kundige der Magie. Sie waren keine Nomendi, sondern nutzten Magie als sichtbare Kraft. Im letzten großen Krieg gegen die Dunklen beschwor einer von ihnen namens Xaduran der Weise, der Kundigste aller Magier, einen besonders schweren Fluch herauf. Er wollte mit dessen Hilfe die Stadt und das Königreich beschützen und den Völkern helfen. Es heißt, dass die beschworene Magie zu stark für ihn gewesen sei und der Fluch ohne Kontrolle entfesselt wurde. Die Kraft der Magie tötete viele Feinde und half den Menschen, Elfen und Zwergen, den Schatten zu verdrängen. Der Preis dafür war jedoch hoch, denn alle Bewohner der Stadt Duhn verloren ihr Leben. Schlimmer noch – ihre Seelen verließen ihre Körper und führen seitdem und bis in alle Zeit ein ruheloses Dasein in den Ruinen der einst so schönen Stadt, immer darauf aus, jedem den Tod zu bringen, der es wagt, die Stadt zu betreten.«

»Also gibt es wirklich Geister? Kann man ihnen denn nicht helfen?«, fragte Preston. »Vielleicht gibt es ja noch

Zauberer, die den Fluch brechen können. Oder kann ein Nomendi so viel Magie wirken, dass er die Geister vernichten kann?«

»So besonders sind die Nomendi nun auch wieder nicht«, sagte Emiron und musste über Prestons Eifer lächeln.

»Ich habe mir immer schon gewünscht, etwas Besonderes zu sein«, sagte Preston und schaute dabei an die steinerne Decke. »Vielleicht kann ich ja weiter mit euch gehen. Ich will nicht im Süden bleiben, wo meine Stadt doch jetzt verloren ist und ich keinen mehr kenne, zu dem ich gehen kann.«

Emiron schwieg. Ihm tat der Junge leid. Und auf einmal wurde ihm klar, dass Preston, wäre er in Enhor geblieben, wohl den Tod gefunden hätte. Konnte es Zufall sein, dass er ihn und Amil getroffen hatte? Konnte überhaupt irgendetwas Zufall sein, was seit ihrem Besuch in Enhor geschehen war? Er schaute noch einmal zu ihm hin und stellte fest, dass er wieder eingeschlafen war. Er selbst war auch müde. Sie hatten fast die halbe Nacht mit dem König verbracht. Zum Schlafen jedoch hatte er ein andermal noch genug Zeit. Leise, um Preston nicht zu wecken, verließ er den Schlafraum und schloss die Tür hinter sich.

»Safiana? Bist du da?«

Emiron stieg die letzten Stufen nach oben und überblickte den kleinen Platz hoch über der Stadt, der nur von den Sternen beschienen wurde. Wo die Dächer des Königspalastes die Berge berührten, schaute er von einer kleinen Nische aus über die Kuppel hinunter auf die Stadt. Hier konnte niemand sie finden. Das war ihr Rückzugsort, ein Ort, der ihnen allein gehörte. Der Mond war noch nicht aufgegangen und ein kühler Sommerwind ließ ihn frösteln. Dies war ihr geheimer

Treffpunkt. In der Nähe hörte er Schritte, aber im nächsten Moment stand Safiana auch schon vor ihm. Ihre dunkelblonden langen Locken wehten in der leichten Brise, und ihre Augen blitzten geheimnisvoll wie ein grün-blauer tiefer Bergsee im Licht der Sterne. Ihr Gesicht strahlte. Emiron bemerkte sofort, dass sie etwas unter ihrem Umhang zu verbergen suchte.

»Schön, dass du kommst«, sagte sie und schaute ihn erwartungsvoll an. »Ich hab dir so viel zu erzählen. Endlich sehen wir uns wieder!«

»Ich freu mich auch, dich wiederzusehen, aber warum hast du mir verheimlicht, dass du die Tochter von König Balduan bist?«

»Hab ich nicht. Du hast nur nicht gefragt«, spaßte Safiana und grinste keck. »Vielleicht hatte ich Angst, dass es alles verändert. Ich bin ja auch keine Königstochter, die immer feine Kleider trägt und nur mit ihren Freundinnen kichert und näht. Und schon gar nicht die Tochter, die meine königlichen Eltern sich gewünscht haben. Deshalb flüchte ich meist aus der Königshalle, um die Welt draußen und die Menschen kennenzulernen. Verzeihst du mir?« Sie sah ihn mit ihren großen, glänzenden Augen an.

Er nickte. »Du warst aber heute in der Halle gar nicht schlecht als Prinzessin.« Er schaute zu den Sternen empor. »Ich kann dich verstehen. Manchmal wünscht man sich, jemand anders zu sein. Ich habe mir auch oft gewünscht, stärker und irgendwie besonders zu sein. Und jetzt bin ich ein Nomendi in der Lehre, sogar einer der letzten Verbliebenen. Trotzdem hättest du mit mir reden können.«

»Entschuldige«, sagte Safiana und kam näher. »Ich habe noch niemals zuvor so etwas für jemanden empfunden wie jetzt für dich. Ich habe fest daran geglaubt, dass du zurückkommst, und ich bin so froh, dass du wieder hier bist.«

Sie verstummte und legte die Arme um ihn. Ihre Lippen trafen sich sanft und gefühlvoll, und er genoss jede einzelne Sekunde ihres Kusses. So lange hatte er sich nach ihr gesehnt.

Als sie sich voneinander lösten, sahen sie sich lange an.

»Ich hab dich vermisst.«

»Ich bleibe bei dir«, sagte er und nahm sie bei der Hand. »Ich will so lange bei dir sein, wie es irgend geht. Es tut so gut, dich endlich wiederzusehen.« Ihre Haut fühlte sich weich und warm an. Er versuchte, die letzten Tage aus seinem Kopf zu verdrängen. Er wollte sich dem Hier und Jetzt hingeben, Safiana um sich haben und ihre Hände in seinen spüren.

»Ich möchte dir etwas zeigen«, sagte Safiana plötzlich und löste sich von ihm. Sie zögerte kurz, griff unter ihren Umhang und zog ein kleines Schwert hervor, dessen Metall im Sternenlicht wie magisch funkelte. »Ich hab es noch nicht sehr lange. Mein Lehrmeister hat es für mich angefertigt. Ist es nicht schön?«

»Es ist sogar wunderschön«, sagte Emiron und musterte die Klinge aufmerksam. »Wer in aller Welt fertigt für die Königstochter so eine Waffe an? Es passt hervorragend zu dir. Weiß dein Vater davon?«

»Natürlich nicht. Er würde es bestimmt verbieten«, antwortete sie und schaute zu Boden. »Seit wir uns kennenlernten, weiß ich, dass ich es lernen muss. Ich habe mich immer gefragt, ob auch ich eine Kämpferin sein könnte. Dann hast du mir dein Schwert gezeigt und den Schmiedelehrling in der Hammergasse im Übungskampf bezwungen, und da wusste ich, dass ich endlich etwas dafür tun muss. Ich gehe jetzt fast jeden Morgen in aller Frühe dorthin. Der Schmied hat mir versprochen, niemandem etwas davon zu sagen. Er ist mein heimlicher Lehrmeister. Im Gegenzug bringe ich ihm die besten süßen Backwaren und – immer wenn es welchen gibt, auch Braten aus der königlichen Küche. Mein Gold hat er nie gewollt und so kann ich ihm wenigstens etwas zurückgeben.«

Emiron erinnerte sich noch gut an Aradoth. Er hatte den Schmiedemeister zufällig bei einem Gang durch die Stadt kennengelernt, als er mit Amil unterwegs war. Er war bei ihm stehen geblieben, weil Aradoths Blick ihn sofort durchdrungen hatte. Es war einer dieser wissenden Blicke gewesen, die mehr als nur Erfahrung ausstrahlten, wie er es von Amil gut kannte. Den Schmiedemeister umgab die Aura eines in die Jahre gekommenen, aber überaus erfahrenden Kriegers. Sicher bildete er Safiana nicht nur wegen der Leckereien aus, sondern weil er Freude daran hatte, jemandem seine Fähigkeiten weiterzureichen. Er hatte Emirons Waffe damals sehr bewundert. Es war das dritte Jahr gewesen, in dem er ein echtes Nomendischwert tragen durfte. Aradoth hatte ihre Herkunft sofort erkannt und ihn zur Vorsicht gemahnt. Sein Lehrling hatte ihn anschließend zu einem Übungskampf herausgefordert – und ihn verloren.

»Es ist gewagt von ihm, dir Kampftechniken beizubringen. Wenn das auffliegt, möchte ich nicht in seiner Haut stecken.« Er grinste. »Darf ich dich denn zu deinem nächsten Training begleiten?«

»Ich bestehe sogar darauf«, sagte sie gespielt ernst und steckte die Waffe wieder zurück. »Wann werdet ihr wieder aufbrechen?«

Eulen riefen, und von manchen Menschen in der Stadt hörte man Rufe, die bis zu ihnen herauf drangen.

»Schon sehr bald. Wir bleiben nur zwei Tage. Im Süden gehen Dinge vor sich, die nichts Gutes verheißen und meinen Meister zum Handeln zwingen. Dein Vater wird einen Botschafter mitschicken, der uns einen Teil des Weges begleitet. Es ist ihm wichtig, dass die Stadt beim Kaiser persönlich vertreten wird.«

»Es gehen viele Gerüchte in Tesnan um« Sie schaute gedankenverloren in die Ferne. Emiron folgte ihrem Blick und sah den Mond hinter dichten Wolken aufgehen.

»Vor einigen Tagen schlugen unsere Männer einen kleinen Trupp Orks nieder, die sich in Sichtweite der Stadt herumtrieben. Aber das ist noch nicht alles. Bauern, die von Süden hierher fliehen, erzählen grausame Dinge von lebendigen Toten.« Safiana schaute nun ernst und besorgt.

»Es stimmt. Amil und ich sind hier, um mehr in Erfahrung zu bringen.«

»Und was habt ihr herausgefunden?«

»Niemand weiß etwas Genaues. Die Elfen sprachen von dunklen Alben oder Dunkelelfen. Was das für Wesen sind, kann ich nicht sagen. Selbst Amil kennt nur alte Geschichten über sie.«

Safiana blickte ihm tief in die Augen, und ein unwiderstehlicher Drang, sie sofort in die Arme zu nehmen und nie wieder loszulassen, ergriff ihn. »Ich will mit euch reiten.« Es war keine Bitte, sondern klang wie ein Befehl.

»Das wäre schön, aber dein Vater wird es verbieten. Auch mein Meister hätte sicher etwas dagegen.«

»Wir werden sehen«, antwortete sie trotzig, und Emiron unterdrückte ein Lächeln, weil er ihren Eigensinn kannte.

Sie verließen den Platz, als der Mond seine silbernen Strahlen sanft auf die große Kuppel warf und ganz in silbernes

Licht tauchte, und verabschiedeten sich voneinander. Emiron gähnte. Mit einem Mal spürte er, wie erschöpft er war, und freute sich auf ein paar Stunden Schlaf.

Es war fast Mittag, als er erwachte. Preston war nicht mehr da und vermutlich mit Amil in der Stadt unterwegs. Schnell warf er sich einige Hände kalten Wassers ins Gesicht und machte sich auf die Suche nach seinen beiden Begleitern. Sie saßen nahe der Königshalle auf einem Mauervorsprung und schauten in die Stadt hinab. Er hörte, wie Amil leise sang, und erkannte ein Bruchstück eines alten Liedes der Elfen aus Glorina:

Hell scheinen die Sterne in der Nacht,
Denn dies hat Fanir einst vollbracht.
Mit seinen Händen schickt' er sie fort,
Funkelnde Lichter an jeden Ort.

Sein großer Baum, er steht noch heute,
Im großen Land der kleinen Leute.
Wacht über dich und die ganze Welt,
Harrt, bis er einst wird neu erhellt.

Amil verstummte und blickte verträumt zu den weißen Wolken am hellen Himmel empor. »Was hat dich so lange aufgehalten? Du hattest wohl eine kurze Nacht?«

Emiron sah in seinem Gesicht, dass er die Antwort sehr wohl wusste. »Ich hatte zu tun«, sagte er deshalb kurz angebunden und übertönte damit das laute Knurren seines Magens.

»Hunger? Das trifft sich gut«, sagte Amil, dem das Geräusch nicht entgangen war. »Wir wollten gerade etwas essen gehen. Ich dachte an ein nahes Gasthaus. Der König ist zurzeit beschäftigt, und mir ist sowieso nach ein wenig Abwechslung.«

Sie gingen über die Steinbrücke in den unteren Teil der Stadt. Es dauerte nicht lange, bis sie ein kleines Gasthaus am Rand der Straße entdeckten. Ein gelbes Schild schwang über der Tür, auf dem stand: »Zum gehackten Hahn«.

»Ein Hähnchen wäre jetzt genau das Richtige, meint ihr nicht auch?«

Preston nickte. Emiron war es egal. Er hätte auch ein ganzes Pferd verspeisen können. Sie traten in die einladend anmutende Gaststube und setzten sich an einen Tisch bei den Fenstern. Hier beachtete sie niemand, als sie beim Wirt drei große Mahlzeiten und Getränke bestellten.

Es dauerte nicht lange, bis ihre Teller leer und die Bäuche gefüllt waren. Emiron trank einen großen Schluck Bier und fühlte sich fast so wohl und friedlich wie kürzlich auf der Elfenlichtung.

»Ich habe Preston und uns heute ein paar neue Umhänge gekauft, da wir ja die alten in Enhor zurücklassen mussten.«

»Ja, und sieh dir das an, Emiron! Das habe ich bekommen.« Preston griff in eine Tasche seines neuen Umhangs und zog einen länglichen Gegenstand heraus. »Einen echten Dolch.«

Emiron staunte über die Waffe und sah Amil fragend an.

»Du wunderst dich, dass ich ihm einen Dolch gekauft habe? Zudem möchtest du gerne wissen, warum Preston uns weiter begleitet, nicht wahr?«

»Damit ich auch eine Waffe habe«, sagte Preston, der gar nicht hinhörte. »Amil sagt, ich bräuchte sie vielleicht mal, nicht wahr?«

Amil lächelte über seine Begeisterung und stimmte ihm mit einem Nicken zu. Preston hielt seinen neuen Besitz hoch und drehte ihn hin und her, um ihn aus jedem Blickwinkel zu betrachten.

»Ich glaube etwas in den Augen des Jungen zu erkennen, das ich auch bei dir sehen konnte, als du so alt warst«, sagte er leise. »Deshalb möchte ich ihn nach Lothinar bringen. Ich möchte sicher sein, dass ich mich nicht irre.«

Emiron nickte und wandte sich Preston zu. »Kannst du mit so etwas denn schon umgehen?« Er zweifelte daran, dass der Junge je zuvor eine Waffe in Händen gehalten hatte.

»Ich werde ihm einiges zeigen. Wenn du möchtest, kannst du ihm auch etwas beibringen.« Amil nahm Preston den Dolch aus der Hand. »Dies ist eine gut gearbeitete Zwergenklinge aus Dahn, und sie war ein echter Glückstreffer auf dem Markt. Viele Waffen gab es nicht mehr zu kaufen. Offenbar erwerben die meisten Bewohner momentan welche, weil sie einen Angriff der Orks fürchten.«

Er ließ den Dolch durch seine Hände gleiten und gab ihn anschließend Preston zurück. Der Junge nahm ihn und hielt sich die kleine Klinge ganz nah vor die Augen. Sein Stolz war grenzenlos.

»Die Leute sind bedrückt und ängstlich«, sagte Amil leise mit ernster Stimme. »Ich habe mit einigen Flüchtlingen aus den Dörfern vor Tesnan gesprochen. Anscheinend werden unsere Befürchtungen bestätigt.«

»Was genau habt Ihr erfahren, Meister? Sind Dunkelelfen gesehen worden?«

»Wenn sie sich überhaupt gezeigt haben, dann nur als Schatten. Keiner konnte darüber etwas Genaues sagen. Aber es gibt einige, die ganz sicher sind, tote Menschen gesehen zu haben, die sich fortbewegten.«

Emiron erschrak. Ihm fielen die Worte des Elfen wieder ein: *Der Tod geht im Süden um. Er geht um, versteht Ihr?* Er hatte die Formulierung für eine Verbildlichung für den Schatten oder der Krankheit gehalten. Sollten die Toten wirklich wiederkehren? Konnte irgendein Wesen dieser Welt die Macht besitzen, tote Menschen wieder zurückzuholen? Emiron konnte den Gedanken kaum ertragen. Die Vorstellung allein war schrecklich genug. Keine Geister, die als Nachhall ihres Selbst auf Erden blieben, sondern Wesen aus Fleisch und Blut, die kein Leben mehr in sich trugen, bedrohten die Menschen.

»Dann müssen wir unbedingt zum Hohen Rat. Der König hat recht, wenn er sagt, er brauche Hilfe. Wir müssen es dem Rat berichten!«

»Was wir viel dringender brauchen, ist elfische Hilfe. Wir müssen zuallererst zurück nach Lothinar. Vielleicht stoßen wir dort in den Bibliotheken unseres Ordens oder bei den Elfen auf hilfreiches Wissen. Außerdem müssen wir dem Ältesten über die Vorfälle berichten.«

»Heißt das, wir reiten zu den anderen Nomendi?«, fragte Preston, der dem Gespräch nun mit Spannung folgte.

»Ja, das müssen wir, und das nicht nur aufgrund der aktuellen Ereignisse. Es gibt noch etwas anderes, was ich mit Eragion besprechen muss.« Sein Blick blieb kurz auf Preston gerichtet, ehe er weitersprach. »Ich habe mich heute morgen noch einmal mit dem König besprochen. Er weiß nicht, was er tun soll. Nur eines ist sicher, er wird nicht Hilfe in der Flucht suchen, sondern im Notfall diese Stadt mit seinem Leben verteidigen.«

»Ist das gut oder schlecht?«, fragte Emiron unsicher.

»Ich bin mir da selbst nicht sicher. Wir wären weiter, wenn wir wüssten, wie sich diese Seuche genau verbreitet. Bis dahin kann ich dem König keinen besseren Rat geben.«

Sie verließen das Wirtshaus und gingen zurück in die Königshalle, als die Sonne bereits groß und hell über der Stadt stand und die grauen Mauern in ihr gelbes Licht tauchte. Die Halle selbst war menschenleer.

»Ich werde noch einmal zum König gehen und alles Nötige besprechen«, sagte Amil leise. »Wir reiten morgen bei Sonnenaufgang los. Nutze die Zeit also, um dich zu erholen und ausgiebig zu schlafen.« Er sah Emiron fest in die Augen, als ahnte er, dass er den Rest des Tages nicht mit Ausruhen verbringen wollte.

Als Emiron wieder mit Preston im Zimmer war, wirbelte der Junge seinen neuen Dolch schon recht geschickt in der Luft herum.

»Pass ein wenig auf, bevor du noch etwas Lebendiges triffst«, sagte Emiron und ging lachend zur Tür.

»Wo willst du denn hin?«

»Bin gleich wieder da. Leg mal den Dolch weg und ruh dich etwas aus.« Er öffnete leise die Tür und lief auf den Gang hinaus.

Der neue Tag begann, noch bevor die ersten Sonnenstrahlen den Himmel erhellten. Emiron erwachte mit einem Seufzer, als Amil zu ihnen ins Zimmer trat. Er war erst in den frühen Morgenstunden zurückgekehrt, um sich schlafenzulegen. Wehmütig dachte er an die vergangene Nacht, Safianas

Trainingsstunde beim Schmied und die Stunden nach ihrer Rückkehr bis zu ihrem Abschied. Alles in ihm sträubte sich gegen die Reise. Preston dagegen war blitzschnell bereit, weil er es ohnehin vor freudiger Erwartung kaum aushielt. Er war wenigstens ausgeschlafen.

»Hoch mit dir, Emiron. Wir müssen los. Es eilt.«

Er wusch sich das Gesicht mit klarem Wasser und machte sich reisefertig, dann gingen sie durch die große Halle nach draußen. Der Horizont erglühte in der aufgehenden Sonne, als ein Stallknecht ihnen die Pferde aushändigte. Als sie aufsaßen, sah er, wie König Balduan mit Safiana auf den Hof kam. Er hätte sie beinahe für einen jungen Mann gehalten, denn sie saß auf einem hochgewachsenen Schimmel, und ihr dunkelgrüner Umhang verdeckte die langen, goldenen Haare fast vollständig.

»Was hat das zu bedeuten, Balduan?«, fragte Amil ein wenig schroff.

»Ich denke, Ihr habt es bereits erraten, alter Freund. Ich habe mich entschieden, meine Tochter als Botschafterin zu schicken. Sie wird die Interessen meines Landes und meiner Stadt am besten vertreten, da stimmt Ihr mir doch sicher zu, nicht wahr?«

Emiron war fassungslos. Unbändige Freude kämpfte in ihm mit der Furcht um das Wohl seiner Liebsten. Er fragte sich, was sein Meister dazu zu sagen hatte, und war überzeugt, ihn gerade zum ersten Mal sprachlos zu sehen, so als wüsste er nicht mit der Situation umzugehen.

Amil fing sich jedoch schnell. »Ich verstehe. Wenn das Euer Wunsch ist, so kann ich ihn Euch nicht abschlagen. Bedenkt aber, dass wir Eure Tochter nur bis zum Wachturm begleiten, da wir zuerst nach Lothinar müssen.«

»Das verstehe ich«, antwortete der König. »Dennoch könnte meine Tochter nirgendwo sicherer sein, als in den Händen zweier Nomendi. Ich zweifle nicht daran, dass sich alles gut fügen wird.« Er nickte seiner Tochter aufmunternd zu. Sendet mir, so rasch es geht, eine gute Botschaft, Amil, und passt auf meine Tochter auf.«

»Das werden wir«, sagte Amil ernst. »Sobald der Hohe Rat eine Entscheidung trifft, lassen wir es Euch wissen. Bis dahin gehabt Euch wohl.«

Damit zog er sein Pferd herum und lenkte es über die Steinbrücke zur Stadt hinunter. Emiron folgte ihm. Safiana streckte ihrem Vater zum Abschied noch einmal die Hand hin. »Leb wohl, Vater. Wenn ich wiederkomme, dann hoffentlich mit guten Nachrichten.«

»Pass auf dich auf. Im Zweifel wende dich an Amil. Er weiß, was zu tun ist.«

Sie ließ von ihm ab und folgte Emiron über die Brücke.

Die Straßen in der Stadt waren zu dieser Zeit noch beinahe leer. Hier und da sah man jemanden an einem Haus stehen oder Wasser holen. Es dauerte nicht lange, bis sie das große Tor erreichten. Sie grüßten die dort stationierten Wachposten und folgten der Nord-Süd-Straße gen Norden.

IV

Zwei Tage schon ritten sie immer weiter nach Norden. Unterwegs trafen sie auf flüchtende Bauern aus den südlichen Teilen Tralessas. Unter ihnen waren ehemalige Bewohner Enhors, die berichteten, dass der Fürst mit seinen Truppen nach Süden marschiert, aber nicht wiedergekehrt sei. Kurz darauf seien die ersten Bewohner der unbekannten Krankheit zum Opfer gefallen, woraufhin die Überlebenden die Stadt verließen. Viele Bauern fuhren mit ihren Pferdekarren auf der Straße nach Norden. Sie wollten um Schutz im weiten Land des Bauernreiches Foston bitten. Die meisten berichteten von Orks, die ihr Vieh und ihre Familien getötet hatten.

Amil fragte die Leute, ob sie dunkle Wesen gesehen hätten, doch keiner konnte sich an solche erinnern. Manche erzählten zwar von schwarzen Schatten, die zusammen mit der Krankheit und den Orks in die Dörfer eingefallen seien, jedoch war es unmöglich, eine genaue Beschreibung von ihnen zu erhalten. Wo Amil auch fragte, waren die Antworten stets gleich.

Ab und an sahen sie einige Zwerge, die von der Zwergenstadt Dahn auf dem Weg in die nördlichen Lande waren. Die Krankheit hatte sie noch nicht erreicht, anders als die vielen Gerüchte.

»Es sind die Orks, die uns momentan den größten Ärger bereiten«, sagte einer von ihnen, als Amil sie nach Neuigkeiten aus Dahn befragte. »Früher waren es nur einige Dutzend, die wir von unserer Stadt fernhalten mussten. Heute sind es mehrere hundert und es scheint kein Ende zu nehmen. Wenn es so weitergeht, können wir unsere Stadt nicht mehr lange verteidigen.«

»Habt Ihr dem König in Tesnan davon berichtet?«, fragte Amil.

»Einige aus meinem Volk haben sich auf den Weg zu ihm gemacht. Wir selbst gehen nach Valinar und Arxon. Ohne Hilfe sehen wir für unsere Stadt keine Zukunft.«

Ihre Unterredung dauerte nicht lang. Zwerge waren von Natur aus keine sehr gesprächigen Wesen. Sie ritten nicht auf Pferden oder fuhren auf Karren, sondern liefen schnellen Schrittes zu Fuß. Ihre Bärte waren lang und wild, und viele trugen an ihrer rechten Seite eine breite Axt oder einen schweren Hammer.

Emiron hatte lange Zeit Ausschau nach Elfen gehalten, jedoch keine entdecken können. Vielleicht waren bereits alle nach Norden in ihr großes Reich geflohen. Er wechselte einen Blick mit Safiana. »Du hast unsere Reise für ein großes Abenteuer gehalten, stimmts?«

Sie schüttelte nachdenklich den Kopf. »Das ist es für mich auch, aber vor allem mache ich mir Sorgen um mein Volk. Wenn ich die traurigen Gesichter dieser Bauern und ihre Erschöpfung sehe, erfüllt es mich mit Kummer. Und seit ich mich nicht mehr zu erkennen geben darf, kann ich den Familien nicht einmal mehr mein Mitgefühl zum Ausdruck bringen. Ich hätte mich nicht darauf einlassen sollen.« Sie seufzte. »Aber Amil hat natürlich recht«, lenkte sie dann ein. »Es wäre gefährlich, wenn jeder wüsste, dass die Tochter des Herrschers mit euch unterwegs ist.«

Emiron tat es leid, dass sie so bedrückt war. Er wollte ihre Lebensgeister wecken und fragte augenzwinkernd: »Wie wäre es heute Abend wieder mit einem kleinen Übungskampf, holde Königstochter? Ich möchte wissen, was dein

Lehrmeister dir im Verlauf des Jahres noch alles beigebracht hat. Sein Lehrling hatte ja nicht viel zu bieten.«

Sie musste lachen und gab ihm einen Klaps auf den Arm. »Ja ja, dabei hast du letztens, bevor ich dich besiegte, noch gesagt, ich kämpfe wie ein Mädchen.«

»Überraschungstreffer«, sagte Emiron und schmunzelte, aber er war tatsächlich von ihrer Wehrhaftigkeit überrascht gewesen. Sie hatte sich in den vergangenen Monaten viel Wissen und Technik angeeignet, und sie hatte Talent und einen starken Willen. Selbst Amil hatte gestern, als er ihnen bei ihrem ersten Training zugeschaut hatte, unverhohlene Neugier gezeigt, aber nichts gesagt. Emiron hatte den Verdacht, dass König Balduan sogar wusste, dass seine Tochter ein Schwert trug und es führen konnte.

Preston sprach nicht viel. Meist schien es, als sei er in seine eigenen Träume und tiefen Gedanken versunken. Oft hielt er dabei den kleinen goldenen Anhänger umfasst, den er am Hals trug.

»Darf ich fragen, was das für ein Anhänger ist?«, fragte Amil beiläufig, als Preston gerade wieder gedankenverloren in die Ferne schaute. Auf die Frage hin zuckte der Junge plötzlich wie ertappt im Sattel, sodass das Pferd kurz unruhig tänzelte.

»Ich habe es von meinem Vater bekommen. Es ist das Letzte, was mir von meinen Eltern noch geblieben ist«, antwortete der Junge knapp.

Gegen Abend des dritten Tages erreichten sie endlich die kleine Stadt Miram. Einige Dutzend Häuser standen hier nahe beieinander. Die Nord-Süd-Straße führte direkt durch die Stadt. Viele kleine Tavernen und Gasthäuser luden zum Verweilen ein. Seit jeher diente die Siedlung Reisenden, die der alten Straße folgten, als Station. Miram war nicht von einer Mauer umgeben und hatte somit auch kein bewachtes Tor.

Emiron war schon mehrmals hier gewesen, das letzte Mal vor nicht allzu langer Zeit, als er mit seinem Meister die Strecke in südlicher Richtung geritten war. Er konnte sich aber nicht erinnern, die kleine Stadt jemals so überfüllt gesehen zu haben. Viele Menschen und auch einige Zwerge zogen durch die Straßen, um einen Platz für die Nacht zu suchen.

»So viele Reisende. Die Stadt ist völlig überfüllt«, sagte er, als sie einen alten, von grünen Ranken überwucherten und hab verfallenen Torbogen passierten. Sorgsam achtete er darauf, dass sein Umhang die Rüstung verbarg.

»Hoffen wir, dass wir noch einen angenehmen Platz für die Nacht finden«, bemerkte Amil nur.

»Ich wüsste einen Platz für uns«, sagte Safiana. Sie zog an den Zügeln, und alle blieben am Rand der Straße stehen. »Ganz in der Nähe wohnt mein Vetter dritten Grades. Er ist als Verkäufer seltener Gegenstände in ganz Tralessa bekannt und besitzt ein kleines Anwesen hier. Unsere Familie hat nicht mehr viel mit ihm zu tun, aber als Kind war ich öfter bei ihm zu Gast. Bestimmt stellt er uns einen Schlafplatz bereit.«

Amil nickte, und sie folgten Safiana, die von der breiten Straße abbog und sie in eine ruhigere Gegend Mirams führte. Die Häuser hier waren aus dunklem Holz gebaut, und schwarzer Rauch quoll trotz der sommerlichen Temperaturen aus einigen Kaminen zum dunkler werdenden Himmel empor. Ein paar streunende Katzen mit ihren Jungen fauchten sie an, als sie vor einem großen, schäbig aussehenden Gebäude anhielten. Ein Aushang in dem breiten Fenster verkündete: *Baldids seltene Gegenstände von überall.*

»Was genau verkauft dein Vetter denn für Dinge?«, fragte Emiron und blickte neugierig in den dunklen Laden hinein. Durch die schmutzigen Fenster war kaum etwas zu erkennen. Die mit Eisen verstärkte Tür aus schwerem Holz vermittelte nicht gerade den Eindruck, dass Käufer oder gar Fremde hier willkommen wären.

»Das kann ich selbst nicht genau sagen. Als ich noch ein kleines Mädchen war, habe ich meinen Vetter oft auf seine wertvollen Artefakte, wie er sie nannte, angesprochen. Manchmal hat er mir seine besonderen Stücke gezeigt, die seltsame Geräusche machten oder sich ganz von allein bewegten. Er sagte mir jedoch nie, woher er diese Dinge hatte oder wofür sie eigentlich gut sind. Ihm gefiel es, aus jeder Kleinigkeit ein großes Geheimnis zu machen. Natürlich verkauft er auch gewöhnliche Dinge wie Porzellan aus den grünen Ländern im Osten oder Schmuck aus dem Zwergenreich Arxon.«

Sie stiegen von den Pferden, banden sie fest und öffneten die schwere Holztür des Ladens. Sie war unverschlossen und ließ sich – zu Emirons Verwunderung – ganz leicht öffnen. Im Inneren war es dunkel und menschenleer. Er sah in einigen Holzregalen an der Wand arg mitgenommene Dolche und kleine Schwerter liegen, viele davon verrostet und anscheinend uralt. In weiteren Regalen war weißes Porzellan zu erkennen. Dicke, staubige Bücher füllten das Bücherbord zur Linken, doch sah er auch Dinge, die er noch nie gesehen hatte. Viele davon hätte er nicht einmal beschreiben können. Es gab kleine und große, eckige und runde Sachen, aber auch solche, die keine feste Form zu haben oder sich langsam zu bewegen schienen. Ein monotones Summen ging von einigen kleinen Gestellen aus, und er sah, wie winzige Blasen daraus hervorquollen, um leise in der Luft zu zerplatzen. Auch Amil schaute sich voller Interesse im Raum um. Besonders ein summendes Kästchen schien seine Aufmerksamkeit gewonnen zu haben. Es klang so, als sei ein kleiner Schwarm Bienen darin eingesperrt.

»Heda, wer stört?«

Ein stumpfes Krächzen kam aus einer dunklen Ecke im hinteren Teil des Ladens. Preston fuhr erschrocken herum. Emiron schmunzelte. Er hatte durchaus gespürt, dass sich jemand im Raum aufhielt.

»Ich bin es, Safiana, Balduans Tochter.« Safiana trat einen Schritt vor und wurde umgehend von einer aufleuchtenden Laterne geblendet.

Ein kleiner Mann mit dichtem, grauem Bart sah sie mit forschendem Blick an. Er erinnerte Emiron stark an einen Zwerg, doch hatte er keinen besonders langen Bart und war auch etwas größer als einer aus dem kurzen Volk.

»Seid gegrüßt, Meister Baldid«, sagte Safiana höflich, als der kleine Kerl die Gruppe, und vor allem Amil, der respektvoll und ernst neben Safiana stand, misstrauisch musterte.

»Safiana, seid willkommen. Es ist schön, Euch wiederzusehen. Doch sagt mir, was führt die Königstochter von Tesnan in diesen Zeiten in unsere doch arg überfüllte Stadt?«

»Wir sind auf dem Weg nach Norden und hoffen, bei Euch eine Unterkunft zu bekommen. Die Stadt und vor allem die Gasthäuser sind voll, und wir sind müde und erschöpft vom langen Ritt.«

Baldid verdrehte die Augen. »Was ist nur los in diesen Tagen? Ganze Scharen von Menschen und staubigen Zwergen

112

sind unterwegs. So etwas gab es hier meines Wissens noch nie, jedenfalls nicht in den letzten vierzig Jahren.« Sein Bart zuckte. »Für Euch, liebes Mädchen, habe ich jedenfalls immer einen Platz, aber sagt mir, wen Ihr mir da noch ins Haus bringt. Noch mehr Reisende?«

»Das sind Freunde meines Vaters und auch meine Freunde – Nomendimeister Amil und seine beiden Schüler Emiron und Preston. Gewährt Ihr uns Unterschlupf?«

Der kleine Kerl kratzte sich am Kopf. Emiron sah ihm deutlich an, dass er auf solche Gäste gern verzichtet hätte.

Auch sein Meister trat einen Schritt vor. »Wir sind im Auftrag des Königs unterwegs und fallen Euch nicht gern zur Last, jedoch meinte Safiana, wir würden hier willkommen geheißen. Es ist nur für eine Nacht. Morgen reisen wir in aller Frühe weiter.«

»Schon gut, schon gut«, lenkte Baldid mit seiner rauen Stimme ein und winkte gleichzeitig mit beiden Händen ab. »Ihr könnt euch oben zwei der leeren Zimmer nehmen. Wenn ihr ein Abendessen wünscht, lasst mir noch ein wenig Zeit. Ich habe heute nicht mit Besuch gerechnet.«

»Habt vielen Dank, Meister Baldid«, sagte Amil. »Es ist uns eine Freude, Eure Gastfreundschaft anzunehmen.« Er verbeugte sich höflich und folgte ihrem Gastgeber mit den anderen ins obere Stockwerk.

Sie saßen bei warmem Kerzenlicht zusammen an einem reich gedeckten Tisch. Emiron staunte nicht schlecht. Als er vor einigen Minuten den Verkaufsraum betreten hatte, hatte er nicht solch ein Aufgebot erwartet. Die kleinen Tische mit den summenden Gerätschaften waren dicht an die Regale geräumt, und überall waren Kerzen entzündet worden. Die

Speisen auf dem Tisch konnten einem königlichen Festmahl Konkurrenz machen. Offenbar hatte er den kleinen Mann völlig falsch eingeschätzt.

Baldid trank einen kräftigen Schluck Bier aus seinem großen Krug. »Nomendi seid Ihr also«, sagte er hustend. »Ihr müsst schon entschuldigen, aber bei meiner Kundschaft kann man sich nie sicher sein. Ich habe schon viele seltsame Käufer und Händler hier gehabt. Verzeiht also bitte meine Unfreundlichkeit von vorhin.«

»Wir haben Euch zu danken, Meister Baldid«, gab Emiron zurück. »Ohne Euch hätten wir wohl auf der Straße schlafen müssen. Da ist uns ein warmes Bett doch viel lieber.«

Baldid lächelte gönnerhaft. »Ach, schon gut. Nomendi trifft man nur noch selten in diesen Tagen. Ich habe schon seit einigen Jahren keinen mehr aus diesem Volk in Miram gesehen, obwohl ich annehme, dass sich der ein oder andere von euch öfter hierher verirren wird. Immerhin ist es der schnellste Weg zwischen Norden und Süden. Dass ihr hier auftaucht, ist vermutlich kein Zufall. Viele Leute sind unterwegs, und man hört so einiges.« Er wandte sich Preston zu, als der wieder mit seinem Dolch zu spielen anfing. »Möchtest du noch etwas Saft haben?«

Der Junge nickte.

Baldid holte einen vollen Krug aus dem Schrank und schüttete ihm etwas ein. »Sagt, Meister Amil, wie kommt es, dass Ihr zwei Schüler habt? Wird nicht immer erst einer bis zum Abschluss unterrichtet?«

Emiron wandte sich kauend seinem Meister zu, und auch Preston blickte erwartungsvoll auf.

»Der Junge begleitet uns nur auf dem Weg in das nördliche Reich«, antwortete Amil und beließ es dabei.

»Und wie geht es Eurem Vater, Safiana?«, fragte Baldid, vermutlich um das Thema rasch zu wechseln.

»Er ist sehr mit den Ereignissen und dem Schutz der Stadt beschäftigt. Ihr habt wahrscheinlich davon gehört.«

»Oh ja. Es ist schwer, nicht davon zu hören. Viele Menschen und auch Zwerge fliehen derzeit vor einem Schatten, von den Orks ganz zu schweigen.«

»Wisst Ihr mehr darüber?«, fragte Amil.

»Nicht mehr, als der König schon wissen dürfte oder Ihr ohnehin schon wisst, denke ich. Wer weiß, was genau dort unten vorgeht. Solange ich keinen Ork vor meiner Tür sehe, ist die Welt für mich in Ordnung. Ich will nur meine Ruhe vor der Welt da draußen – nicht mehr und nicht weniger.«

Mittlerweile hatten sie alle so viel gegessen, wie sie konnten, und Baldid zog eine kleine Pfeife aus einer seiner tiefen Taschen hervor. Es dauerte nicht lang, bis die Luft im ganzen Raum mit einem süßlichen Duft getränkt war. Emiron fühlte sich matt und schläfrig. Das Essen hatte ihn müde gemacht, und der schwere Rauch tat das Seinige dazu. Safiana suchte seinen Blick und deutete mit einer Kopfbewegung auf Preston, der wieder mit dem Kopf auf der Tischplatte eingeschlafen war.

»Wenn ihr möchtet, könnt ihr euch schlafen legen. Morgen geht es zeitig los«, sagte Amil und zündete sich ebenfalls eine kleine Pfeife an. »Ich bleibe noch etwas bei unserem Gastgeber.«

Emiron hob Preston hoch und trug ihn hinter Safiana die Treppe hinauf. Der Blondschopf umklammerte selbst im Schlaf den goldenen Anhänger wie einen Schatz, den es unter allen Umständen zu beschützen galt. Als Emiron auf halber Höhe noch einmal zurückblickte, sprach sein Meister leise mit

Baldid und stellte ein kleines summendes Kästchen vor sich auf den Tisch, dasjenige, von dem er zuvor gedacht hatte, es seien Bienen darin.

Ein schwarzes Pferd galoppierte über die einsame Straße nach Norden. Der dunkel gekleidete Reiter trug an beiden Seiten des schweren Gürtels ein schwarzes Schwert. Sein langer Umhang wehte im kühlen Nachtwind. Durch die silberne Maske drang ein leises Röcheln, als er sein Pferd zur Eile ansporrnte. Die weite, vom Mond beleuchtete Graslandschaft flog an ihm vorbei, doch er beachtete sie nicht. Zu lange hatte er im Schatten des Lendamwaldes warten müssen, bis seine Beute endlich Tesnan verließ und er ihr unauffällig folgen konnte. Es war ihm nicht gelungen, seinen Plan im Wald auszuführen, weil Waldelfen aufgetaucht waren und ihn mit ihrem Gesang vertrieben hatten.

Er hasste die Elfen. Ihre freundlichen Stimmen fühlten sich wie Gift in seinem Körper an. Allein ihre Anwesenheit reichte aus, um seinen Verstand zu quälen. Nicht mehr lange, und sein Meister würde dafür sorgen, dass diese ekelhaften Kreaturen vom Angesicht der Welt verschwanden. Doch bis es so weit war, gab es noch einiges zu tun. Die Befehle des Gebieters mussten ausgeführt werden. Es galt, sich zu beeilen – zumal er aus der Ferne etwas wahrgenommen hatte, was er um jeden Preis an sich nehmen musste. Einer der Menschen, die er verfolgte, trug es bei sich. Er hatte seine Energie gespürt, als er sie auf der Elfenlichtung gesehen hatte. Es musste etwas von großer Kraft und unschätzbarem Wert sein. Sicher würde sein Meister ihn großzügig dafür belohnen, wenn er ihm nicht nur vom Tod seiner Beute berichtete, sondern ihm zusätzlich diesen Gegenstand brachte.

Er musste sie töten, bevor sie im nördlichen Reich eintrafen. Wären sie erst in Lothinar oder im Elfenreich, so käme er nicht mehr an sie heran. Die Sporen an seinen schweren Stiefeln gruben sich in die Flanken des großen Pferdes. Gequält wieherte das Tier laut, bevor es sein Tempo noch weiter erhöhte.

Der Horizont war vom Morgenrot eingefärbt, und viele reisende Menschen und Zwerge tummelten sich schon lautstark auf der Straße, als sie sich mit vielen höflichen Worten von ihrem Gastgeber verabschiedeten. Safiana versicherte Baldid, ihrem Vater die besten Grüße auszurichten, und sie schafften es aus der Stadt, noch bevor die ersten Reisegruppen der Bauern aufbrachen. Amil fand sogar noch etwas Zeit, ihre Essensvorräte bei einem Händler in der Nähe des Ladens aufzufüllen.

Emiron blickte in die weite Landschaft. Es waren kaum mehr Bäume zu sehen, überall nur Gras, Feld oder Steppe. Safiana ritt an seiner Seite und sah aus, als würde sie jede einzelne Minute, die sie unterwegs waren, genießen – eine Königstochter, die sich endlich einmal fern des Palastes aufhalten und die Welt sehen durfte.

Um die Mittagszeit, nachdem sie etwa sechs Stunden geritten waren, veränderte sich die Gegend zusehends. Die weiten Graslandschaften wichen bebauten Äckern und Weideland. Emiron sah Kühe, Schafe und goldene Gerste, die sich im sanften Wind wiegte. Kleine Bauernhöfe ragten überall verstreut wie große Baumstümpfe aus dem Boden.

»Wir haben soeben die Grenze nach Foston überquert«, bemerkte Amil. »Wir werden wohl noch einen Tag brauchen, bis wir den alten Wachturm an der Weggabelung erreichen.«

Emirons Herz wurde schwer. Er hatte gewusst, dass er sich wieder von Safiana trennen musste, doch hoffte er inständig, dass es nicht lange dauern würde, bis sie sich in Valinar wiedersehen würden. Sicher konnten sie nicht lange in Lothinar bleiben, da der kaiserliche Rat nicht dort, sondern in der Kaiserstadt zusammenkam. Die Felder zu beiden Seiten erstreckten sich weit. Er mochte das Bauernreich Foston, denn es war ein reiches Land, aber der Reichtum lag nicht in Goldvorkommen oder anderen Edelmetallen begründet, sondern bestand im fruchtbaren Boden. Von hier aus wurde Nahrung in die gesamte bekannte Welt verkauft. Der König des Landes war ein großherziger Mann. Emiron war ihm vor einiger Zeit begegnet, als er mit seinem Meister im Bauernreich unterwegs war. Damals hatten sie einen alten Freund von Amil besucht, der in der großen Hafenstadt Rigan im Nordwesten wohnte. Dort hatte er zum ersten Mal die mächtigen Schiffe gesehen, die über das Meer nach Westen zogen oder Handel mit den Reichen im Osten trieben. Er kannte die Länder und Inseln jenseits des großen Meeres im Westen nicht. Die Nomendi hatten seit jeher nur wenig Interesse an Ländern gezeigt, die nicht im Reich Araquest lagen. Ihr Orden diente dem Reich und vor allem den Herrschenden der Königreiche. Sie waren die Beschützer, und Araquest war ihrem Orden verpflichtet.

»Ich denke, für heute sind wir genug geritten.« Amil verlangsamte sein Tempo.

Es hatte erst angefangen zu dämmern, aber Emiron war froh, denn nach der langen Zeit auf dem Pferd taten ihm die Glieder weh. Preston, der immer noch vor Amil saß, war anscheinend bereits beim Reiten eingeschlafen. »Hier ist ein guter Platz für die heutige Nacht, würde ich sagen. Lasst uns ein kleines Feuer entzünden und eine Kleinigkeit essen.« Er stieg vom Pferd und weckte damit Preston, der sich verschlafen die Augen rieb.

»Sind wir schon da?«, fragte er schläfrig und rutschte unsicher vom Sattel.

»Nein, noch nicht«, antwortete Amil. »Noch sind wir einen Tagesritt vom Garro entfernt.«

Die anderen stiegen ebenfalls ab. Sie waren allein auf der Straße. In der Ferne sah man einen Hof, in dessen Fenstern kleine Lichter zuckten. Eine Baumgruppe stand links am Weg und warf lange Schatten auf den Boden.

Amil führte sein Pferd hinter die Bäume. Dort war eine kleine Grasmulde, in deren Mitte verkohlte Überreste eines erst kürzlich heruntergebrannten Feuers zu sehen waren. »Hier bleiben wir heute Nacht.« Amil nahm etwas trockenes Holz vom Boden auf, das abseits der Mulde im Gras unter den Bäumen lag.

Emiron folgte ihm mit Safiana und machte die Pferde fest. »Lust auf einen kleinen Kampf, um die Muskeln zu lockern?«

Preston, der jetzt ziemlich ausgeschlafen war, sprang auf. »Ich würde auch gerne einmal mit euch üben.«

»Ja, warum nicht?« Emiron sah Amil fragend an.

Amil hatte angefangen, die Feuerstelle zu richten. Er nickte kurz. »Hier gibt es Feuerholz genug, also geht nur. Aber nehmt die Pferde mit. Dort hinten ist ein Bach. Da könnt ihr die Tiere tränken und gleich frisches Wasser mitbringen. Kommt zum Essen zurück, bevor es dunkel ist.«

»Ich zuerst«, sagte Safiana und zog ihr Schwert aus der Scheide.

»Na, wenn das so ist«, antwortete Emiron und parierte.

Während sie übten, warf Preston ihnen sehnsüchtige Blicke zu.

»Hey, aufgepasst!«, rief Safiana und rückte ihm bedrohlich nahe.

»Nein, ich habe deine Taktik durchschaut. Sieh her!« Emiron holte im letzten Moment schnell aus und blockte Safianas angedeuteten Schlag ab.

»Gut, dann auf ein Neues.« Safiana machte einen weiteren Vorstoß, um seine Verteidigung zu brechen.

»Lasst Preston auch mal zeigen, was er kann.« Amil war zu ihnen gekommen und warf dem Jungen einen Stock zu. »Hier, nimm den.«

Er fing den Stab auf, und die beiden unterbrachen ihren Kampf. Emiron trat Preston entgegen, der den Holzstab herausfordernd vorstreckte, und nahm einen etwas größeren Stock vom Boden auf.

»Dann zeig mir mal, was du schon kannst«, forderte Emiron und erwartete den ersten Schlag des Jungen. Dieser ließ sich nicht lange bitten. Mit bemerkenswerter Kraft schlug Preston auf seinen Stab ein. Er parierte den Hieb, drehte sich und erwartete den nächsten.

»Du hast Kraft. Das ist gut. Was dir aber fehlt, ist die richtige Technik. Da, schau.« Mit einer erneuten Drehung griff er Prestons Rechte an und traf den Jungen leicht an der Brust. »Jetzt bist du tot.«

»Das war nicht fair!«, sagte Preston laut und hob den Stock erneut. »Das nächste Mal treffe ich!«

So übten sie einige Zeit den einfachen Schwertkampf mit Stöcken, bevor Safiana ihn ablöste, damit Preston mit ihnen beiden üben konnte.

Amil beobachtete sie schweigend. Schließlich machte er dem Treiben ein Ende, sie sammelten die Pferde ein, füllten die Flaschen und ließen sich an der Feuerstelle eine einfache Mahlzeit schmecken. Es gab frische Bohnen mit Brot und Tomaten, kein besonderes Mahl, aber nach dem langen Tag tat es überaus gut.

»Hier draußen schmeckt das Essen besser als im königlichen Palast. Das kann doch eigentlich nicht sein, oder?« Safiana wischte sich den Mund ab.

Es knackte laut im Feuer und einige Flammen loderten auf. Prestons Anhänger reflektierte ihr Licht, sodass es aussah, als blinke ein kleiner goldener Stern an seinem Hals.

»Darf ich deinen Anhänger einmal sehen, Preston?«, fragte Amil.

Preston zögerte kurz, aber nickte dann und hielt den goldenen Anhänger hoch. Die anderen schauten ebenfalls hin. Der Anhänger sah wie ein Bruchstück von etwas Größerem aus. Emiron konnte jedoch nicht erkennen, um was es sich dabei wohl gehandelt haben könnte.

»Schön, dass er noch etwas von seinen Eltern hat«, sagte Safiana leise zu Emiron. »Es muss schwer sein, keine Familie mehr zu haben.«

Emiron fühlte ihren Atem an seinem Hals, als sie sich herüberbeugte, und erhaschte einen schnellen Seitenblick von ihr. Der Feuerschein glitzerte geheimnisvoll in ihren Augen. Sie sah ihn nicht an, sondern drehte sich von Amil und Preston weg, fasste seinen Arm und zog ihn mit sich. Sie kam ihm ganz nah, als wollte sie sich an ihn schmiegen, aber dann sagte sie so leise, dass nur er sie hören konnte: »Ich habe Angst, Emiron. Vor der Zukunft. Ich spüre es, weißt du? Ich kann es nicht beschreiben, aber … ich spüre es ganz deutlich.« Ihre muntere Stimmung von zuvor war wie weggeblasen.

Er zog den Kopf ein wenig zurück, um ihr ins Gesicht schauen zu können. Ihre langen dunkelblonden Haare kringelten sich auf ihren Schultern. In ihrem Blick spiegelten sich Sorge und Vorahnung. »Was?«, fragte er leise mit brüchiger Stimme.

»Ich sehe all diese Menschen aus unserem Reich fliehen. Selbst die Zwerge gehen. So etwas hat es noch nie gegeben. Etwas Schlimmes geht um und wird uns alle verschlingen.«

»Alles wird sich fügen, Safiana, darum sind wir hier.« Er hoffte, dass ein aufmunternder Ton in seiner Stimme mitschwang. »Alles wird sich zum Guten wenden. Vielleicht mag es gerade nicht so aussehen, aber Amil hat sich der Sache angenommen, und sobald der Kaiser die Kunde bekommt …«

»Was, wenn sie nicht helfen können? Wenn mein Volk wie das von Enhor dahinsiecht und die Seuche sich ausbreitet?« Tränen glitzerten in Safianas Augen.

»Es wird Abhilfe geben, ganz sicher«, versuchte er, sie zu beruhigen, aber er musste sich eingestehen, dass auch er hart darum kämpfte, nicht die Hoffnung aufzugeben.

Safiana schloss die Augen und Emiron blickte wie hilfesuchend zu den Sternen empor. Sie strahlten in einem magischen Glanz, so wie sie es immer getan hatten und immer tun würden – eine Konstante in der Welt, die Sicherheit versprach. Er schob eine Hand zu Safiana hin. Als er ihre Hand fand, drückte er sie fest und spürte, dass auch sie den Druck erwiderte. Er würde sie nicht allein lassen. Er würde für sie da sein, egal, was geschehen mochte.

»Nicht weit von hier teilt sich am Garro, dem alten Wachturm, die Nord-Süd-Straße«, sagte Amil unvermittelt in die Stille. »Wir erreichen morgen die Stelle. Wollt Ihr wirklich allein weiterreiten?«, fragte er mit einem zweifelnden Blick auf Safiana.

»Macht Euch um mich keine Gedanken, Meister Amil. Ich bezweifle, dass so nah der Kaiserstadt Gefahren zu erwarten sind. Im Süden sind die Menschen es gewohnt, sich vor Räubern und Dieben zu schützen. Und wenn es doch so weit kommen sollte, dass ich angegriffen werde, habe ich mein Schwert zur Hand.«

»Wenn Ihr meint«, entgegnete Amil und schaute sie fest an.

Sie schickte ihm einen nicht minder entschlossenen Blick zurück. Sie ließe sich von niemandem einschüchtern, auch nicht von einem Nomendimeister.

Emiron wollte sich noch Brot nehmen, als er plötzlich etwas spürte. Erst war es nur wie eine Eingebung, dann fühlte er die Kälte in der Luft. Im selben Moment stand Amil auf, das Schwert in der Hand. Seine Augen glühten grün in der Dunkelheit. Auch Emiron zog seine Waffe.

Er war hier.

Er konnte seine Anwesenheit spüren. Aber wie war das möglich? Hatte er sie etwa von Enhor bis hierher verfolgt? Und warum?

»Bleibt, wo ihr seid, hier könnt ihr nicht helfen!«, befahl Amil Safiana und Preston, die beide verwirrt in die Dunkelheit starrten. Mit der freien Hand nahm er einen glühenden, langen Ast aus dem Feuer und schaute sich in der Dunkelheit um. »Er ist es«, stieß er hervor. »Den beiden darf nichts passieren, Emiron, ich verlasse mich auf dich!«

Emiron konzentrierte sich. Er spürte, wie seine Kräfte größer und seine Sinne schärfer wurden. Alle Bewegungen um ihn herum, von Amil und den anderen, von den Blättern im Wind, verlangsamten sich. Die Dunkelheit löste sich vor ihm auf. Er nahm jede noch so kleine Veränderung der Umgebung, jeden Laut überdeutlich war. Er wusste, auch seine Augen glühten jetzt in einem mystischen Grün. Seine Rüstung schimmerte silbern im Mondlicht. Er hielt sein Schwert in der rechten Hand bereit.

Ein Reiter näherte sich auf der Straße. Er hörte deutlich das Klappern von beschlagenen Hufen und das leise Hecheln des Pferdes. Doch war da auch ein anderes Geräusch. Ein kaum vernehmliches Röcheln hinter einer silbernen Maske. Der Reiter wurde langsamer und blickte in ihre Richtung. Emiron zweifelte keinen Augenblick, dass das Wesen sie spüren konnte. Es wusste, wo sie waren. Langsam, in einer fließenden Bewegung, glitt der schwarze Reiter von seinem Pferd und kam auf sie zu. Mit jedem Schritt, der die Distanz verkleinerte, wurde es kälter. Emirons Schwert glühte nun matt. Es schien den herannahenden Feind zu spüren. In seinen Fingerkuppen kribbelte es. Macht lag in seinen Händen. Die Macht der Nomendi. Seine Macht.

Mit einem Schwung zog das Wesen die zwei Schwerter. Die Klingen waren lang und pechschwarz. Die silberne Maske reflektierte das milchige Mondlicht wie ein Spiegel in der Nacht. Emiron überlief es eiskalt. Er konnte sich noch lebhaft an das letzte Zusammentreffen mit dieser Gestalt erinnern, als sie es nur knapp geschafft hatten, lebendig zu entkommen. In Enhor jedoch hatten sie nur sich selbst verteidigen müssen, und es hatte einen Fluchtweg gegeben. Er dachte an Safiana und spürte im selben Moment, wie seine Konzentration nachließ und die Magie schwächer wurde. Schnell ordnete er seine Gedanken. Er durfte sich jetzt nicht ablenken lassen. Das

Wesen war keine zehn Schritte mehr von ihnen entfernt. Es bewegte sich langsam, aber unausweichlich auf sie zu.

Mit einem kurzen Blick in Amils Augen vergewisserte er sich. Zusammen griffen sie an. Ein lautes Klirren hallte durch die nächtliche Luft, als vier Schwerter heftig aufeinanderprallten. Das Wesen bewegte sich wieder so schnell wie schon in Enhor. Ein süßlicher Geruch entströmte dem langen, schwarzen Umhang. Emiron versuchte mit jedem Schwung seines Schwertes, eine Lücke in der Verteidigung zu finden, wurde aber immer wieder zurückgedrängt. Amil erging es genauso. Sein Schwert glühte, und seine Kraft nahm stetig zu, aber trotzdem fand er keine Möglichkeit, dem Feind Schaden zuzufügen. Plötzlich hob sein Meister mit der linken Hand den glühenden Stock und drückte ihn dem Wesen mit einer schnellen Bewegung in einen Schlitz der silbernen Maske, gerade als es zwei Schläge auf einmal parieren musste. Der Stock brach und Emiron nahm den Geruch verbrannten Fleisches wahr. Es gab jedoch kein Anzeichen dafür, dass das Wesen eine schmerzhafte Verletzung davongetragen hätte. Kein Laut war zu hören, außer dem stetig lauter werdenden Röcheln, das hinter der Maske hervordrang. Emiron drehte sich, um einem Schwerthieb auszuweichen. Aus dem Augenwinkel sah er Safiana, die mit gezücktem Schwert schützend vor Preston stand. Ihre Blicke trafen sich. Sofort spürte er, wie seine Gedanken abdrifteten und seine Kräfte nachließen. Hinter ihm krachte es laut. Als er herumfuhr, sah er, wie Amil einige Meter nach hinten taumelte. Er hatte zwar die feindlichen Klingen abgewehrt, der Aufprall war jedoch so gewaltig gewesen, dass Emiron ein Prickeln auf der Haut spürte.

Amil fiel und blieb regungslos im Gras liegen. Emiron merkte, wie die Aura seines Meisters schwächer wurde, weil er einen Teil seiner Magie verlor. Das war eine Katastrophe! Er hatte zu viel Kraft in den Schlag gesetzt.

Mit einem lauten Aufschrei ließ er sein Schwert auf die Gestalt niedersausen, die sofort den Kampf aufnahm. Er war wie in Trance, als seine Schwerthiebe immer wieder pariert wurden und er in die Mulde zurückgedrängt wurde. Schon war er auf einer Höhe mit Safiana. Sie stand nur einige Meter von ihm entfernt, und er spürte, dass sie ihm helfen wollte. Er musste sie schützen – um jeden Preis. Ihr durfte um alles in der Welt nichts geschehen! Nur konnte er der Kraft des Wesens nicht viel entgegensetzen. Dieser Feind war mächtiger als alles, dem er je begegnet war. Ein Mensch war zu solchen Taten nicht fähig. Höchstens ein Nomendi … Stetig gewann die dunkle Kreatur Oberhand. Ihre Bewegungen wurden schneller und präziser.

Emiron spürte den Schlag, noch ehe er ihn kommen sah. Beide Klingen rasten auf seine Brust zu. Er hielt das Schwert zur Abwehr in die Höhe und versuchte gleichzeitig, auszuweichen. Im Moment des Aufpralls verlor er für einige Sekunden den Halt und fiel zu Boden, sah Preston, wie er am Felsen hinter Safiana stand, seinen Dolch in der Hand, am ganzen Körper zitternd, Safiana anstarrend, die mit ihrem Schwert immer noch schützend vor ihm stand.

Alles in Emirons Innerem schrie auf. Was machte sie da, sie musste da weg! Sie konnte hier nichts ausrichten, musste sich und Preston in Sicherheit bringen. Er schloss kurz die Augen, um dann mit neuem Schwung wieder aufzustehen, versuchte, sich zu sammeln, aber da hallte ein markerschütternder Schrei durch die kalte Nachtluft.

Als er die Augen wieder öffnete, sah er, wie Safiana in die Knie ging. Eine der langen schwarzen Klingen hatte ihre rechte Seite durchbohrt. Ihm war, als stünde die Zeit still, als sei dieser Moment alles, was seine Welt ausmachte. Er konnte nicht begreifen, was geschehen war. Safiana – seine Safiana – war verletzt worden. Sie hatte sich für ihn diesem Wesen in den Weg gestellt. Wie in Zeitlupe sah er, wie sie langsam zu Boden ging und sich nicht mehr regte.

Voll Wut und mit dem verzweifelten Willen, sie zu retten, nahm er den Kampf wieder auf. Sein Hass wuchs und mit ihm seine Kraft. Sein Schwert glühte nun grell in die Nacht hinein, seine Schwerthiebe wurden härter und präziser. Im selben Moment, da er seine Macht wieder durch seine Adern fließen spürte, stand Amil wieder neben ihm. Offenbar hatte ihn der schwere Angriff von vorhin nicht ernsthaft verletzt, nur kurz außer Gefecht gesetzt. Ohne ein Wort schwang er sein großes Schwert und traf das Wesen in die rechte Seite. Ein Stöhnen drang aus der silbernen Maske. Die Gestalt hielt verwundert inne. Emiron nutzte den Moment und stieß zu. Der schwarze Umhang zerriss, und die silberne Rüstung darunter gab nach, als sich sein Schwert tief in den Oberkörper der Gestalt bohrte. Amils Schwert fuhr nur Sekundenbruchteile später direkt neben seiner Klinge durch Umhang, Rüstung und den dunklen Leib. Ein schmerzerfülltes Stöhnen drang durch die Maske, gefolgt von einem langen Seufzer. Wie in Zeitlupe kippte das Wesen um und rührte sich nicht mehr.

Emiron keuchte. Sein Hass wandelte sich in Angst, und als er spürte, wie die Magie an Kraft verlor, schmerzten seine Glieder vom Aufprall der Schwerter. Mit einem Satz war er bei Safiana und hockte sich neben sie. Wie tot lag sie im Gras. Sie blutete aus der Wunde an ihrer rechten Seite. Ihr Atem ging flach und schnell. Fassungslos betrachtete er sie. Ihm war, als befände er sich in einem bösen Traum, der – wenn er nur schnell genug aufwachte – nie Wirklichkeit werden würde. Doch schnell holte ihn die Realität wieder ein.

»Bitte, stirb nicht. Bitte nicht. Es ist meine Schuld, meine Schuld!«, rief er hilflos in die Stille hinein. Er nahm ihre rechte Hand und fühlte ihr den Puls.

»Und?«, fragte Amil ruhig, während er die beiden Schwerter aus dem Leib des Angreifers zog. »Lebt sie?«

»Ich weiß nicht. Ich glaube ja, aber hier ist eine Menge Blut. Amil, wird sie sterben?« Seine Stimme zitterte.

»Sie wird bestimmt nicht sterben«, sagte Preston leise. »Ganz sicher nicht. Sie kann nicht sterben.« Auch er kniete sich neben Safiana und schob ihr eine Haarsträhne aus dem Gesicht.

»Preston!«, rief Amil. »Sammle einige Blätter von den Büschen dort drüben und leg sie auf Safianas Wunde.«

Der Junge rannte los und tat, wie ihm geheißen. Amil kam herüber und fuhr mit einer Hand vorsichtig über die Wunde, da kam Preston auch schon zurück und legte mehrere frische Blätter auf den klaffenden Schnitt.

Amil legte abermals die Hand darauf und murmelte leise etwas in die stille Nacht hinein. Seine Augen glühten in der Dunkelheit. Von der Verletzung ging ein leises Zischen aus. Die Blutung verebbte und stoppte schließlich.

»Das hier wird sie nicht heilen«, sagte er. »Dafür war der Zauber, der auf den Schwertern lag, zu mächtig, und meine Magie reicht nicht aus, um ihn komplett zu bannen.« Er überlegte kurz, schien dann einen Entschluss zu fassen. »Sie braucht elfische Arznei, doch müssen wir uns erst um etwas anderes kümmern. Komm zu mir, Emiron. Ich will, dass du dir das hier mit mir ansiehst.« Er stand auf und ging zu dem gefällten Wesen hinüber.

»Aber … «

»Kein aber, komm!«

Widerstrebend wandte Emiron sich von Safiana ab und trat an Amils Seite. Vor ihnen lag die dunkle, menschengroße Gestalt leblos auf dem Boden. Das Mondlicht spiegelte sich trüb in der silbernen Maske.

Amil bückte sich und hob eines der beiden schwarzen Schwerter auf. »Dies ist keine normale Klinge. Ein Zauber liegt darauf. Ein Zauber, dessen Existenz mir unerklärlich ist.« Mit scharfem Blick prüfte er die kleinen Runen, die in Griff und Klinge eingearbeitet waren. »Jetzt wollen wir einmal sehen, wer du bist«, sagte er dann und beugte sich zu der Gestalt hinunter.

Emiron sah stumm zu, wie sein Meister eine Hand an die Maske legte und sie dem Wesen langsam vom Gesicht zog. Fast hätte er vor Entsetzen aufgeschrien, aber das Grauen schnürte ihm die Kehle zu. Das Gesicht, das da entblößt wurde, war bereits halb verwest. Der süßliche Geruch, den das Wesen abgab, wurde augenblicklich so intensiv, dass er nach Atem rang, und sich gleichzeitig den Arm vor die Nase hielt, um sich diese Widerwärtigkeit vom Leib zu halten. »Er war schon tot?«, fragte er mit zitternder Stimme.

Vor ihnen lag, was von einem Menschen übrig geblieben war. Dieser Körper war sicher schon mehrere Wochen nicht mehr am Leben. Doch wie konnte es sein, dass sie kurz zuvor noch gegen dieses Wesen hatten kämpfen müssen?

»Meine Vermutung war also richtig.« Amils Gesicht war ernst und voll Abscheu zugleich. »Wir haben es hier mit Magie zu tun, deren Macht wir uns noch nicht einmal vorstellen können. Das war das Werk eines schwarzen Meisters, wie es ihn in dieser Welt eigentlich nicht mehr geben dürfte.«

»Meint Ihr damit einen Dunkelelfen?«, fragte Emiron. Er erinnerte sich wieder an die Gerüchte vom lebendigen Tod.

»Genau so einen meine ich.« Amil besah sich das Gesicht genauer. Sein Blick ruhte lange auf den nun schwarz umrandeten eingefallenen Augen. Dann fragte er in die nächtliche Stille hinein: »Erkennst du ihn?«

Emiron war überrascht. Was sollte diese Frage? »Ja, schon«, antwortete er schließlich. »Das ist derselbe, der uns in Enhor angegriffen hat.« Seine Gedanken kehrten immer wieder zu Safiana zurück. Warum verloren sie hier wertvolle Zeit? Wozu noch diesen Leichnam studieren, der ihnen ohnehin nicht weglaufen konnte?

»Das meine ich nicht. Er ist ein Nomendi oder war einer, bevor er gestorben ist«, sagte Amil. »Ist dir nicht die Rüstung aufgefallen, die unsere Klingen durchlöchert haben? Zweifellos die eines Nomendi, eines Mitglieds unseres Ordens. Andere Schwerter hätten es sicher weitaus schwerer gehabt, hindurchzustoßen.«

»Aber wie könnte das sein?«

»Ich weiß es nicht, aber ich bin mir ziemlich sicher, dass das hier Eldrit ist. Eragion schickte ihn vor einigen Wochen noch vor uns aus, um an den Grenzen des südlichen Reiches nahe dem schwarzen Gebirge und bei Duhn nach Erkenntnissen über die aufkommende Seuche zu forschen.«

Emiron schauderte es. Er kannte Eldrit, der ein guter Freund seines Meisters und oft bei ihnen zu Gast gewesen war. Er versuchte, irgendetwas von ihm an diesem Scheusal auf dem Boden wiederzuerkennen. »Was bedeutet das alles?«, fragte er schließlich erstickt, als er sich eingestehen musste, dass Amil recht hatte.

»Es bedeutet, dass das Land von einer weit größeren Gefahr bedroht ist, als wir alle ahnen. Wir müssen sofort weiter. Uns bleibt keine Zeit.«

Emiron wandte sich von dem Toten ab. Er wollte dieses hässliche Gesicht nicht mehr sehen, kniete sich wieder neben Safiana und hielt ihre Hand. Sie schien ihn nicht wahrzunehmen. Ihre Augen waren geschlossen und Schweiß stand auf ihrer Stirn.

»Emiron, ich möchte, dass du Safiana so schnell wie möglich nach Valinar bringst. Die Stadt ist nur knapp zwei Tagesritte von hier entfernt. Dort gibt es Elfen aus Glorina, die ihr helfen können. Reite ohne Halt, bis ihr ankommt. Ich ziehe mit Preston weiter nach Lothinar und berichte dem Ältesten des Ordens von unserer Begegnung hier. Vielleicht finde ich dort Antworten. Ich komme, so schnell ich kann, zu euch nach Valinar.«

Ein lautes Zischen ertönte. Als sie hinsahen, löste der schwarze Leichnam sich zusammen mit den Schwertern in einer dunklen Rauchwolke auf, die in die Nacht entschwand.

»Los jetzt. Für Safiana ist jede eingesparte Minute kostbarer als alles Gold der Welt«, sagte Amil und stampfte mit den Füßen die Glut des Feuers aus. »Komm, Preston, wir müssen uns auch beeilen.« Er nahm eine Decke aus Emirons Gepäck und legte sie Artax auf den Widerrist. Sie machten die Pferde bereit.

Preston schien aus einer Starre zu erwachen. Er stand auf und ging wie in Trance zu Amils Pferd. In seinem Gesicht konnte Emiron erkennen, dass die Ereignisse ihm sichtlich zugesetzt hatten. Er war bleich und immer noch zittrig.

Emiron nahm Safiana in die Arme und trug sie zu Artax, wo er sie so weit hochhob, dass er sie am Widerrist des Pferdes einigermaßen ausbalancieren konnte, und schwang sich in den Sattel. Er war schuld an ihrer Verletzung. Er hatte versagt, und sie hatte ihn schützen wollen, obwohl sie gewusst hatte, dass sie keine Chance hatte. Würde sie sterben, könnte er nie wieder ein normales Leben führen. Keine Magie konnte diesen Verlust aufwiegen.

Vorsichtig platzierte er sie mithilfe der Decke sicher vor sich und umhüllte sie, so gut es ging, damit. Amil nahm die Zügel ihres prachtvollen Schimmels und gab sie ihm in die Hand.

»Sobald dein Pferd von der Last zu erschöpft ist, reite auf ihrem Schimmel weiter. So werden die Tiere den Ritt hoffentlich schnell und unbeschadet bewältigen.«

Safiana war noch immer bewusstlos. Die Haare fielen in ihr Gesicht, und ihr Gewand war vom Blut verklebt. Emiron hatte Mühe, sie sicher vor sich zu halten.

»Ich werde sie sicher nach Valinar bringen, verlasst Euch auf mich«, sagte Emiron und fügte in Gedanken hinzu: »Das ist das Mindeste, was ich für sie tun kann.«

Amil ritt in schnellem Tempo auf die Nord-Süd-Straße zu, um dann dem Weg weiter nach Lothinar zu folgen. Emiron blieb hinter ihm. Er würde ihm folgen, bis der Weg sich beim alten Wachturm teilte, dann die Nord-Süd-Straße verlassen und den Weg nach rechts nehmen. Er kannte diesen Weg und wusste, dass er bis in die Kaiserstadt knapp zwei Tage brauchen würde. Er hoffte inständig, dass es für Safiana dann noch nicht zu spät wäre. In Valinar gab es Elfen aus dem alten Geschlecht. Ihr Wissen übertraf das der Waldelfen aus dem Süden und derer aus Lothinar um ein Vielfaches, und ihre

Heilkräfte waren herausragend. Wenn sie Safiana nicht helfen konnten, konnte es niemand.

Oft blickte Emiron zu den hellen Sternen am Himmel, denn er hoffte, dort ein beruhigendes Zeichen zu finden, eine Hoffnung darauf, dass es Safiana wieder gut gehen würde. Doch die Sterne blickten nur still und geheimnisvoll auf ihn hinab. Als ein sanfter Hügel in Sicht kam, auf dem ein großer, aus Stein erbauter Turm stand, sah er, wie sich direkt davor die breite Straße teilte. Ein Weg führte weiter nach Norden, der andere nach Osten in Richtung Kaiserstadt. »Dort vorne trennen wir uns«, rief Amil. »Reite, so schnell du kannst, nach Valinar, aber erzähle ihnen nichts von unserer Begegnung, bis ich zu dir stoße.«

»In Ordnung!«, rief Emiron zurück und überlegte, warum er den Elfen nichts von dem toten Kämpfer sagen sollte. Wäre es nicht besser, wenn sie es wüssten? Würde es ihnen nicht bei Safianas Heilung helfen?

»Du kannst ihnen sagen, wie die Klinge ausgesehen hat, die Safiana verletzte«, rief Amil, als hätte er seine Gedanken gelesen. »Das wird reichen, um ihnen deutlich zu machen, um welche Art von dunkler Magie es sich handelt.«

Die Gabelung war nur noch wenige Meter entfernt. Er konnte zwei Wachposten an einem der Fenster des Wachturmes erkennen.

»Erwarte mich in spätestens fünfzehn Tagen. Mische dich, wenn möglich, nirgendwo ein und versuche, unerkannt zu bleiben. Reite sofort zum Kaiser und bitte um Hilfe. Ich vertraue dir!« Die letzten Worte klangen nur schwach herüber, weil Amil sich von ihm entfernte und gen Norden ritt.

Emiron bog nach rechts ab, drückte dem Pferd die Stiefel in die Flanken und ritt so schnell er konnte gen Osten.

V

Um die Mittagszeit bemerkte er etwas Ungewöhnliches. Riesige Vogelschwärme zogen über ihn hinweg und verdunkelten wie große Regenwolken den sonst klaren Sommerhimmel. Es waren nicht die kleinen Schwärme, die man gewöhnlich im Herbst oder Frühling am Himmel sehen konnte. Es waren hunderte, wenn nicht gar tausende von Vögeln der verschiedensten Arten, und doch hatten sie alle eines gemeinsam: Sie kamen alle von Süden und flogen nach Norden. Ihre Schreie hallten laut vom Himmel.

Emiron fluchte. Das war ein schlechtes Omen. Irgendetwas musste diese Vogelscharen aufgeschreckt haben, und eine vage Vorahnung beschlich ihn, was es war. Er sprach beruhigend auf sein Pferd ein, das nervös tänzelte. Der Schimmel, auf dem er die Nacht hindurch geritten war, zeigte Anzeichen von Erschöpfung. Beruhigend streichelte er den schweißnassen Hals des Tieres. In seinen Augen sah er dessen Müdigkeit, aber er konnte jetzt nicht anhalten. Safiana brauchte dringend Hilfe. In den letzten Stunden hatte er gespürt, wie ihr die Lebenskraft aus dem Körper wich. Ihre Verletzung war kaum noch zu sehen. Amils Magie konnte wahre Wunder vollbringen, reichte aber hier nicht aus, um die dunkle Magie der schwarzen Klinge vollständig zu bannen. Emiron beneidete seinen Meister um die Kunst zu heilen. Er würde sie nie so gut beherrschen wie er, denn ihm fehlte das nötige Talent, um Wunden zu behandeln. Das war eine Art der Nomendi-Magie, die nur sehr selten praktiziert wurde.

Der Gedanke an Amil rief ihm plötzlich etwas anderes in den Sinn: Dies war das erste Mal, seit er Amils Schüler war, dass er einen Auftrag allein ausführte. Vertraute sein Meister ihm aus Überzeugung diese Aufgabe an, oder war ihm keine Wahl geblieben, als sich von seinem Schüler zu trennen? Er schob den Gedanken beiseite. Jetzt ging es einzig und allein um Safianas Überleben. Es war absolut undenkbar, dass sie durch seine Schuld zu Tode kommen sollte. Er nahm ihre Hand in seine. Sie war eiskalt.

Die Sonne stand schon tief im Westen, als Emiron endlich die vielen weißen und goldenen Türme der Kaiserstadt Valinar erblickte. Sie funkelten in der untergehenden Sonne wie eine aufgewühlte Meeresbrandung an Felsen. Ihre weißen, hohen Mauern türmten sich wie ein Gebirge vor ihm auf. Das Wasser des großen Flusses Eneis spiegelte sich darauf wider. Die Stadt stand auf einer künstlich angelegten breiten Insel, die vom Eneis vollkommen umschlossen wurde. Der Fluss teilte sich hier und floss in zwei neuen Strömen weiter nach Norden.

Wäre es Safiana nicht so schlecht gegangen, hätte er den Anblick überwältigend gefunden. Nach wie vor war diese Stadt mit ihren Bauten das Herzstück des Kaiserreiches, sei es für die Menschen, die Elfen oder Zwerge. Eine solche Pracht war einzigartig und seit jeher unübertroffen. Einzig die alte Stadt Duhn konnte in einem Atemzug mit Valinar genannt werden, doch lag sie schon lange zerstört und verlassen als Ruine im verlorenen Reich. Nur die Elfen wussten noch, wie Duhn einst aussah.

Für Emiron war die Schönheit der Stadt Valinar im Moment gleichbedeutend mit der Hoffnung, Safiana zu heilen. Von Weitem konnte er die große Brücke sehen, die zu dem einzigen Tor der Stadt führte. Der Weg war von hohen, schlanken Bäumen gesäumt. Ihre Blätter wiegten sich im sanften Wind. Es war fast, als sängen sie eine beruhigende

Melodie, die nur für ihn bestimmt war – ein Lied der Hoffnung und Ruhe.

»Bald hast du es geschafft«, flüsterte er Safiana ins Ohr. Sie gab keinen Laut von sich und zeigte auch sonst keine Anzeichen dafür, dass sie ihn verstand. Er blickte in ihr wunderschönes, aber von kaltem Schweiß überzogenes Gesicht. »Bitte, du musst durchhalten!«

Laut hallender Hufschlag zeugte davon, dass sein Pferd die Brücke betreten hatte. Er schaute auf und bemerkte einen Wachposten an jeder Seite des mächtigen Tores aus schwarzem Metall, das weit offenstand. Der Fluss rauschte laut unter ihm, während er die Brücke überquerte und es passierte. Die Wachmänner schauten kurz auf, hatten jedoch keine Gelegenheit Fragen zu stellen. Zu schnell war er an ihnen vorbei in die Stadt geritten. Außerdem hatte noch niemand je versucht, gewaltsam in die Stadt einzudringen.

Hinter dem Tor begann die große gepflasterte Hauptstraße, auf der zu dieser späten Stunde allerlei Volk unterwegs war: Zwerge standen in kleinen Gruppen in dunklen Ecken zusammen, Menschen boten ihre Ware an oder machten Besorgungen, und einige wenige Elfen tauchten dann und wann inmitten der Massen auf. Sie waren meist gut an ihrer grünen Kleidung und den langen, spitzen Ohren zu erkennen. Viele Häuser aus festem, weißem Stein säumten die Straße. Tavernen und Gasthäuser luden mit ihren Schildern zum Verweilen ein. Dies war eine Stadt, die diese Bezeichnung verdiente, die größte Stadt in Araquest, in der so viele unterschiedliche Gruppen und Völker wohnten, dass man sie nicht zählen konnte.

Emiron ritt unbeirrt weiter auf den Stadtkern zu. Er nahm die vielen Auslagen der Marktfrauen und die krummen

Dächer zwielichtiger Behausungen nur am Rande wahr. In der Ferne hörte er es vom Glockenturm läuten. Anders als Enhor war Valinar keine Handelsstadt. Hier residierte der Kaiser. Zwar gab es in jedem der Königreiche von Araquest einen König, aber das Wort des Kaisers vereinte alle Länder zu einem Reich. Er herrschte zwar nur über die Stadt, aber da sein Wort über dem der Könige stand, wurde es als Friedenszeichen zwischen den Reichen und seinen verschiedenen Völkern akzeptiert, was letztlich dazu geführt hatte, dass es zwischen den Königreichen schon lange keinen Krieg mehr gegeben hatte. Mehrmals im Jahr wurde der Hohe Rat des Kaisers einberufen. Seine Vertreter waren Gelehrte und Botschafter der einzelnen Königreiche.

Er erreichte eine Kreuzung, von der ein breiter, abfallender Weg nach links hinunter zum Hafen führte. Dort lagen zu jeder Tages- und Nachtzeit Schiffe aus vielen Regionen Araquests vor Anker. Große Lagerhäuser, gefüllt mit Materialien von immensem Wert, säumten die Straße. Matrosen beluden die Schiffe oder genossen ihren kurzen Aufenthalt in der Kaiserstadt in einer der berüchtigten Tavernen am Hafen. Rechts führte der Weg in die Wohngegend der Menschen. Hier lebten reiche Kaufleute und jene, die es einmal zu etwas bringen wollten. Da Zwerge und Elfen lieber unter sich blieben, traf man sie dort nur selten. Zwerge hielten sich innerhalb der Stadt vor allem unterirdisch und in Kellergewölben eigener Zwergentavernen auf. Elfen hingegen bevorzugten Behausungen, die eher an Bäume erinnerten als an Mauerwerk. Doch blieben viele von ihnen ohnehin nicht lange in der Stadt, da sie die Natur den kalten, toten Mauern vorzogen. Da sie keines normalen Todes sterben konnten, war ihr Aufenthalt jedoch nur in ihren Augen kurz und dauerte für Menschen immer noch eine halbe Ewigkeit. Sie wohnten meist in der Nähe des kaiserlichen Palastes, nahmen an Sitzungen teil, heilten Krankheiten oder tauschten untereinander Wissen über wichtige Geschehnisse in der Welt aus. Elfen waren die ältesten aller Geschöpfe, und einige von ihnen waren selbst nach ihrer Zeitrechnung schon sehr alt. In ihren Reihen verweilte oft eine kleine Anzahl der noch lebenden Nomendi aus Lothinar. Der Kaiser nutzte sie als Botschafter, da sie fähige Kämpfer und im Umgang mit Magie bewandert waren.

Emiron kam es vor, als seien über die letzten Tage Jahre vergangen. So vieles war passiert. Alles hätte er dafür gegeben, diese Dinge ungeschehen zu machen. Hätte er damals gewusst, was ihn erwartete, hätte er Amil gar nicht erst begleitet. Doch was nutzten diese Gedanken? Amil als sein Meister hätte ihn mit sich genommen, ob er wollte oder nicht. Manchmal wünschte er sich, endlich die Freiheit zu haben, zu tun, was er wollte. So lange war er schon Amils Schüler, dass er beinahe vergessen hatte, wie es ohne ihn eigentlich war.

Es wurde voller auf der Straße. Er spürte, wie neugierige Blicke ihn und seine kostbare Last musterten. Manch ein Passant rief ihm sogar etwas zu. Mit einer ohnmächtigen Frau in den Armen und dem auffälligen Schimmel im Schlepptau erregte er sichtlich einiges an Aufsehen.

Vor ihm kam der Palast in Sicht. Mächtige Säulen aus reinem Marmor standen unter einem großen, mit Gold verzierten Dach. Das Gebäude war so groß, dass die Königshalle von Tesnan bestimmt viermal hineingepasst hätte.

Sobald er die Stufen erreichte, stieg er vom Pferd. Safiana hielt er wie eine Puppe aus Glas ganz vorsichtig in den Armen. Die Kälte ihres Körpers machte ihm Angst.

Ein Stallbursche des Palastes, der seine Ankunft gesehen hatte, kam eilig auf ihn zugerannt. »Darf ich Euch die Tiere abnehmen?« Der Blick des Burschen richtete sich neugierig auf Safiana.

»Bitte, nehmt sie. Beide Pferde sind lange gelaufen und sehr erschöpft. Gib ihnen gutes Futter und einen Platz, an dem sie sich ausruhen können.«

Der Stallbursche nickte und nahm die Zügel.

So schnell er konnte, erklomm Emiron mit seiner Last die vielen Stufen, die zum hohen Eingangsbereich emporführten. Mehrere Soldaten, die goldene, reich verzierte Schutzpanzer trugen, riefen ihm etwas zu, doch er achtete nicht auf sie und rannte an ihnen vorbei in den Palast.

Der Boden hier schimmerte in blank poliertem Dunkelblau. Ein Brunnen ließ kristallklares Wasser aus einem steinernen Trinkhorn, das von einem Reiter gehalten wurde, in sein Becken sprudeln. Viele riesenhafte marmorne Statuen an den hohen Wänden repräsentierten als leblose Abbilder ehemalige Kaiser und Könige. Ihre toten Augen schienen ihm drohend zu folgen, als wüssten sie, dass etwas Gefährliches ihre Halle betrat. Einige Elfen, Zwerge und Menschen hielten sich hier auf. Die Kleidung der Elfen war von ungewöhnlicher Anmut und Schönheit, reich verzierte grünsilberne Stoffe, die an weiches Gras in einer lauen Sommernacht erinnerten, die der Zwerge war schlicht und abgenutzt. Die bunten Trachten der vielen Menschen vermittelten Wohlstand und Wichtigkeit.

An der Stirnseite am hinteren Ende der Halle erhob sich ein Marmorpodest, auf dem ein großer, aus Gold und Metall geschmiedeter Thron stand. Dahinter hing ein gewaltiger Wandteppich in goldroter Hintergrundfarbe. Er reichte von der hohen Decke bis zum Boden und zeigte eine Abbildung der Stadt Valinar in ihrer ganzen Pracht. Der Thron selbst war leer. Oft hielt der Kaiser sich in einem Raum hinter der Halle auf, um dem Durcheinander für einige Zeit zu entfliehen. Mit schnellen Schritten eilte Emiron auf die schlichte weiße Tür hinter dem Podest zu.

Ein Wachmann in ebenfalls goldener Rüstung und mit einem Speer in der Hand schaute ihm neugierig entgegen.

»Ihr möchtet den Kaiser sprechen? Wisst Ihr nicht, dass Ihr erst eine Anmeldung braucht? Tragt Ihr eine Waffe?«

Emiron kannte den Wachposten nicht und hatte nicht vor, hier Zeit zu verlieren. »Seht Ihr dieses Mädchen hier? Es ist König Balduans Tochter, und sie wird sterben, wenn Ihr mich nicht sofort zum Kaiser durchlasst.«

Der Mann schaute zweifelnd auf Safiana. Ihr Atem ging flach und schnell. Ihre Zeit lief ab.

»Ich kann Euch nicht mit einer Waffe zum Kaiser lassen, und wie ich sehe, tragt Ihr ein Schwert.«

»Ich bin ein Nomendi und im Auftrag des Kaisers unterwegs. In seinem Namen – öffnet diese verfluchte Tür! Ich habe keine Zeit für Eure Fragen und Anliegen!«

Gerade als Emiron verzweifelt in Erwägung zog, seine Magie einzusetzen, was in der kaiserlichen Halle streng verboten war, nickte der Wachmann und öffnete die Tür. Wahrscheinlich hatte er seine Rüstung unter dem verrutschten Umhang erkannt und war zu dem Schluss gekommen, dass mit einem verärgerten Nomendi nicht zu spaßen war.

Die Wände in dem kleinen Raum waren wie die Halle mit schweren Wandteppichen reich geschmückt, sodass die kalte

Steinwand nicht mehr zu sehen war. Ein runder Tisch aus dunklem Holz stand in der Mitte. Viele reich verzierte Holzstühle standen um ihn herum. An der Decke hingen, an goldenen Ketten aufgehängt, kleine Öllampen, die zusammen mit dem Dämmerlicht aus zwei großen Fenstern an der Ostseite den Raum erhellten. An einem kleinen Tisch in der hinteren Ecke saß auf einem hohen Stuhl der Kaiser, ein Mann mittleren Alters, mit langen schwarzen Haaren, die ihm leicht gelockt auf die Schultern fielen. Sein blaues Gewand war mit vielen goldenen Kronen verziert.

Der Kaiser wandte Emiron das Gesicht zu, als er mit Safiana in den Armen den Raum betrat. Nichts deutete darauf hin, dass er über sein plötzliches Erscheinen überrascht gewesen wäre. Emiron kam es fast so vor, als hätte er nur auf sie gewartet. Zwei Männer standen am großen Tisch in der Mitte, wo sie sich eben noch über eine dort ausgebreitete Karte gebeugt hatten. Jetzt schauten sie erschrocken auf. »Was zum …«, fing einer von ihnen an, aber Emiron blieb keine Zeit. Er wusste, dass es nicht der Norm entsprach, die dem Kaiser gegenüber statthaft gewesen wäre, doch er konnte sich nicht mit Höflichkeiten herumschlagen.

»Hoher Kaiser Tirion, bitte hört mich an«, bat er atemlos. »Ich komme im Auftrag meines Meisters Amil. Die Tochter des Königs von Tesnan wurde schwer verletzt. Bitte helft ihr! Sie braucht sofort einen heilkundigen Elfen.«

Der Kaiser stand wortlos auf, kam näher und besah sich mit einem prüfenden Blick die kranke junge Frau. Mit einer Hand fuhr er ihr leicht über die Stirn. »Holt eine Trage, schnell!«, befahl er. Und zu Emiron gewandt sagte er: »Ich werde Euch persönlich zu unserem ersten Heilkundigen führen, der ihr hoffentlich helfen kann. Gilios ist der beste Heiler des Landes.«

Zwei Männer betraten mit einer Trage den Raum. Sorgsam legte Emiron Safiana darauf ab, und die beiden Männer folgten dem Kaiser durch eine weitere Tür. Er brauchte einen Moment, ehe er wieder ganz bei sich war, und folgte dem Kaiser ebenfalls.

Die Gänge nahmen kein Ende. Überall hingen brennende Fackeln oder trübes Abendlicht drang durch kleine Fenster.

Endlich erreichten sie eine grüne Tür, und der Kaiser klopfte laut und rhythmisch gegen das alte Holz. Emiron kam es vor, als wären sie tagelang durch die hohen Gänge geeilt. Das Klopfen holte ihn in die Wirklichkeit zurück. Jetzt würde bestimmt alles gut werden.

Die Tür wurde geöffnet, und ein Elf stand im Rahmen, der kleiner war als die meisten Elfen, die Emiron kannte. Seine wenigen Haare waren ein graues Durcheinander. Die hellgrünen Augen schauten amüsiert zum Kaiser empor.

»Wie kann ich Euch helfen?« Sein Blick glitt zur Trage und blieb auf Safianas Gesicht ruhen.

»Diese junge Frau benötigt dringend elfische Arznei«, sagte Tirion in würdevollem Ton.

»Könnt Ihr sie heilen?«, fragte Emiron. Die Worte waren ihm aus dem Mund gerutscht, noch ehe er über sie nachdenken konnte. Er hätte sich vorstellen oder zumindest um Hilfe bitten sollen, doch er wurde langsam verrückt vor Sorge.

»Macht Platz, ihr Tölpel, und bringt sie rein, schnell«, sagte der Elf. Seine Stimme war mit einem Mal schrill und laut.

Safiana wurde in den kleinen Raum gebracht und auf ein breites Bett gelegt. Überall im Zimmer waren grüne Pflanzen und mancherlei Blumen verteilt. Fast kam es Emiron vor, als stünde er wieder auf der Lichtung am Rande des Lendamwaldes. Licht kam von einigen Lampen und einem kleinen Fenster nahe der niedrigen Decke. Das Bett, auf dem Safiana nun lag, war anscheinend ausschließlich für Kranke vorgesehen. Ein Elf hätte sich in einem so schlichten Bett nicht schlafen gelegt oder es zumindest zuvor noch ausgiebig mit Blumen geschmückt.

»Bringt mir frisches Quellwasser und einige saubere Tücher«, befahl Gilios den beiden Männern, die Safiana getragen hatten, mit scharfem Ton. Er zerriss Safianas blutiges Gewand an der Stelle, an der die schwarze Klinge in ihren Leib gedrungen war. Die Wunde war nicht mehr zu sehen. An ihrer Stelle zog sich eine auffällige Rötung quer über die Brust. Emiron sah stumm zu, wie Gilios die Hände flach auf die Stelle der Wunde legte und anfing, in einer alten Sprache zu singen.

Helles, violettes Licht legte sich wie ein Tuch über die gerötete Stelle und schien langsam vom Körper aufgenommen zu werden, als würde er es trinken.

Als das Licht erlosch, richtete Gilios sich auf und blickte Emiron mit ernster Miene an. »Wie in aller Welt ist das Mädchen an solch eine Wunde gekommen?«

Emiron sagte nichts. Sein Blick ruhte auf Safiana, die nun ihren Kopf leicht nach links und rechts bewegte, als wäre sie in einem bösen Traum gefangen.

»Hörst du mir zu? Wo kommt diese Wunde her?«, herrschte der Elf ihn erneut an. Seine schrille Stimme ließ Emiron zusammenzucken.

»Es war eine lange schwarze Klinge. Auf Griff und Schneide waren alte Runen eingraviert, die ich nicht kenne, und nach einiger Zeit löste sich alles in Rauch auf«, erwiderte er. Das musste reichen. Er würde sich an Amils Anweisung halten.

»Wenn dieses Mädchen nicht dort läge, würde ich dich der Lüge bezichtigen, aber die Wunde ist real, auch wenn ich es nie für möglich gehalten hätte, so etwas noch einmal zu sehen.«

»Was wollt Ihr damit sagen?«, fragte nun der Kaiser mit seiner ruhigen, dunklen Stimme. »Woher kennt Ihr diese Art von Verletzung?«

»Es sind ewige Zeiten vergangen, seit ich dies zuletzt sah. Doch wenn der Junge die Wahrheit sagt, ist nicht nur das Mädchen in Gefahr.« Der Elf schaute Emiron durchdringend an, als wollte er seine Gedanken lesen.

Emiron gefiel es ganz und gar nicht, als Junge bezeichnet zu werden. Immerhin war er achtzehn Jahre alt. »Könnt Ihr sie retten?«, fragte er diesmal weniger forsch.

»Es ist ein Glück, dass offenbar ein erfahrener Nomendi zur Stelle war. Sonst wäre das Mädchen mit Sicherheit schon längst tot oder vielleicht noch schlimmer. In Kürze hätte jedoch auch ich nichts mehr für sie tun können.«

»Mein Meister, Amil, hat ihre Wunde gleich versorgt. Dann wird sie wieder gesund?«

»Ich denke ja.«

Ein Mann betrat mit einer großen Schüssel Wasser und einigen sauberen Tüchern den grünen Raum.

»Lasst mich jetzt mit ihr allein«, sagte der Elf nachdrücklich. »Ich muss sehr alte Magie anwenden, und das erfordert Zeit und Kraft. Ich werde dich benachrichtigen, sobald ich hier fertig bin.«

Emiron nickte, schaute Safiana noch einmal an und ging zur Tür.

»Ihr kommt erst einmal mit mir und erklärt mir genau, was passiert ist«, sagte der Kaiser freundlich und bestimmt zugleich.

Sie gingen den Weg durch die Gänge zurück. Erst jetzt hatte Emiron Augen für die Schönheit der vielen Kunstwerke, die hier überall zu sehen waren. Statuen aus Marmor standen in kleinen Nischen. Die Wände waren mit Teppichen verkleidet oder wiesen gemeißelte Verzierungen auf, die Geschichten der Stadt oder der anderen Königreiche erzählten. Ab und an sah man auch nur einfache Namen, die in die Wand geritzt waren. Hier hatten sich die ehemaligen Erbauer des Palastes selbst verewigt. Unterwegs sah er einige Soldaten der Stadt. Sie trugen alle keine Wappen, denn als Diener der Kaiserstadt repräsentierten sie kein einzelnes Reich. Die Farben der Stadt waren Gold, Blau und Rot – Gold für den Kaiser und dessen Macht über alle Königreiche, Blau für das Wasser, die Verbundenheit aller Völker und den Fluss Eneis, der die Stadt umgab, und Rot für das Wissen und den Rat, den man in dieser Stadt stets bekommen konnte.

Sie erreichten den kleinen Raum viel schneller, als er erwartet hatte. Von den zwei anderen Männern war nichts mehr zu sehen. Der Kaiser schloss die Tür hinter ihnen und blickte Emiron fest in die Augen. Erst jetzt wurde ihm klar, wem er gegenüberstand. Er war mit dem Kaiser allein in einem Raum. Selbst Amil hatte das sicher nicht oft erlebt. Was sollte er jetzt sagen?

»Bevor ich Euch zu Safiana befrage, möchte ich wissen, wo Meister Amil ist. Wie kommt es, dass er nicht bei Euch ist?«

Emiron wurde nervös, aber er konzentrierte sich auf die Antwort. »Wir trennten uns am Garro, weil ich die Königstochter so schnell wie möglich nach Valinar bringen sollte. Nur hier, so wussten wir, würde man sie heilen können. Amil ritt weiter nach Lothinar.«

»Was ist so dringend, dass er nicht mitkommen wollte? Was ist passiert?«

Emiron überlegte kurz. Was sollte er sagen? Wäre es klug, den Kaiser zu belügen? Er entschied sich, so viel wie möglich zu erklären, und hoffte, Tirion beließe es dabei. »Als Safiana verletzt wurde, sagte Meister Amil, dass er schleunigst nach Lothinar müsse, um dem Ältesten der Nomendi Bericht zu erstatten. Die schwarze Klinge war der Grund ...«

»Wer war es, der Euch angriff?«

»Das möchte Euch Meister Amil selbst erklären, wenn er in einigen Tagen hier eintrifft. Ich weiß zu wenig darüber, um Euch Genaues zu sagen.«

»Dann soll es so sein. Wichtig ist, dass Safiana geheilt wird. Gilios weiß, was zu tun ist.« Der Kaiser setzte sich mit einem Seufzer auf einen großen Stuhl und rollte die Karte ein, die vor ihm auf dem Tisch lag. An der rechten Hand trug er den Siegelring seines Hauses. »Ich nehme an, dass ich ebenso auf Amil warten muss, wenn es um die Frage geht, was sich in den südlichen Gegenden ereignet hat oder wie es um Enhor steht? Vor wenigen Tagen kamen Schiffe aus der Stadt bei uns an. Angeblich sind viele Einwohner der Krankheit zum Opfer gefallen. Kein Schiff fährt mehr dorthin. Keiner konnte mir jedoch sagen, was aus dem Fürsten und einem Großteil seiner Männer geworden ist, die alle noch immer vermisst werden, wie es heißt.«

»Schickt keine Schiffe oder Männer mehr nach Enhor. Die Stadt wurde tatsächlich von einer Krankheit befallen«, sagte Emiron. Plötzlich spürte er den Schmerz in seinen Gliedern. Er war zwei Tage ohne Pause geritten und so müde und erschöpft, wie er es noch nie gewesen war. Was er jetzt brauchte, war ein ruhiges Zimmer mit einem bequemen Bett. »Was mit dem Fürsten geschah, weiß ich nicht. Doch wird es mit ihm wahrscheinlich kein gutes Ende genommen haben.«

»Nun gut, Emiron, Ihr müsst erschöpft sein. Wir können die Besprechung über die Ereignisse verschieben, bis Amil in Valinar eintrifft. Der Hohe Rat trifft sich in sechzehn Tagen. Bis dahin sollte er bei uns sein. Nur um eines möchte ich Euch bitten.« Er schaute ihn forschend an.

»Was soll ich tun?«, fragte Emiron. Er hatte plötzlich das Gefühl, am Ende seiner Kräfte zu sein.

»Falls Gilios Eure Hilfe braucht, werdet Ihr ihm helfen.« Der Ton, in dem er dies sagte, ließ keine Ablehnung zu. »Falls er etwas wissen muss, um diese Wunde zu heilen, dann sagt Ihr ihm alles, was Ihr wisst, verstanden?«

Emiron nickte und verbeugte sich höflich, drehte sich um und verließ den Raum.

Es war bereits tiefe Nacht, als ein einsamer Reiter auf der Straße nach Osten in Richtung Valinar ritt. Die Sterne warfen ihr spärliches Licht auf seine kleine Gestalt. Lange, spitz zulaufende Ohren betonten die längliche Form seines Gesichts. Die langen schwarzen Haare flogen in Strähnen im kühlen Nachtwind. Der Reiter saß ganz in Schwarz gekleidet auf einem Rappen. Die Nüstern des Tieres sogen gierig die kalte Nachtluft ein, seine Hufe schlugen wie Hämmer auf den Steinboden.

Längst wusste der Reiter, dass sein Diener nicht mehr war. Er hatte ihn von Enhor aus losgeschickt, um die zwei Nomendi zu töten, bevor diese die Kaiserstadt oder Lothinar erreichen konnten. Doch hatte der Diener tragischerweise versagt. Er konnte nur hoffen, dass die Nomendi noch nicht zu viel wussten. Es wäre noch zu früh, es mit der elfischen Macht des Nordens aufzunehmen – viel zu früh. Er musste darauf vertrauen, dass der Kaiser seine Entscheidung im anstehenden Hohen Rat schnell treffen würde, zu schnell, um ausreichende und vor allem die richtigen Vorbereitungen zu treffen. Er benötigte gerade besonders eines. Zeit, die nötig war, um seinem Volk endlich zu dem zu verhelfen, was ihm als Geburtsrecht zustand.

Aber es gab noch ein anderes Hindernis, ein Ärgernis, das er schnell aus der Welt schaffen musste. Er brauchte einen neuen Nomendi. Denn nur durch deren Blut floss noch die alte Macht, die unerlässlich war, damit sein Herr wiederauferstehen konnte. Nur wenn ein Nomendi sich willentlich der Macht des Amuletts hingab, konnte sein Herr ins Leben zurückkehren und die alte Ordnung wiederhergestellt werden.

Lieber hätte er es mit einem Magier der alten Schule probiert. Zwar floss durch deren Adern keine Göttlichkeit, dennoch war ihr Blut einst mächtig gewesen. Nur hatte er leider feststellen müssen, dass dieses Volk sich in Duhn vor langer Zeit selbst ausgerottet hatte. Magier waren nur noch reine Legende, genauso wie er nur noch Legende und Mythos war. Er hatte es bereits mit einem seiner Diener versucht, jedoch war er sich nicht sicher, ob es bei einem Geistlosen funktionierte. Wer hätte voraussagen können, was geschehen wäre, hätte er es gewagt, dem toten Nomendi das Amulett zu geben? Einem Geschöpf, das keinen eigenen Willen mehr besaß und dessen Blut durch die reine dunkle Magie beeinflusst wurde?

Nein, er wollte und durfte bei dieser Sache kein Risiko eingehen. Sein Volk hatte nicht endlose Jahre in der Verbannung verbracht, um die Macht des Amuletts zu vergeuden. Es schrie nach Vergeltung. Vergeltung für das, was man ihnen angetan hatte. Die Welt musste bluten für die lange Zeit, die sie in finsteren Höhlen tief unter der Erde hatten verbringen müssen. Doch diese Tage waren vergangen. Die alten Mächte waren geschwächt, die Elfen nicht mehr so zahlreich wie früher und die Menschen geblendet und unwissend.

Als er vor vielen Jahren als Erster seines Volkes die Dunkelheit verließ, war er erstaunt darüber gewesen, wie sehr sich die Welt verändert hatte. Durch seine Magie konnte er sich – unsichtbar für viele Augen – durch sie hindurchbewegen. Später war es ihm leichtgefallen, sich Vertrauen aufzubauen und die Menschen so zu manipulieren, dass sie es nicht merkten. Es gab jetzt nur noch zwei Mächte, die seinem Volk gefährlich werden konnten – die Reste des alten Elfengeschlechtes, das hoch im Norden in Fedalia und Glorina lebte, und das Volk der Nomendi aus Lothinar. Vor allem auf sie zielte sein Hass. Sie trugen zusammen mit den Magiern aus Duhn die Schuld daran, dass sein Meister in die Finsternis gestürzt war und sein Volk von der Erde verschwand. Er würde sie alle vernichten und keinen Einzigen verschonen.

Mit Enhor war die erste Stadt der Menschen schon in den Tod gegangen. Sollte der Kaiser nichts unternehmen, so wäre auch Tesnan bald dem Tod ein neues Zuhause. Dies würde seiner Armee zu ganz neuer Stärke verhelfen, sodass er sich zur passenden Zeit den Zwergen und dann vielleicht auch den Elfen entgegenstellen konnte. Doch als Erstes musste sein Herr aus der Verdammnis wiederauferstehen. Ohne die alte Macht seines Herrn konnten sie es nicht wagen, sich gegen die Elfen oder die restlichen Nomendi zu stellen. Noch waren ihre Gegner zu zahlreich und der Norden zu stark.

Leise zischte er dem Pferd etwas ins Ohr, und es wieherte erschrocken, erhöhte jedoch noch einmal die Geschwindigkeit. Der Reiter schaute zufrieden zum nächtlichen, endlosen schwarzen Himmel empor, an dem die Sterne geheimnisvoll glitzerten.

Emiron lief ungeduldig im großen Garten des kaiserlichen Palastes umher. Nach einer unruhigen Nacht war er früh am Morgen zu Gilios gegangen, um sich nach Safiana zu erkundigen, doch der Elf hatte ihm nur zu verstehen gegeben, dass die Königstochter absolute Ruhe brauche.

Als er sich schließlich eingestanden hatte, dass er hungrig war, hatte er vor dem Essen gesessen und nichts hinunterbekommen.

Zu viele Dinge beschäftigten ihn und ließen ihm keine Ruhe. Was war bloß mit der Welt geschehen? Als Kind hatte er sie für einzigartig gehalten, ohne Makel und unantastbar, und jetzt? Ein grenzenloser Hass auf die Dunkelelfen, die für Safianas Zustand verantwortlich waren, wuchs in ihm.

Sein Blick fiel auf eine eigentümliche, auffällig schöne Blume, die mit ihren purpurroten Blüten unter vielen einfachen gelben Gewächsen besonders herausstach. Sie verströmte einen eigenartigen Geruch, der jedoch nicht unangenehm war, im Gegenteil, er beruhigte ihn sogar. Sachte und ausgiebig atmete er die Luft ein, als könnte er die Zeit damit verlangsamen.

Er sah sich um. Die Schönheit des Gartens war weithin bekannt. Er wurde von Elfen gepflegt, was erklärte, dass seine Pracht so vollkommen war wie die der viel besungenen Gärten Glorinas, der alten Elfenstadt im Norden. Er war als Kind dort gewesen, am heiligsten Ort der nordischen Elfen, an dem vor sehr langer Zeit der große Baum Zeroida gepflanzt worden war, an dem, wie es in vielen Liedern und Geschichten hieß, das Schicksal der Welt hing – Fanirs Baum, dem die Kraft des Gottes innewohnte.

Das Geräusch plätschernden Wassers drang an sein Ohr, das von einigen reich verzierten kleinen Springbrunnen herrührte. Dann und wann flog ein Singvogel dorthin, um von dem klaren Wasser in den Becken zu trinken oder sich in der kühlen Umgebung zu erfrischen.

Das muntere Spiel der kleinen Tiere in den Wasserbecken und ihr Gesang ließen ihn erneut an Safiana denken. Eine plötzliche Sehnsucht machte sich in ihm breit, ein Schmerz, der sich langsam, aber zunehmend in seiner Brust ausbreitete. Er kannte diese Art von Schmerz. Er hatte ihn zuletzt gespürt, als er Tesnan ohne seine Liebste verlassen musste, um mit Amil nach Lothinar zurückzukehren. Würde der Schmerz auch diesmal ein Ende nehmen?

Er umfasste den Stängel der hübschen Blume mit den roten Blüten und pflückte sie, nahm auch einige der gelben Blumen dazu und machte sich erneut zu Gilios auf. Er musste Safiana unbedingt sehen.

Sanft klopfte er an die Tür des alten Elfen, obwohl er sie lieber gleich aufgestoßen hätte. Gilios öffnete ihm, musterte ihn mit seinen klugen Augen und trat dann einladend zur Seite.

»Ich hatte dich erwartet«, sagte er ruhig und mit sanftem Ton. »Ich habe getan, was ich konnte, um ihr zu helfen.«

»Wie geht es ihr?«, fragte Emiron.

Safiana lag noch immer auf dem großen Bett, doch jetzt war ihr lockiges Haar gekämmt, sie trug ein weißes Nachtgewand und war mit einer dünnen Decke zugedeckt. Es sah aus, als verweile sie in einem langen, tiefen Schlaf.

»Safiana?«, flüsterte er und trat neben sie. Er wollte sie sanft wecken, mit ihr sprechen, sich vergewissern, dass es ihr wieder gut ging. Doch sie reagierte nicht. Stattdessen lag sie weiterhin unbeweglich da und atmete langsam und tief.

»Sie wird dich nicht hören, Junge«, sagte Gilios traurig. »Ich kann nicht sagen, was es ist, das sie in der anderen Welt gefangen hält. Vielleicht war es doch schon zu spät. Ich habe getan, was in meiner Macht stand.«

»Was soll das heißen?«, fragte Emiron erschrocken. Meinte der Elf etwa, dass sie nicht mehr aufwachen würde? Sein Herz hämmerte bei dem Gedanken gegen seine Brust.

»Das Gift war schon tief in ihren Körper eingedrungen, als du sie mir brachtest. Ohne die Hilfe eines Nomendi wäre sie in kurzer Zeit gestorben, aber auch so war es sehr schwer für mich, sie am Leben zu halten. Ich habe alles versucht, aber ich stoße hier an meine Grenzen. Wir haben es mit Magie zu tun, die weitaus bösartiger ist, als wir beide es uns vorstellen könnten. Heimtücke und Hass sitzen in der Wunde.«

»Aber es muss doch möglich sein, sie zu wecken. Sie lebt doch!« Emiron wollte die Worte des Elfen nicht akzeptieren. Es durfte einfach nicht wahr sein.

»Ja, körperlich ist sie wieder vollkommen gesund, doch hat das Gift in ihr großen Schaden angerichtet. Ihr Geist ist gefangen in einer Zwischenwelt. Der Geist ist die Füllung einer lebenden Hülle aus Fleisch und Knochen. Wenn der Geist aus einem Körper vertrieben wird, lebt dieser weiter, doch fehlt ihm das eigene Selbst. Genau dafür sorgt das Gift der Waffe, mit der Safiana verletzt wurde. Es löst den Geist vom Körper, um den Körper selbst neu zu nutzten. Ich konnte das Gift aufhalten und schließlich zerstören, doch ihr Geist war schon fort.« Mit seiner kleinen Hand fuhr Gilios sanft über das Gesicht der Königstochter. Sie rührte sich nicht.

Emiron sah sie an und sah sie doch nicht. In seinem Kopf brummte es. Er hatte sie verloren, und er selbst war schuld daran. Sie hatte ihn vor dem Tod bewahren wollen und lag nun statt seiner auf diesem Bett. Nein, er würde dafür sorgen, dass ihr Geist wieder in ihren Körper zurückfand. Und er würde es schaffen, egal, was er dafür tun musste. Nichts konnte ihn davon abbringen. Selbst wenn alle Nomendi aus Lothinar sich ihm in den Weg stellten, es wäre ihm egal.

»Gibt es einen Weg, ihren Geist wieder mit dem Körper zu vereinen?«, fragte er kaum hörbar. Es laut auszusprechen, hätte seinen Schmerz unendlich verstärkt.

Gilios schaute auf. Seine Gesichtszüge sprachen Bände. »Ich kenne keinen, aber das heißt nicht, dass es keinen gibt.«

»Kennt Ihr jemanden, der es weiß?«, hakte er nach. Er klammerte sich an jede noch so kleine Hoffnung.

»Nein, aber ich habe von solchen Heilungen gehört, vor langer Zeit in den jungen Tagen dieser Welt.«

Emirons Hoffnung schrumpfte. Was sollte er mit leeren Worten anfangen? Wenn der Elf niemanden kannte, der Safiana heilen konnte, so musste er jemanden finden oder es selbst erlernen. »Was wird jetzt geschehen? Bleibt sie hier bei Euch, bis sie wieder erwacht?«

»Ich werde sie in ein eigenes Zimmer verlegen lassen. Es wird ihr dort gut gehen. Es gibt einige meines Volkes hier, die sich um sie kümmern werden. Mach dir keine Sorgen. Wir können momentan nicht mehr tun, als zu warten und zu hoffen, dass ihr Geist den Weg allein zurückfindet.«

Gilios hatte recht. »Habt Dank für Eure Hilfe, Gilios. Dass Safiana lebt, habe ich Euch zu verdanken, und ich weiß, dass Ihr auch in Zukunft das Beste für sie tun werdet.« Er nickte dem Elfen zu und verließ den grünen Raum.

Emiron schlenderte gedankenverloren durch die Straßen der Stadt, schaute in Läden und trank hier und da einen Schluck in einem der Gasthäuser. Doch so viel er auch trank, nichts vermochte den Gedanken an Safiana erträglicher zu machen. Überall, so kam es ihm vor, sah er ihr Gesicht. Und das war nicht einmal das Schlimmste. Er versuchte einige Male, seine magischen Kräfte zu trainieren, so wie Amil es ihm vor langer Zeit beigebracht hatte. Doch er konnte sich nicht mehr konzentrieren. Er schaffte es nicht, seine Gedanken fokussiert auf seine Magie zu lenken. Jedes Mal, wenn er es versuchte, sah er die verwundete Safiana vor sich, die ihn um Hilfe bat. Und er konnte ihr nicht helfen, noch nicht. Er hatte Angst, dass Amil seine Schwäche herausfinden würde. Was, wenn er erfuhr, dass sein Schüler die Nomendimagie nicht mehr kontrollieren konnte, ganz so wie er es ihm vor einem knappen Jahr, als er unübersehbar verliebt war, vorhergesagt hatte?

Als er in den halb geleerten Bierkrug schaute, flogen seine Gedanken davon und alles um ihn herum versank im Nebel. Er dachte an damals, an die Zeit, bevor er wusste, dass er ein Nomendi war, als er noch ein Kind war, das sich in der großen Welt allein und verloren gefühlt hatte. Seine Eltern waren bei einem Angriff der Orks gestorben, die viele Menschen ihres Dorfes ermordet hatten. Damals waren solche Angriffe selten gewesen.

Er war mit einigen anderen Überlebenden nach Norden entkommen. Er war zehn Jahre alt gewesen, ein schmächtiger Junge mit struppigem Haar und abgetragenen Lumpen. Seit Tagen hatte er nichts mehr zu essen bekommen, hatte lange vor einem kleinen Gasthaus an der Straße nach Lothinar gesessen und sehnsüchtig den Reisenden zugeschaut, wie sie nach einem guten Essen das Wirtshaus verließen, als er Amil zum ersten Mal sah.

Eigentlich hatte er nur auf den nächstbesten Menschen gewartet, der zur Gaststätte wollte, um mit einem Trick an ein paar Münzen zu kommen. Als Amil vom Pferd gestiegen war und auf ihn zu kam, sprang er ihm in den Weg, tat so, als stolpere er, und griff ihm dabei in eine seiner Umhangtaschen, wo er einen kleinen Geldbeutel zu fassen bekam, den er blitzschnell einsteckte.

Amil hatte damals sofort begriffen, was vorging, sich jedoch nichts anmerken lassen. Er half ihm auf und lud ihn zu einem Essen im Gasthaus ein. Das konnte er nicht ablehnen und folgte der Aufforderung mit schlechtem Gewissen.

Während sie aßen, erzählte ihm Amil allerlei Geschichten, von Elfen und der weiten Welt. Es ging um Schlachten gegen Orks, um die großen Städte der Menschen und die Vorlieben der Zwerge, die tief in den nördlichen Bergen nach seltenen Erzen gruben. Er hörte ihm gebannt zu, aber sein schlechtes Gewissen wuchs mit jeder Minute. Er hatte zwar keinen Hunger mehr, fühlte sich jedoch trotzdem äußerst unwohl in seiner Haut.

Als der Gastwirt schließlich kam, um das Geld für die Speisen zu kassieren, tat Amil so, als wüsste er nicht, dass sein Geldbeutel sich in Emirons Tasche befand. Er suchte nach seiner Börse und versicherte dem Wirt, dass er sie ganz bestimmt bei sich hätte. Dann, kurz bevor der Wirt einen Wutanfall bekam, richtete Amil nur den Blick auf ihn. Diese aufrichtigen grünen Augen, dieser wissende und zugleich gütige Blick – sie würden ihm nie wieder aus dem Kopf gehen.

Er zog den Beutel aus der Tasche und gab ihn zurück. Amil bezahlte das Essen und sah ihn dann wieder mit diesem Blick an, bis Emiron ihn vorsichtig fragte, was nun mit ihm geschehen würde. Er hatte wahnsinnige Angst, dass dieser nette Mann ihn bei der Wache anzeigen oder – und diese Angst konnte er sich selbst nicht genau erklären – ihn einfach zurücklassen würde. Amil lächelte und fragte dann, ob er mit ihm nach Lothinar zu den Elfen und Nomendi kommen wolle, um dort seine Fähigkeiten zu trainieren.

Von diesem Moment an war er ein Nomendilehrling gewesen. Er hatte die alte Magie schon immer besessen, sie wahrscheinlich von seinen Eltern geerbt, es aber nie gewusst. Damals erst erkannte er, dass sein Leben nicht sinnlos und leer, sondern voller aufregender Abenteuer war. Zusammen mit Amil lernte er schon bald, seine Kräfte zu stärken und die ihm angeborene Magie zu kontrollieren. Hiernach verbrachte er viel Zeit bei den Elfen, die zusammen mit den Nomendi in Lothinar lebten. Sie brachten ihm alte Geschichten, ihre Sprache und elfische Gepflogenheiten bei. Es war die glücklichste Zeit seines Lebens, eine Zeit, an die er immer wieder zurückdenken würde.

Es war bereits später Abend, als er erneut allein im Garten des Palastes saß. Die untergehende Sonne streute ihr letztes goldenes Licht sanft über die vielen unterschiedlichen Pflanzen und Blumen, sodass ihre Farben wie auf einem Gemälde erstrahlten. Ein angenehmer, beruhigender Duft lag in der Luft, der seine Sinne betörte, als er tief einatmete. Sein trübsinniger Blick blieb auf der Stelle haften, an der er am Vormittag die Blumen für Safiana gepflückt hatte, ein karger Fleck inmitten der farbenfrohen Pracht. Sie hatte die Blüten in ihrem Zimmer nicht wahrgenommen. Vielleicht, so hoffte er, reichte der Duft der roten Blume ja aus, um ihren Geist zurück in ihren Körper zu führen, ihn sanft aus der Irrfahrt im Nebel hervorzulotsen.

Ein Geräusch hinter ihm ließ ihn hochschrecken. Er war so in Gedanken versunken gewesen, dass er den Elfen nicht bemerkt hatte, der sich ihm leise näherte.

»Guten Abend«, sagte der Elf und zeigte dabei ein makelloses Lächeln. Er hatte langes schwarzes Haar, die üblichen spitzen Ohren und war von elfischer Statur: kleiner als ein Mensch, jedoch größer als ein Zwerg. Seine Augen waren von einem milchig trüben Blau. Er trug ein schmuckloses dunkelgraues Gewand, das von einer grünen Brosche in Form eines Lorbeerblatts gehalten wurde.

»Den wünsche ich Euch auch.« Emiron kannte diesen Elfen bereits vom Sehen. Er war einer der vielen Berater des Kaisers und deshalb oft im Palast unterwegs.

»Darf ich mich zu Euch setzen?«, fragte der Elf, der immer noch breit lächelte, ganz so wie ein liebevoller Vater, der seinem Sohn ein Geschenk machen möchte. Wahrscheinlich konnte er fühlen, dass ihm das Herz schmerzte. Oft erkannten Elfen die Gefühle ihres Gegenübers, selbst wenn es sie zu verbergen suchte.

»Setzt Euch ruhig«, sagte er und bot mit einer Handbewegung den leeren Sitzplatz neben sich an.

Der Elf folgte der Aufforderung und nahm Platz. Er betrachtete den nahen Brunnen, an dem einige kleine Vögel einen Tanz aufführten. Das goldene Licht wurde im Wasser und dem umgebenden Sprühregen reflektiert, sodass die Vögel in ihren verschiedenen Farben erstrahlten wie vielfarbige Paradiesvögel.

»Mein Name ist Galdrion. Ihr habt mich vielleicht schon gesehen.«

»Ja, einige Male aus der Ferne. Was treibt Euch zu dieser Stunde in den Palastgarten, wenn ich fragen darf?« Wenn er ehrlich war, war er wenig begeistert, den Elfen bei sich zu haben. Lieber wäre er mit seinen Gedanken allein geblieben. Er wollte einfach hier sitzen und warten, auf einen Moment, der alles wieder ändern würde, der vielleicht die Zeit zurückdrehen oder seinen Herzschmerz abmildern könnte.

»Ihr dürft«, antwortete Galdrion freundlich. »Ich wollte mich an der Schönheit des Gartens erfreuen, solange die Abendsonne ihr goldenes Licht noch auf die Pflanzen lenkt. Zu dieser Zeit, so finde ich, ist der Garten am schönsten. Ich komme oft hierher, wenn mich die Hektik der Menschenstadt zu sehr beansprucht. Anders als einen Menschen sehnt es mich nach ruhigen Orten in der Natur, denen ich mich hingeben kann.«

Nach einer kurzen Pause, in der Galdrion zufrieden die kleinen Vögel beobachtete, sprach er weiter. »Ich habe von Eurem Vorfall gehört.« Seine Stimme war verändert, zwar immer noch freundlich, doch schwang jetzt noch etwas in ihr mit. Emiron war sich sicher, dass es Bedauern war. »Wie geht es der Tochter des Königs von Tralessa?«

»Gilios sagt, ihr Körper habe sich vollkommen vom Gift der Klinge erholt, und ihre Wunde ist verheilt«, sagte Emiron mit einer Stimme, die er von sich nicht kannte. Sein Mund war plötzlich sehr trocken.

»Dann ist sie also wieder gesund?«

Er schluckte. Safianas Gesicht tauchte vor ihm auf. Sie sah glücklich aus, und ihr Haar war ins Licht der untergehenden Sonne getaucht und brannte golden in ihren warmen Strahlen. Seine Stimme durchbrach die Illusion, als er sagte: »Ihr Geist verließ ihren Körper und ist bisher nicht zurückgekehrt.«

»Wie ist das möglich? Ich habe noch nie zuvor von einer Krankheit gehört, die den Geist vom Körper trennt. Dies scheint eine Magie zu sein, die auch unter Elfen nicht bekannt ist.«

»Es war ein dunkles Gift, das ihr das angetan hat. Gilios konnte ihr nicht mehr helfen. Es war zu spät.«

»Es muss schon ein mächtiges Gift gewesen sein, wenn selbst der alte Kräuterelf aus Glorina seine Macht nicht brechen kann. Erzählt mir von der Waffe. Vielleicht weiß ich einen Rat. In meiner Jugend bin ich weit gereist und habe manchen Ort erkundet. Sogar die Menschenstadt Duhn mit ihren Geistern ist mir nicht fremd, ein grausiger Ort und noch immer voller Rätsel und Magie, die von den Menschen zurückgelassen wurden.«

Emiron überlegte. Wie viel durfte er dem Elfen erzählen? War es überhaupt klug, ihm irgendetwas zu sagen? Was würde Amil tun? Eigentlich war es keine Frage. »Ich habe die Klinge nur kurz gesehen«, antwortete er. »Sie war dünn, pechschwarz und vollständig mit alten Runen bedeckt. Am Griff saßen kleine rote Steinchen, sicher die Arbeit eines erfahrenden Schmiedemeisters. Mein Meister könnte sicher mehr über das Aussehen des Schwertes erzählen. Er hat es sich nach dem Angriff sehr genau angesehen.«

Galdrion schaute einen Augenblick zweifelnd, als wiege er ab, wie viel er sagen durfte. »Hat Gilios Euch gesagt, dass es solche Waffen in unserer Welt nicht mehr geben dürfte?«, fragte der Elf vorsichtig. Sein Blick war immer noch freundlich, aber er musterte ihn mit wachsamem Blick.

»Das hat er. Er erzählte etwas von der alten Zeit, wie es die Elfen immer gern tun, wenn sie sich an Geschehnisse erinnern, die viele Menschenleben zurückliegen«, sagte Emiron und fügte, ohne vorher zu überlegen, hinzu: »Meint Ihr, es könnte eine Waffe der Dunkelelfen gewesen sein?«

Galdrion sah ihn nachdenklich an. »Ah, Ihr habt bereits von den dunklen Alben gehört? Ich nehme an, als Nomendi bekommt man das eine oder andere auf dieser Welt mit oder weiß von Dingen, die anderen verborgen bleiben. Ausschließen möchte ich das, was Ihr vermutet, nicht. Die Beschreibung der Waffe und das Gift passen zu ihnen, jedoch verschwand dieses Volk schon vor unzähligen Jahren. Es käme einem schrecklichen Wunder gleich, sollten es erneut Teil dieser Welt geworden sein.«

Sie schwiegen. Emiron wollte diesem Elfen gern noch mehr erzählen, von der Reise in den Süden berichten, von Enhor und ihren dortigen Erlebnissen. Ein innerer Drang, sich ihm anzuvertrauen und ihm alles zu erzählen, nahm urplötzlich von ihm Besitz. Doch er hatte seinem Meister versprochen, vor dessen Ankunft mit niemandem über diese Dinge zu sprechen. Er spürte, dass dieser Elf etwas wusste. Vielleicht konnte er ihm tatsächlich helfen, Safiana zu heilen.

»Was wisst Ihr über Dunkelelfen?«, platzte es aus ihm heraus.

»Wir Elfen sprechen eigentlich nicht über diese Wesen. Doch wenn es Euch wichtig ist, kann ich das sagen, was ich weiß. Die dunklen Albe, wie wir Elfen sie nennen, lebten noch vor meiner Geburt zur Zeit meines ehrenwerten Vaters Galdon. Er verlor in der letzten großen Schlacht bei Duhn vor meinen eigenen Augen das Leben.«

Galdrion musste den Kampf meinen, von dem die Waldelfen gesungen hatten und von dem er nur teilweise etwas aus Geschichten kannte. Emiron wusste aber, dass nach der großen Schlacht das Königreich Duhn mit seiner gleichnamigen Königsstadt zerfallen war. Die Magier, die einst dort lebten, waren gestorben und hatten mit ihrem letzten Fluch nur den Tod übrig gelassen. Seitdem irrten die Abbilder der ehemaligen Bewohner von Duhn als geisterhafte Schemen dort umher. Man sagte, das Land sei verflucht, denn kein Korn wollte dort mehr keimen und nur wenige Bäume säumten die karge Landschaft. Zu viel Blut und Magie waren einst in der Schlacht vergossen worden. Heute lag das Land verlassen und einsam. Nur Geister gab es noch in diesem verfluchten Land. Von Zeit zu Zeit aber wanderten Elfen und Nomendi auf der Suche nach verlorenen Artefakten oder Bruchstücken vergessener Magie durch die Gefilde oder Orks streiften dort umher, doch blieben sie nie lange in der kargen Landschaft.

»Es waren dunkle Geschöpfe – die dunkelsten, die je auf Erden wandelten, gefährlicher als Orks und Trolle. Ihr Aussehen glich dem der Elfen, jedoch verfügten sie über Fähigkeiten, die die Elfen niemals hatten.«

»Wie das Erwecken toter Körper?« Emirons Aufmerksamkeit war geweckt.

»Nekromantie«, bestätigte Galdrion vorsichtig. Sein Blick wurde düster. »Tatsächlich besaßen diese Wesen die Macht, toten Körpern ihren Willen aufzuzwingen und sie so zu beherschen. Es war diese Fähigkeit, mit der sie in der Welt am meisten Schaden anrichteten.« Galdrion seufzte schwer, bevor er weitersprach. »Vielleicht ist Euch bekannt, dass Fanros und Fanir, die Götterbrüder, vor ewigen Zeiten, lange vor der fürchterlichen Schlacht und dem Erscheinen der Magier von Duhn, zwei Amulette schufen, von denen es heißt, dass in ihnen die Macht der Götter und der ganzen Welt wohnt. Uralte und gefährliche Macht. Mit ihnen schufen sie viele Dinge dieser Welt, Gutes ebenso wie Schlechtes. Als Fanros sich von Fanir löste und dem Hass verfiel, erschuf er mithilfe des Amuletts die dunklen Albe. Sie waren einst Elfen gewesen, zugetan dem Licht und dem Guten in der Welt. Doch die Gier auf mehr Magie und Macht ergriff von ihnen Besitz, sodass sie Fanros verfielen und wie die Orks zu seinen Dienern wurden. Sie sollten die Welt zusammen mit den Orks in ewige Finsternis stürzen und das Licht und vor allem Fanir auf ewig vernichten.«

Emiron schwieg. Er dachte an das Lied der Waldelfen. Darin war von einem Schmuck die Rede gewesen. Wahrscheinlich bezog sich dieser Text auf die zwei Amulette.

»Wie Ihr sicher wisst«, fuhr Galdrion unvermittelt fort, »wurden die dunklen Albe vernichtend geschlagen, wobei die Magie aus Duhn eine wichtige Rolle spielte und Fanros sowie sein Amulett vernichtete. Der Fluch des Xaduran, des Hochmagiers aus Duhn, legt bis heute Zeugnis für diesen Vorfall ab. Seine ruhelosen Abbilder bewohnen noch immer die einst größte Stadt der Menschen. Als Fanirs Baum in

Glorina gepflanzt wurde, gab es bereits keine dunklen Albe mehr auf dieser Welt.«

»Aber wenn die Geschichte der Schlacht stimmt und alle Dunkelelfen vernichtet wurden, woher stammt dann die Waffe, mit der Safiana verletzt wurde?« Für Emiron passte alles zusammen. Nekromantie, der Schatten, die vielen Gerüchte aus dem Süden. Dunkelelfen waren in die Welt zurückgekehrt, und er hatte gegen einen ihrer Diener gekämpft.

»Das kann ich Euch nicht sagen, weil ich es mir selbst nicht erklären kann. Ich bin mir aber sicher, dass der Hohe Rat des Kaisers, an dem ich teilnehmen werde, sich mit diesem Umstand beschäftigen wird.«

»Aber kennt Ihr eine Möglichkeit, wie Safiana zu helfen wäre? Eine Arznei vielleicht, die ihren Geist zurückholt?«

Wenn Galdrion so viel über die Dunkelelfen wusste und anscheinend auch ihre Fähigkeiten kannte, war es da nicht möglich, dass er eine Idee hatte, wie Safiana zu helfen war?

Die Antwort des Elfen kam zögerlich. Er sagte betont langsam und voller Enttäuschung: »Mir ist leider keine Möglichkeit bekannt, wie ihr zu helfen wäre. Es tut mir sehr leid, Emiron.«

Er hatte diese Antwort kommen sehen, wollte sie aber dennoch nicht wahrhaben. Galdrion war ihm wie die letzte Hoffnung vorgekommen, ein Anker, mit dem er Halt auf einem endlos tiefen Grund zu finden versuchte.

»Doch kann ich versuchen, etwas für Euch herauszufinden«, fügte Galdrion hinzu und schaute ihn mit einem aufmunternden Lächeln an. Sein Blick verriet, dass er nicht nur leere Worte sprach, sondern ein Versprechen gab, das er einlösen würde.

Die nächsten Tage verbrachte Emiron allein im Palast des Kaisers und ging nur noch selten in die Gaststuben der Stadt. Ihm war nicht nach Gesellschaft anderer, seien es Menschen, Zwerge oder Elfen. Oft ging er in den großen Garten oder schlenderte gedankenverloren und ziellos durch die vielen Gänge. Dabei ging er möglichst jedem aus dem Weg, von dem er annahm, dass er ihn sprechen wollte, oder der ihn kannte. Einmal schritt ein Nomendi, den er vom Sehen her kannte, in voller Rüstung und mit würdevollem Blick durch die Halle auf den kleinen Raum zu, in dem sich wahrscheinlich Kaiser Tirion aufhielt. Sicher war er als Botschafter unterwegs und nach Valinar gekommen, um Bericht zu erstatten.

Emiron hatte bemerkt, dass viele Botschafter und Gesandte aus anderen Königreichen in die Stadt gekommen waren. Die Spannung war fast greifbar. Inzwischen waren die Vorkommnisse im Süden kein Geheimnis mehr. Viele erwarteten vom Kaiser und vom Rat ein entsprechendes Vorgehen, um das südliche Königreich wieder zu stabilisieren. Vor allem die vielen Kaufleute waren in großer Sorge, dass Enhor, bislang die größte Handelsstadt des Südens, für immer verloren war.

Emiron wartete vor allem auf seinen Meister, der noch immer nicht zurück war, obwohl der kaiserliche Rat am morgigen Tag stattfinden sollte. Darum rechnete er jede Stunde mit ihm. Er wusste zwar nicht, ob er selbst am Rat teilnehmen durfte, wollte es jedoch mit Amils Hilfe auf jeden Fall versuchen. Er musste etwas gegen den Schatten unternehmen, wollte seine Wut gegen jene richten, die seiner Liebe so viel Schmerz bereiteten. Er hatte schon Galdrion danach fragen wollen, aber der Elf war seit ihrem Gespräch im Garten wie vom Erdboden verschluckt.

Safianas Zustand hatte sich nicht verändert. Jeden Tag ging er zu ihr, versprach ihr leise, sich um ihre Heilung zu kümmern, obwohl sie ihn nicht hören konnte. Sie lag bequem auf viele weiche Kissen gebettet, geborgen hinter seidenen Vorhängen in einem königlichen Bett. Oft kamen Elfen herein, um sie zu untersuchen, doch ihr Körper blieb eine leere Hülle ohne Geist. Emiron brachte ihr jeden Tag neue Blumen aus dem Garten des Palastes ans Bett, sodass sie nach einigen Tagen von vielen leuchtenden Farben umgeben war. Aber auch das half nicht.

VI

Die verschlafene Stadt lag im hellen Mondschein, als er am Fenster eines der großen Türme des Kaiserpalastes von Valinar stand. Diese Nächte waren ihm am liebsten. Mit rot glühenden Augen schaute er direkt in das milchige Licht empor. Er war bereits vor einigen Tagen in der Stadt angekommen und hatte schnell alles Nötige in Gang gesetzt. Überraschenderweise spielte ihm das Schicksal geradezu in die Hände. Er hatte nicht nur einen brauchbaren Nomendi gefunden, sondern auch einen Weg, ihn für seine Zwecke einzuspannen. Sein Gott würde wiederkehren. Doch bis es so weit war, musste er noch dafür sorgen, dass alles so lief, wie er es plante. Noch war die Gefahr nicht völlig gebannt. Elfen wie Nomendi waren wachsam. Zu viele von ihnen streiften umher und suchten nach der Quelle der Krankheit, die sein Volk auslegte.

Als er zusammen mit seinem Volk die Finsternis verlassen und in der Welt Fuß gefasst hatte, hatte es ihn so sehr nach Rache für die endlosen Qualen verlangt, die ihm fast den Verstand geraubt hätten. Als er dann die Zeit gekommen sah und die Magie seines Volkes stärker wurde, hatte er die Zeichen der Zeit genutzt, mithilfe seiner Getreuen das Korn der Bauern im Süden vergiftet und dafür gesorgt, dass der Tod nicht das Letzte war, was den Menschen dort zuteilwurde. Nein, der Tod war nicht das Ende, er war der Anfang, der Beginn von etwas Neuem, etwas Großem!

Die Menschen starben wie die Fliegen. Ein Dorf nach dem anderen fiel ihm zum Opfer, und sein Plan nahm mehr und mehr Gestalt an. Schon herrschte Unruhe in den Königslanden, und der Kaiser und seine Nomendi wurden unruhig. Jetzt, nachdem Enhor gefallen war und der Tod wandelte, würde er dafür sorgen, dass mit der Auferstehung seines Volkes auch sein Gott wieder in die Welt trat.

Seine Gedanken drifteten wieder zu dem Nomendi ab, der erst heute um die Mittagszeit in die Stadt und zum Palast gekommen war. Er hatte ihn belauscht. Anscheinend war er direkt vom verlorenen Reich im Südosten gekommen und hatte dort Ungewöhnliches festgestellt. Vor allem die vielen Orks beunruhigten ihn. Nur mit Not hatte er sich von ihnen befreien und nach Valinar reiten können. Es gab dem Nomendi zu denken, dass so viele Orks aus ihren Löchern und den dunklen Schächten der Berge gekrochen kamen, als würden sie auf etwas warten. Das taten sie auch, aber worauf, das wusste nur er.

Die Orks versammelten sich tief im Süden, weil er sie brauchte. Sie waren zwar nicht besonders klug oder listenreich, aber sie waren schon immer grausame Kämpfer gewesen, wenn es darum ging, Schwache und Arglose zu töten. Besonders gegen Elfen und Menschen hatten die Orks eine starke Abneigung entwickelt. Sie überlegten nicht lange, sondern handelten sofort, was für ihre Gegner meist schnell tödlich endete.

Mit der rechten Hand zog er sein kleines Schwert. Es war am pechschwarzen Griff mit roten Steinchen reich verziert und wies eine blanke, schwarze Klinge auf. Viele Runen der dunklen Sprache des Südens waren dort eingraviert. Langsam, wie in Trance, ließ er es mit der Hand umherschweifen. Die Klinge schnitt in die Luft und gab ein angenehmes, leises Surren von sich. Er wusste genau, was die Zeichen bedeuteten. Schließlich konnte *er* sie noch lesen. Die jetzige Welt dagegen hatte das uralte Wissen um sie längst verloren.

Ein kühler Windzug fuhr durch das offene Fenster und wehte ihm eine schwarze Strähne ins Gesicht. Er erschauerte. Nicht mehr lange, und die damalige Welt, seine Welt, würde wiederauferstehen. Er konnte es kaum erwarten.

Emiron schluckte schwer. Er war mit einem schlechten Gewissen aufgestanden. Sein Magen hatte so laut geknurrt wie nie zuvor. Seit Tagen hatte er wenig gegessen, und er wusste, dass es ihm nicht guttat. Er durfte nicht schwach werden, aber immer musste er an Safiana denken. Manchmal träumte er davon, wie sich ihr Zustand bessern ließe, doch jedes Mal, wenn er meinte, alles zum Guten wenden zu können, erwachte er in der wirklichen, schmerzvollen Welt. Vielleicht, so hatte er gedacht, würde ein gutes Frühstück ihm helfen, seine Gedanken zu ordnen, aber als er Amil im Speiseraum nahe der Küche entdeckt und sich zu ihm an den Tisch gesetzt hatte, verging ihm der Hunger so schnell, wie er gekommen war. Natürlich galt Amils erste Frage Safianas Wohlergehen.

Er saß Amil gegenüber, und sein Mund wurde mit einem Mal so trocken, als wäre er tagelang ohne Wasser durch die Wüste geirrt. »Sie wacht nicht wieder auf«, antwortete er zögerlich. »Die Wunde konnte geheilt werden, aber das Gift – oder besser die Magie aus der Waffe – war schon zu lange am Werk. Ihr Geist findet nicht in den Körper zurück.«

Amil runzelte die Stirn. Offenbar hatte er mit einer derartigen Antwort nicht gerechnet. »Selbst Gilios konnte nichts ausrichten?«

»Nicht mehr, als ihren Körper zu heilen.«

»Hast du mit dem Kaiser gesprochen?«

»Direkt bei meiner Ankunft in Valinar. Er brachte Safiana zu Gilios. Und er möchte mit Euch über alles sprechen.«

Amil seufzte tief und lehnte sich im Stuhl zurück. Sein Haar sah zerzaust aus und sein Gesicht kam Emiron faltiger vor, als er es je gesehen hatte. Er war offensichtlich lange und ohne Pause in der Nacht unterwegs gewesen.

Er überlegte kurz, ob er von dem Gespräch mit Galdrion erzählen sollte, das ihm neue Hoffnung gegeben hatte, entschied sich aber dagegen.

»Wir müssen König Balduan benachrichtigen«, unterbrach Amil die kurze Stille. »Sie kann nicht am Rat teilnehmen und er hat ein Recht darauf, zu erfahren, was mit seiner Tochter geschehen ist. Zu meinem Leidwesen muss ich mir die Schuld hierfür geben. Ich hätte sie nicht mitnehmen dürfen. Ich kannte die Risiken und habe es dennoch zugelassen.«

Emiron nickte gedankenverloren. Gern hätte er widersprochen, weil es nur seine und nicht Amils Schuld war, dass Safiana ohne Geist wie eine leere Hülle im Bett liegen musste. Nur konnte er es nicht laut aussprechen, denn das hätte es umso endgültiger gemacht.

»Ich weiß, was in dir vorgeht, Emiron«, sagte Amil mit eindringlicher Stimme. »Doch darfst du deine Gefühle für Safiana nicht über alles stellen. Es muss dir möglich sein, deine Gefühle und Gedanken vollkommen unabhängig voneinander zu beherrschen. Du bist ein Nomendi, denk immer daran.«

Wieder nickte er stumm. Er hatte geahnt, dass sein Meister so etwas sagen würde. Was, wenn er erst erfuhr, dass es ihm bereits schwerfiel, seine Magie zu kontrollieren?

»Ich möchte, dass du verstehst, dass dies nicht das Ende bedeutet. Zudem überbringe ich dir die besten Grüße von Eragion, unserem Ordenshüter. Ihm habe ich einstweilen Preston anvertraut. Ob und wann aus ihm ein Nomendi wird, kann ich zwar noch nicht sagen, aber ich bin mir sicher, dass meine Entscheidung bezüglich des Jungen die Richtige war. Ich habe gleich gemerkt, dass in Preston mehr steckt, als er je geahnt hätte. Es hat mich überrascht, einen Nomendijungen an einem solchen Ort in Enhor anzutreffen, noch dazu einen mit einer derartig starken Aura. Das hatte ich nicht erwartet.«

Emiron sah Amil nur stumm an und nickte abwesend. Ihn überraschte diese Neuigkeit nicht. Anscheinend hatte Preston dasselbe Potenzial, ein echter Nomendi zu werden, wie er es einst gehabt hatte. Vielleicht würde Amil den Jungen als Lehrling aufnehmen, wenn er selbst seine Lehre beendete?

»Und da ist noch etwas«, sagte Amil nun etwas leiser. »Erinnerst du dich an den kleinen goldenen Anhänger, den Preston um den Hals trug? Ich kann es nicht genau in Worte fassen, aber von dem kleinen Goldstück geht eine überwältigende magische Schwingung aus, eine Art von Magie, die für mich völlig neu war. Sie ist etwas ganz Eigenes, eine Art Fremdkörper in der bekannten Welt.« Amil schaute sich kurz um und wurde dann noch leiser. Als er weitersprach, konnte Emiron ihn kaum noch verstehen. »Vielleicht handelt es sich um ein Artefakt aus Duhn, ein magisches Überbleibsel jener Menschen, die die Magie einst noch besser beherrschten als die Nomendi. In den Aufzeichnungen unserer Schriften konnte ich in der Eile nichts Genaues dazu finden.«

Emiron lehnte sich langsam zurück und trank einen großen Schluck Wasser aus seinem Becher. »Dann reiten wir bald wieder nach Lothinar?«

Amil blinzelte. Seine Haare fielen ihm in die Stirn, als er sich zurücklehnte. »Das halte ich für keine gute Idee, Emiron. Eldrits Tod und sein Schicksal haben in Lothinar Bestürzung ausgelöst und Eragion tief getroffen. Es gibt in diesen Tagen nicht mehr viele aus unserem Volk, sodass jeder Verlust eine Tragödie ist. Auch die Kunde, es seien Dunkelelfen in die Welt gekommen und für den Tod der Menschen im Reich Tralessa verantwortlich, fand schnell Gehör, und die Elfen von Lothinar sind in Aufruhr. Ich habe ihnen von den schwarzen Klingen berichtet, jenen Klingen, die sich auflösten, nachdem wir die tote Kreatur besiegten. Eragion hoffte, dass es Safiana wieder gut ginge. Jetzt aber gilt es, dem Kaiser in dieser dunklen Stunde beizustehen. Ich möchte, dass du anstelle von Safiana am kaiserlichen Hohen Rat teilnimmst. Du bist ein angemessener Ersatz und hast so die Möglichkeit, etwas beizutragen.«

Emiron spürte eine kleine innere Freude über Amils Vertrauen in ihn, die sogleich von seinen Schuldgefühlen ausgelöscht wurde.

»Meister, was habt Ihr in Lothinar in Erfahrung gebracht?«

»Ich habe leider nicht viel erfahren, was uns von Nutzen sein kann. Eragion ist zwar alt, jedoch reichte sein Wissen nicht so weit zurück. Und auch die Elfen hatten nicht viel zu bieten. Sie sprechen gern in Rätseln, sagen das eine und meinen das andere. In der Bibliothek des Ordens bin ich auf die uns schon bekannte Darstellung des letzten Krieges gestoßen und auf die Beschreibung der Schlacht derer, die sie mit eigenen Augen gesehen haben. Eine furchtbare Lektüre, die vom Untergang und Tod vieler spricht. Der Fluch von Duhn, die Schmuckstücke der Götter und der dunkle Schatten. Bis auf den Fluch von Duhn habe ich jedoch keine wirksame Magie gefunden, die uns helfen könnte, sollten hier wirklich Dunkelelfen beteiligt sein. Laut den Aufzeichnungen wurden damals alle des Schattenvolks und die Amulette der Götter vernichtet. Ihr Tod war so endgültig wie der Fluch der Magier aus Duhn. Doch anscheinend haben wir uns geirrt.«

Auf einmal fiel Emiron ein, dass Amil ihn vielleicht als Meister verlassen würde. »Werdet Ihr Preston unterrichten?«

Amil antwortete nicht sofort. Dann sagte er: »Das allein wird Eragion bestimmen. Man wird sich in Lothinar gut um ihn kümmern. Du weißt sicher noch, wie schön es dort ist, wenn man jung ist.« Emiron nickte. Er hatte einige seiner glücklichsten Jahre dort verbracht. »Nun gut«, sagte Amil und stand auf. »Nun gut. Entschuldige mich. Ich möchte noch vor dem Rat mit dem Kaiser sprechen.«

Die vergoldete Spitze des hohen Nordturms glänzte im Sonnenlicht. Emiron stieg an Amils Seite die vielen steinernen Stufen zum Versammlungsraum des Rates empor. Am Ende der Treppe blieben sie vor einer grünen Tür stehen, auf der Worte in elfischer Schrift geschrieben standen:

Emiron, der diese Sprache als Kind von den Elfen Lothinars gelernt hatte, hatte keine Mühe, die Aufschrift zu lesen. Dort stand:

Versammlungsraum des Hohen Rates
Weisheit ist kein Geschenk, sondern eine seltene Gabe.
Mögen die, die weise sind, ihr Schicksal erfüllen.

Amil klopfte dreimal laut gegen die grüne Tür. Ein Wachmann in goldener Rüstung hieß sie willkommen und ließ sie in einen kreisrunden Raum eintreten.

In der Mitte sah Emiron einen offensichtlich sehr alten, unförmig spitzen Stein, um den herum im Kreis etwa zehn Stühle angeordnet waren, auf denen bereits einige Zwerge, Elfen und Menschen saßen. In der Wand waren ringsum Fenster eingelassen, sodass der Raum vom Tageslicht hell erleuchtet war. Die Sonne schien von Südosten her direkt auf die Spitze des Steines.

Gegenüber von der Tür stand an einem der geöffneten Fenster der Kaiser und nickte ihnen wohlwollend zu, als sie hereinkamen. Er durchquerte den Raum und kam zu ihnen herüber. »Ah, Meister Amil und sein Schüler Emiron. Die Nomendi, die unsere Versammlung vervollständigen. Seid willkommen.«

Sie verbeugten sich. »Seid gegrüßt«, sagten sie fast gleichzeitig. Der Kaiser wies ihnen ihre Plätze zu und begab sich auf seinen Platz in der Runde, der etwas erhöht war.

Sogleich senkte sich Stille über die Gesellschaft.

»Noch einmal heiße ich einen jeden willkommen im Hohen Rat«, begann Tirion und hob die rechte Hand zum Schwur, bevor er mit lauter Stimme fortfuhr: »Als Kaiser von Araquest schwöre ich, Tirion, bei meiner heiligen Ehre, dass ich dem Hohen Rat und damit allen Ländern und jedem Reich mit meiner ganzen Kraft dienen und beistehen werde.«

In der Folge nannte jedes Ratsmitglied der Reihe nach seinen Namen und Rang und schwor einen Eid auf den Hohen Rat.

Als Emiron an die Reihe kam, musste er sich zusammennehmen, damit seine Stimme nicht zitterte. Es schüchterte ihn ein, dass er unter so vielen wichtigen Personen Gehör finden sollte. »Ich, Emiron, Nomendischüler und Teilnehmer des Hohen Rates, schwöre bei meiner heiligen Ehre, dass ich dem Hohen Rat und damit allen Ländern mit meiner ganzen Kraft dienen und beistehen werde.« Während er sprach, begegnete ihm Galdrions Blick. Der Elf lächelte ihm aufmunternd zu.

Nachdem alle ihren Schwur geleistet hatten, ergriff der Kaiser wieder das Wort.

»Ihr wisst, in letzter Zeit gab es Vorkommnisse, deren Bedeutung es zu klären gilt. Wie ich hören konnte, wisst Ihr alle bereits, wovon die Rede ist.« Ein zustimmendes Gemurmel zog durch den Raum. »Es ist lange her, dass dieser Rat sich über ernsthafte Gefahren austauschen musste. Nun aber ist eine Botschaft aus dunklen Zeiten in Valinar eingetroffen. Die Königstochter von Tesnan liegt, nach einer rätselhaften Verletzung unheilbar erkrankt, in einem unserer Gemächer. Über den genauen Umstand wird später noch ausführlich berichtet werden.« Bei den letzten Worten ruhte sein Blick auf Amil. »Ich bitte Euch, Eure Anliegen und Botschaften dem Rat nun einzeln vorzubringen. Jeder, der etwas zu sagen hat, wird angehört, ehe wir gemeinsam beraten, wie vorzugehen ist.«

Der Kaiser verstummte, und ein besonders haariger Zwerg begann zu sprechen. Er hatte sich zuvor als Grom aus der Stadt Dahn im südlichen Königreich vorgestellt. »Wir haben seit Beginn dieses Frühjahrs mit immer größeren Horden von Orks zu tun, die über die Berge kommend nach Norden streifen. Wir konnten die ersten Angriffe erfolgreich abwehren, doch werden wir die Stadt auf Dauer nicht halten können.«

Emiron erinnerte sich an einige Zwerge, die sie auf der Nord-Süd-Straße getroffen hatten. Jahre schienen seitdem vergangen zu sein, aber tatsächlich waren es kaum drei Wochen.

»Hinzu kommt, dass wir das Gefühl haben, dass die Orks nicht wie sonst planlos angreifen. Wir glauben, dass sie auf Befehl hin handeln, denn ihre Angriffe sind koordiniert und gut durchdacht. Auch meinen viele aus meinem Volk, dass ein Schatten aus dem Süden herankomme, dessen Bedrohung wir entgegentreten müssen. Schwarze Wolken sind aufgezogen, und alle Vögel und Landtiere ziehen sich in andere Gebiete zurück. Wir wollen unsere Stadt und unser Land verteidigen und bitten hier um Rat.«

»Und diesen sollt Ihr bekommen. Hören wir nun den Zwergen Bombar aus der Zwergenstadt Isban«, sagte der Kaiser und wies auf einen anderen weißbärtigen Zwerg, der sich erhoben hatte und nun seinerseits das Wort ergriff.

»Ich komme als Botschafter des Zwergenkönigs aus dem Reich Arxon zu euch. Seit der große Drache vor vielen Jahren verschwand, ist unser Wohlstand noch größer geworden. Unsere Minen werden immer tiefer und unsere Städte schöner. Vor einigen Tagen jedoch sind unsere Brüder aus Dahn zu uns gekommen und haben uns um Hilfe gebeten. Wir schickten zwei Garnisonen unserer besten Axtkämpfer zu ihnen, damit sie sich weiter gegen die zahlreichen Orks verteidigen können. Wir hoffen, so unseren Brüdern im Kampf gegen dieses Ungeziefer beizustehen und die Stadt Dahn zu retten.« Der Zwerg beendete seine Rede und setzte sich wieder hin.

Ein Mensch sprach als Nächster, Brandir, Heerführer von Foston und Berater des dortigen Königs Haldan. Emiron sah Brandir neugierig an. Er war groß und stark gebaut, hatte braunes Haar und machte in seinem einfachen Gewand den Eindruck, als könne er es mit zehn Orks gleichzeitig aufnehmen. »Seit einiger Zeit wird unser Königreich von vielen flüchtenden Bauern förmlich überrollt. Wir wissen nicht, was wir in dieser Situation tun sollen. Sie wurden aus ihren Dörfern vertrieben und flohen vor einer tödlichen Seuche, aber auch vor dem Tod selbst, wie sie es nannten. Nun fürchtet unser König, dass diese Flüchtlinge die Krankheit nach Foston bringen könnten und unsere eigenen Dörfer und Städte bedroht sind.«

»Danke für deine Worte, Brandir«, sagte der Kaiser ernst und wandte sich den Elfen zu. »Fahrt Ihr bitte fort, Galdrion.«

Der Elf schaute in die Runde, bevor er anhob zu sprechen. »Vieles habe ich nun gehört, und es belastet mein Herz. Dass es nicht gut um die Stadt Dahn steht, erfuhr ich schon vor einigen Tagen. Auch sind die Umstände, die zu diesen Geschehnissen führen, besorgniserregend. Bevor ich aber näher darauf eingehe oder dem Rat meine Meinung kundtue, sollte der Nächste, der etwas zu sagen hat, fortfahren.« Galdrion verstummte.

Emiron war überrascht, dass der Elf den Wunsch des Kaisers zurückwies. Es dauerte eine Weile, bis schließlich jemand das Wort ergriff. Es war ein anderer Elf.

»Ich bin Tandil, Botschafter der Waldelfen von Tralessa, also von jenen, die nun nicht mehr in ihren Wäldern leben. Ich komme mit schlimmen Nachrichten zu diesem Hohen Rat aller Völker. Orks und Trolle durchstreifen derzeit unsere Wälder wie die Fliegen im Sommer. Noch nie seit den alten Tagen waren so viele von ihnen in unseren Gefilden unterwegs. Im östlichen Teil des nahen Gebirges wimmelt es nur so von ihnen. Und noch etwas geschieht dort. Wir glauben, dass alte magische Mächte erneut am Werk sind, die es lange nicht mehr gegeben hat. Es ist, wie Grom aus Dahn bereits sagte, ein Schatten alter Macht, der sich im Süden regt. Ich wage es vor diesem Rat kaum auszusprechen, doch ich muss es tun, um dem Eid gerecht zu werden, den ich hier schwor. Wir Waldelfen glauben, dass es dunkle Albe sind, die erneut im Süden umgehen, ein Schatten, vor dem wir fliehen und deswegen unsere Heimat verlassen mussten.«

Ein Raunen ging durch den Saal, als Tandil die dunklen Albe erwähnte. Emiron sah, wie Furcht sich in den Gesichtern der Elfen und Zwerge spiegelte. Jetzt war es ausgesprochen.

»Genau diese Meinung teile ich«, sagte ein anderer Elf namens Celebrimbar. Sein Gewand war reicher geschmückt als das von Tandil. Silberner Schmuck zierte seine langen schwarzen Haare. Sein Gesicht wirkte weder alt noch jung, sondern geprägt von reichen Erfahrungen der Zeit. »Ich komme aus der Stadt Glorina im Nordreich Fedalia zu Euch. Vor einigen Tagen nahmen wir jene Waldelfen, die vor dem Schatten flohen, bei uns auf. Sie berichteten uns von den Umständen im Süden und in ihren Wäldern, die nun verlassen sind. Die auftretende Seuche jedoch ist keine einfache Krankheit, sondern ein sehr alter, magisch freigesetzter Bann. Nach den Berichten können wir zweifelsfrei davon ausgehen, dass es sich um die Magie der Wesen handelt, die es heute nicht mehr geben dürfte – Dunkelelfen in der Menschensprache oder dunkle Albe in der Sprache der Elfen. Jene Wesen, deren teuflische Kraft nur noch als Legende und Mythos in unserer Welt verblieben war.«

»Könnt Ihr dem Rat näher erläutern, was genau dies für Wesen sind und welche Kräfte sie besitzen?«, fragte der Kaiser.

Der Elf, dessen Haare einzelne graue Strähnen an den Seiten aufwiesen, schaute niemanden direkt an. Sein Blick war auf den Stein in der Mitte des Raumes gerichtet. Sein Gesicht wirkte traurig, als er leise fortfuhr: »Dunkle Albe nannten wir jene Kreaturen, die Fanros einst mit der alten Macht aus jenen hervorbrachte, die uns Elfen am ähnlichsten waren«, sagte er und rieb dabei seine Hände aneinander. Er wirkte nicht nervös, sondern eher mitgenommen. »Als sich Fanros, einer der zwei Großen, dem Schatten zuwandte und sein Hass auf alles und jeden immer größer wurde, erschuf er Kreaturen, die ihm allein dienen sollten, Orks, Trolle und mächtige Wesen, die heute kaum noch jemand kennt. Unter ihnen gab es auch das Geschlecht der dunklen Albe, die auch Dunkelelfen genannt werden. Einst waren sie Elfen aus dem alten Geschlecht, doch er machte aus ihnen das, was er selbst schon war. Ihre Fähigkeiten waren in der Welt überall gefürchtet, denn ihre dunkle Magie war sehr mächtig, mächtiger vielleicht als jene, die in Duhn ihresgleichen suchte. Sie herrschten über große Teile der damaligen Welt. Ihr Ziel war es seit jeher, alle Völker zu versklaven und dem Tod zu dienen, denn für jenes Volk ist der Tod nicht das Ende, sondern vielmehr der Beginn von etwas Neuem, etwas Großem. Hinter dem südlichen Gebirge errichteten sie für ihren Meister Fanros eine schwarze Festung, die größer war, als alles, was es bis dahin gegeben hatte.«

Er hielt inne, und Emiron lauschte der Stille, die plötzlich den Raum erfüllte. Es war eine besondere Art der Lautlosigkeit – eine Stille, die doch keine war. Als der Elf weitersprach, durchschnitt seine Stimme die Luft wie kaltes Eisen. »Es ist heute nicht mehr viel über diese Zeit bekannt, da diejenigen, die davon berichten könnten, bereits nicht mehr am Leben sind. Ich selbst war noch jung, als die große Schlacht bei Duhn stattfand. Viele gute Elfen wie auch Zwerge und Menschen ließen dort ihr Leben. Doch die Schlacht wurde gewonnen und die dunklen Albe und auch Fanros besiegt. Seine schwarze Festung wurde für alle Zeiten zerstört. Kurz darauf pflanzte Fanir den heiligen Baum in Glorina, und eine neue Zeit brach an.« Wieder machte der Elf eine Pause und gab der Gruppe Gelegenheit, das soeben Gehörte zu begreifen.

Emiron hatte interessiert zugehört. Er dachte an das Gespräch mit Galdrion im Garten des Palastes, unterbrach aber seine Gedanken, als Celebrimbar weitersprach. »Nun muss ich dem Rat vorbringen, weswegen ich eigentlich zu Euch gekommen bin. Denn nicht der Schatten im Süden oder der dort herrschende Tod ist der Grund. Der heilige Baum des Fanir, der Baum Zeroida, an dem das Schicksal der Welt hängen soll, verliert seine Blätter.«

Es dauerte eine Weile, bis die Worte des Elfen ihre Bedeutung kundgetan hatten. Als jeder begriff, was da gesagt worden war, brach ein ohrenbetäubender Tumult aus.

»Der Baum geht ein? Der alte Elfenbaum der Spitzohren?«, hörte Emiron einen Zwerg ungläubig fragen.

»Das ist unmöglich!«, sagte Tandil mit lauter Stimme. »Der Baum kann seine Blätter nicht verlieren. Das ist zu keiner Zeit jemals vorgekommen.«

»Ruhe!«, rief der Kaiser dazwischen, und die Versammelten schwiegen augenblicklich.

Emiron schaute Amil an. Er war die ganze Zeit ruhig geblieben. Jetzt ergriff er zum ersten Mal das Wort.

»Celebrimbars Worte sind sehr beunruhigend. Auch ich habe bei meinem letzten Besuch in Lothinar davon gehört, dass der heilige Baum seine Lebenskraft verliere. Doch lasst mich nun von meiner Reise in den Süden und den dortigen Geschehnissen berichten. Vielleicht hängt alles zusammen, denn nie bleibt die Welt ganz so, wie sie war. Ständige Veränderungen, sei es zum Guten oder Schlechten, durchziehen sie in stetigem Wandel.«

Er erzählte von ihrem Besuch in Enhor, dem Treffen mit den Elfen auf ihrem Weg nach Tesnan und deren Sorgen und Vermutungen sowie von den vielen Gerüchten unter den Bauern. Der Rat hörte ihm gebannt zu. Als er allerdings von dem seltsamen Krieger zu sprechen kam, der sie angegriffen und Safiana verletzt hatte, unterbrach ihn Galdrion: »Dann stimmt es also. Die Waffe war die eines Dunkelelfen, denn kein anderes Wesen hat die Macht, einen toten Körper für einen hinterhältigen Angriff zu nutzen.«

»Dieser Meinung bin ich nun auch«, sagte Amil ernst. »Spätestens als ich sah, wer sich hinter der silbernen Maske verbarg, nämlich einer von uns, ein ehrenwerter Nomendi, zweifelte ich nicht mehr. Ich ritt nach Lothinar, um mir dort Gewissheit zu verschaffen und dem Ältesten unseres Ordens von dem Verlust zu berichten, den unsere Gemeinschaft erlitten hat.«

»Dann ist also unsere größte Furcht Gewissheit geworden. Dunkle Albe sind in die Welt gekommen, auch wenn es mir schleierhaft bleibt, wie es ihnen gelang, nachdem es keinen mehr von ihnen geben dürfte.« Galdrion sagte es mit eindrucksvoll starker Stimme. »Als ich mir die junge Safiana ansah, ahnte ich bereits, welche Art von Magie bei ihr am Werk sein muss. Nun gibt es keinen Zweifel mehr, dass die alten Mächte in die Welt zurückgekehrt sind. Es fragt sich also, was zu tun ist. Sicher wird Tesnan schnelle Hilfe benötigen, denn es werden nicht nur Orks das südliche Reich bedrohen. Enhor ist bereits gefallen. Sollen wir warten, bis auch Tesnan und Dahn verloren sind?«

Eine Diskussion begann, bei der Emiron sich aufs Zuhören beschränkte. Er war ebenfalls der Meinung, dass schnell gehandelt werden musste, wenn man das südliche Königreich retten wollte. Wenn Tesnan und Dahn nicht mehr standhalten konnten, würde der Schatten oder die Dunkelelfen – wie sie jetzt im Rat genannt wurden – sehr bald Foston und den Norden erreichen.

Wer sollte sie aufhalten? Wer konnte Magie oder den Tod selbst aufhalten? Amil äußerte, dass er einen Angriff mit Truppen nicht für eine erfolgversprechende Lösung hielt, nicht zuletzt, da der Fürst von Enhor bereits damit gescheitert war.

Galdrion pochte auf ein schnelles Eingreifen der kaiserlichen Truppen. Er wollte um jeden Preis verhindern, dass der Schatten und die Seuche sich unbehelligt nach Norden ausbreiten konnten. »… und deshalb müssen wir jetzt zuschlagen, solange wir die Macht haben, den Tod vieler Menschen, Zwerge und Elfen zu verhindern«, beendete er seine flammende Rede.

»Ich bin derselben Meinung«, sagte Brandir. »Das Königreich Foston wäre das nächste Ziel der Orks und des Schattens. Solch einer Übermacht sind wir nicht gewachsen! Unser Volk besteht hauptsächlich aus Bauern, nicht aus Soldaten.«

Amil schüttelte den Kopf. »Und was ist, wenn die Truppen des Gegners nicht nur aus Orks, Trollen und dunklen Alben bestehen? Was, wenn die Toten selbst uns bedrohen?«

»Dann wäre jedes Zögern umso schlimmer!«, erwiderte Galdrion nachdrücklich. »Wir müssen handeln, ehe unsere Stärke zur Schwäche wird.«

»Galdrion mag recht haben«, sagte Tirion ruhig. »Wenn wir abwarten, stehen wir am Ende womöglich einer Übermacht entgegen, der wir nicht gewachsen sind. Schlagen wir sofort zu und schützen Tesnan, gelingt es uns hoffentlich, den Schatten abzuwehren und vielleicht sogar erneut zu vernichten.«

Die Diskussion dauerte noch etliche Zeit, bis endlich eine Entscheidung getroffen war. Der Kaiser würde seine Truppen in den nächsten Tagen zusammenrufen und nach Tesnan marschieren. In Foston wollte er weitere Soldaten in sein Heer aufnehmen, vorwiegend Bauern, doch auch einige Elfen, die aus Fedalia und Glorina kommen sollten. In Tesnan würden sich die Truppen mit denen von Dahn vereinen, sodass der Kaiser ein Heer von fast fünftausend Mann befehligen würde – eine eindrucksvolle Anzahl an Kriegern, die sich in so kurzer Zeit zusammenfinden würden. Aus dem Reich Aridúr und dem Zwergenreich Arxon käme keine Verstärkung, da das Heer so schnell wie nur möglich aufbrechen sollte, um die Königsstadt zu schützen, ehe es dafür zu spät war.

Der Rat löste sich auf, als die Sonne gesunken war und der Mond hell und klar am Himmel stand. Kerzen und Lampen waren im Raum entzündet worden, sodass die Gesichter der Ratsmitglieder schattenhaft beleuchtet wurden.

Emiron verabschiedete sich zusammen mit Amil von den anderen Teilnehmern und sie verließen den runden Raum. Amil führte ihn überraschenderweise vom Palast weg in ein Gasthaus nahe einer Handelsstraße, die sie in eine weniger belebte Gegend von Valinar führte. Sie betraten den annähernd menschenleeren Schankraum, setzten sich an einen Tisch abseits der Tür, der nur spärlich erhellt wurde, und bestellten sich jeder einen Krug.

Amil schaute sich müde um. »Wie ist deine Meinung zum Beschluss des Rates?«, fragte er leise mit erschöpfter Stimme.

»Im Grunde finde ich es nicht schlecht, wenn dem südlichen Königreich schnell geholfen wird. Ich glaube, dass es König Balduan freuen wird. Er hat sich ja eine schnelle Hilfe des Kaisers gewünscht.«

»Ja, vielleicht. Aber erinnere dich an Eldrit. Denk an Safiana. Stell dir vor, was mit den Truppen passiert, wenn sie auf Mächte stoßen, denen sie nicht gewachsen sind. Der Rat mag sich trotz dieser Dinge sicher sein, aber ich bin es nicht.«

Emiron verspürte einen Stich, als Amil Safiana erwähnte. Er hatte den Gedanken an sie vor sich hergeschoben, so lange die Versammlung andauerte. Jetzt trat ihr Gesicht erneut vor alle anderen Gedanken, ihr lachendes, von goldenen Locken gesäumtes Gesicht. »Aber wenn nichts getan wird, dann dringen die Schatten bald bis hierher und weiter vor. Was hielte sie sonst auf?«

»Ich hätte lieber zunächst mit den Elfen in Lothinar und Glorina gesprochen. Elfenmagie könnte eine Antwort auf den Schatten sein. Jedoch ist es kein gutes Zeichen, dass der heilige Baum seine Blätter verliert.«

»Werden wir mit dem Kaiser reiten?«, fragte Emiron.

»Das ist unsere Pflicht. Mit ein bisschen Glück werden andere Nomendi mit den Elfen aus Lothinar bei uns eintreffen und sich unserem Trupp anschließen.«

»Und Safiana? Gibt es nicht vielleicht in Glorina einen Elfen, der ihren Geist zurückholen kann?«

»Ich weiß, was du mir sagen möchtest, Emiron. Aber wir werden nicht nach Glorina, sondern mit dem Kaiser ziehen. Vielleicht geht es Safiana besser, wenn wir zurückkehren. Andernfalls werden wir später in die Elfenstadt reisen.«

Emiron hörte den Zweifel in Amils Stimme. »Was meint Ihr, wie viele Dunkelelfen es noch gibt?«

»Vielleicht einige, vielleicht nur wenige. Wer kann das wissen? Doch die Orks sind zahlreich genug, um uns zu beschäftigen. Ich hoffe sehr, dass wir Glück haben, denn sonst …« Er seufzte.

Kurz vor der Mittagszeit des darauffolgenden Tages war Emiron im Palastgarten. Er hatte am Morgen eine Botschaft bekommen, dass Galdrion ihn dort zu treffen wünsche. Sofort keimte die Hoffnung wieder in ihm auf. Galdrion schien ihm voller Geheimnisse. Als Elf hatte er in seiner Lebenszeit mehr gesehen, als man in zehn Menschenleben erfahren konnte. Noch dazu war er ein enger Berater Tirions und hatte daher Zugang zu allem, was die Königreiche und den Palast betraf.

Die Stadt war seit dem Morgen in hellem Aufruhr. Eben erst hatte der Kaiser verkündet, dass die Truppen sich bereitmachen sollten. Schon jetzt sah man überall Menschen in polierten Rüstungen durch die Straßen hasten. Der Kaiser wollte schon am nächsten Tag mit den Truppen nach Tesnan aufbrechen. Amil traf sich unterdessen allein mit zwei Nomendi aus Lothinar, unter anderem jenem, der vor einigen Tagen aus dem verlorenen Reich in die Stadt gekommen war. Emiron hatte seinem Meister zu verstehen gegeben, dass er die verbleibende Zeit bis zum Aufbruch bei Safiana verbringen wollte. Er hatte seinem Meister nichts von dem Treffen mit

Galdrion erzählt, weil er das unbestimmte Gefühl hatte, es wäre besser, diesen Hoffnungsschimmer für sich zu behalten.

Er keuchte, da er fast den ganzen Weg gerannt war, und lehnte sich an einen Pfeiler. Die schmalen Kieswege waren leer, ebenso die Steinbänke. Nur einige Vögel saßen am Brunnenrand und genossen die Wärme der Sonnenstrahlen. Ein warmer Wind ging und bewegte leicht die Blätter, sodass die Sträucher zu flüstern schienen. Ein friedvoller Ort, den er am liebsten nie verlassen würde.

»Guten Tag, Emiron.«

Er erschrak. Der Elf bewegte sich so leise, dass er ihn nicht hinter sich gehört hatte. Dabei spürte er sonst jede Anwesenheit von Fremden.

»Seid gegrüßt, Galdrion«, keuchte er. »Was kann ich für Euch tun? Warum habt Ihr mich hergebeten?«

»Die Frage ist wohl eher, was ich für Euch tun kann«, antwortete Galdrion. Seine dünnen Lippen lächelten.

Emirons Herz machte einen Satz. War es möglich?

»Ich wollte Euch gestern nicht mehr belästigen, vor allem, da Euer Meister wohl mit Euch sprechen wollte. In den letzten Tagen habe ich lange über die alte Magie der Dunklen nachgedacht und einige Nachforschungen angestellt. Und wie mir scheint, habe ich eine Art Gegenmittel gefunden, das die Kräfte, die in Safiana wirken, womöglich aufheben kann.« Der Elf machte eine kurze Pause, eher er etwas weniger optimistisch fortfuhr: »Allerdings gibt es da ein kleines Problem.«

»Was für ein Problem? Sagt es mir! Sicher lässt es sich lösen!« Seine Stimme bebte vor Aufregung. »Wie sind die alten Kräfte zu besiegen, und weiß der Hohe Rat schon davon? Wieso habt Ihr gestern nichts gesagt?«

Galdrion seufzte. »Ihr wisst doch noch, dass ich Euch von zwei Amuletten erzählt habe, die einst von Fanir und Fanros geschaffen wurden?«

»Ja, doch gibt es diese Schmuckstücke seit ewigen Zeiten nicht mehr. Eine Legende, nichts weiter. Soweit ich weiß, ist es nicht einmal sicher, dass sie überhaupt je existierten.«

»So heißt es in den Geschichten. Laut den Liedern wurde das Amulett von Fanir in der Schlacht vernichtet. Und das von Fanros ging verloren. Glaubt mir, ich war selbst dabei, als die Kraft und Magie der Götter wirkten. Ich sah die Macht und ihren Niedergang bei Duhn. Ich sah, wie sie zerstört wurde, wie der Fluch aus Duhn alle traf, die in seiner Nähe wirkten.«

»Wenn Ihr selbst dabei wart und wisst, dass die alten Kräfte zerstört wurden, wie könnte Safiana dann damit geholfen werden?«

Galdrions milchige Augen schienen innerlich zu glühen. »Wenn es tatsächlich dunkle Albe in dieser Welt gibt, wo doch alle glaubten, sie seien für immer vernichtet, wer kann da behaupten, dass wirklich beide Amulette zerstört und auf immer verloren sind?«

Emiron erkannte plötzlich, worauf der Elf hinauswollte. Was, wenn es diese zwei Amulette noch gab? Vielleicht reichte ein Bruchteil ihrer Magie aus, um ihren Geist aus dem Nebel zu befreien.

»Aber wenn es tatsächlich noch Bruchstücke eines Amuletts gäbe ... oder sogar noch eines ganz existierte ... Warum wurde nie auch nur ein Hinweis darauf gefunden?«

»Aus demselben Grund, weshalb nie jemand nach der Magie aus Duhn suchte, nachdem der Fluch alles vernichtet hatte. Weil niemand wirklich danach suchte. Unzählige Jahre sind vergangen, seit beide Amulette verloren gingen. Selbst wir Elfen haben ihre Kraft mittlerweile vergessen und erinnern uns nicht mehr an jene Tage, da die Welt noch jung und voller Zauber war. Doch kann es Zufall sein, dass dunkle Albe, Wesen, die lange vergessen waren, zurückgekehrten? Was, wenn es einen Grund für ihr Erscheinen gibt? Was, wenn eines der Amulette noch existierte? Was, wenn es bei den dunklen Alben selbst zu finden ist?«

Emiron begriff plötzlich, was Galdrion vermutete. Wenn es das Amulett des Fanros wirklich noch gab, dann war es mit Sicherheit bei jenen Wesen zu finden, die einst von ihm erschaffen wurden. Wenn er es fände, könnte er seine Macht einsetzen, könnte Safiana ins wahre Leben zurückzuführen.

»Die Macht eines dieser Amulette würde nicht nur Safiana, sondern auch dem Kaiser helfen. Mit dieser alten Magie könnten wir die dunklen Albe erneut vernichten«, sagte Galdrion, und sein Lächeln wurde breiter. Er sah aus, als besäße er das Amulett bereits und wollte es wie ein guter Onkel seinem Neffen zum Geschenk anbieten.

»Aber wie kann man es bekommen?«

»Vielleicht befindet es sich tiefer im Süden, als die Nomendi zu gehen wagen. Wo es auch ist, wir Elfen haben die Möglichkeit, alte Mächte zu spüren. Ähnlich wie ihr Nomendi Magie anwendet, so setzen wir unsere Fähigkeiten ein, wenn wir das Wissen über diese besitzen. Wenn wir die Magie kennen, die wir zu erlangen suchen, können wir ihre Gegenwart spüren.«

»Ihr habt diese Fähigkeit?«

»Ich habe noch keines der Amulette in Händen gehalten, doch wenn es sie wirklich gibt, werde ich ihre Anwesenheit vielleicht erahnen können. Ich habe sie gesehen und einst ihre Kraft gespürt.«

»Ihr werdet auch mit dem Kaiser reiten?«

Es war eine verrückte Idee, einen kleinen Gegenstand finden zu wollen, von dem es hieß, er sei für alle Zeiten verschollen oder aber zerstört worden, das war Emiron klar. Es gab nicht einen Anhaltspunkt, wo das Amulett zu suchen war oder wie es aussah, und ausgerechnet die Dunkelelfen konnten noch Kenntnis darüber haben. Aber er war verzweifelt genug, sich für diesen winzigen Hoffnungsschimmer an den kleinsten Strohhalm zu klammern.

VII

Sie ritten bereits seit einigen Stunden an der Seite des Kaisers in westlicher Richtung. Die Leibgarde Tirions, fast dreißig Mann, umringte sie. Die Männer trugen golden glänzende Panzerrüstungen, die in der Sommersonne so stark strahlten, dass einem die Augen bei ihrem bloßen Anblick schmerzten. Ihre weißen Umhänge wehten, und auf ihren gepanzerten Helmen, die ihre Köpfe überdeckten, thronte jeweils eine weiße Feder.

Emiron schaute über die Schulter nach hinten. Viele hundert Soldaten folgten ihnen in geraden Reihen. Rüstungen und Speerspitzen funkelten golden und silbern. Vor ihnen lag die alte Straße, der sie bis zum Garro folgen wollten. Dort würden sich die kaiserlichen Truppen mit den Soldaten aus dem Bauernreich Foston und einigen Elfen aus Fedalia zusammenschließen. Die Boten des Kaisers waren noch am Abend der Ratssitzung ausgeschickt worden, sodass Foston und Fedalia schnell reagieren konnten.

Zehn Tage würde das Heer brauchen, bis es die Königsstadt Tesnan erreichte. Schneller war der Weg für die Einheiten nicht zu bewältigen, da die meisten von ihnen nicht beritten, sondern zu Fuß unterwegs waren. Zudem würde man am Garro zusätzlich Zeit brauchen, um die Truppen zu einem Heer zu vereinen. Er blickte wieder nach vorn und sah, wie Amil sich im Flüsterton mit Tirion unterhielt. Er sprach zu leise, als dass er ihn hätte verstehen können.

Neben ihm ritt Galdrion auf einem prächtigen schwarzen Wallach. Die Rüstung des Elfen war eines Prinzen würdig. Sie blitzte golden und silbern in der Sonne. Ein langer dunkelblauer Umhang, der mit silbernen Fäden durchzogen war, lag locker auf seinen Schultern. Das Schwert trug er an der Seite. Rubine und Saphire funkelten geheimnisvoll am kunstvoll gearbeiteten Griff.

Seit sie in den frühen Morgenstunden von Valinar aufgebrochen waren, hatte Emiron nur noch das Gespräch im Kopf, das er mit Galdrion im Palastgarten geführt hatte. Es war mehr als Hoffnung, was ihn antrieb, es war Glauben. Manchmal beschlich ihn trotzdem der gefährliche Gedanke, dass es nahezu unmöglich war, ein längst verschollenes und wahrscheinlich zerstörtes Amulett zu finden. Er war in die große Bibliothek des kaiserlichen Palastes gegangen, um sich die Nacht mit Büchern über die Schlacht bei Duhn um die Ohren zu schlagen, hatte unzählige alte Wälzer aus den Regalen geholt, Papyrus, der in seiner Hand beinahe zu Staub zerfiel. Die Schriften waren voll mit Beschreibungen der Stadt Duhn und über das Wirken der dort herrschenden Magier. Auch hatte er viel über den Fluch gelesen, den der Magier Xaduran über die Stadt und das ganze Reich von Duhn gebracht hatte, um die dunklen Albe und andere Feinde endgültig zu vernichten. Dieser Fluch war es, der alle Bewohner der einst größten Stadt zu ruhelosen Geistern werden ließ. Jedoch fand er keine genaue Beschreibung der eigentlichen Schlacht, die bei Duhn stattgefunden haben sollte und in der Elfen, Menschen und Zwerge gemeinsam gegen den Schatten gezogen waren, um die Zukunft aller Reiche zu verteidigen und die Dunklen für immer zu vernichten.

Über das eine der beiden Amulette fand er ebenfalls nichts heraus, nicht einmal etwas, was ihm als Ansatz hätte dienen können. Dabei hatte Galdrion so erwartungsvoll und sicher geklungen, als er vom Amulett des Fanros gesprochen hatte, dass er den Glauben auf die Wiederauffindung nicht ganz beiseite drängen wollte. Diese Hoffnung ermöglichte es ihm überhaupt, seine Gedanken zu ordnen und seine Magie wieder kontrolliert einzusetzen. Er brauchte einen Halt, eine Möglichkeit, eine Hoffnung – eben den Glauben, dass die Liebe seines Lebens in die Welt zurückkehren würde.

Als die Sterne bereits am Himmel funkelten, gab der Kaiser den Befehl, das Lager zu errichten. Viele Zelte wurden auf den umliegenden grünen Wiesen und Äckern der ansässigen Bauern aufgestellt. Tirion ließ einen besonders großen und prächtig aussehenden Pavillon in der Mitte des Lagers errichten, um den herum einige kleine Zelte standen, in denen seine Leibgarde und wichtige Berater untergebracht waren. Emiron bekam mit Amil eines dieser Zelte für die Nacht zugewiesen.

Im Lager herrschte aufgeregtes Treiben. Er wusste, dass viele der Soldaten noch nie in einen Krieg gezogen waren. Zwischen den Königreichen von Araquest herrschte schon seit langer Zeit Frieden. Ein Angriff von Orks oder Trollen im Süden zählte nicht als Krieg oder Schlacht. Zwar hatte es in den letzten paar hundert Jahren auch Unstimmigkeiten zwischen Elfen und Zwergen gegeben, jedoch sah man in den Menschenreichen keinen Grund, sich dort einzumischen. So lachten viele der Soldaten in freudiger Erwartung einer Schlacht, von der sie nicht einmal wussten, gegen wen sie eigentlich ins Feld zogen.

»Wie geht es dir?«, fragte Amil, als sie allein zusammen im Zelt saßen und Dunkelheit über das Lager hereinbrach. Kleine Lichter von nahen Lagerfeuern und Fackeln flimmerten durch die dünnen Zeltwände hindurch.

Emiron überlegte, bevor er antwortete. Wie ging es ihm? Natürlich war er innerlich noch immer unruhig und voller Sorge um Safiana. Gleichzeitig bewahrte er diesen einen Funken Hoffnung auf einen Fund, der schier unerreichbar war. Und dann gab es da noch etwas – ein Gefühl der Freude und des Hasses gleichermaßen. Er zog gegen Dunkelelfen in die Schlacht, gegen jene Wesen, die Safianas Geist in einer anderen Welt festhielten. Er glühte innerlich, wenn er daran dachte, sie einen nach dem anderen zu töten, ihnen Leid zuzufügen, sie bluten zu lassen. Seine Klinge sollte sich rot färben vom Blut dieser kleinen, miesen Kreaturen mit ihren spitzen Ohren. Er wollte Rache um jeden Preis.

»Ich weiß es nicht«, antwortete er schließlich. Er wollte und konnte Amil nicht belügen. Er hätte gern mit ihm über seine Gedanken gesprochen, darüber, dass er sich schuldig fühlte, mit Galdrions Hilfe aber hoffte, das alte Amulett des Fanros zu finden, und darüber, dass er sich darauf freute, sein Schwert in die Leiber der Dunkelelfen zu stoßen, bis sie alle von der Erde getilgt waren.

»Ich sehe, dass viele Dinge dich beschäftigen«, sagte sein Meister bedächtig. »Ich kann mir denken, was in dir vorgeht, doch sei dir immer bewusst, dass die Dinge nie so sind, wie sie zu Beginn scheinen. Lass dich nicht von deinen Gedanken verführen. Denke daran, dass alles, was geschieht, einen Grund hat. Nichts auf dieser Welt geschieht nur so.«

Emiron schwieg. Er verstand nicht, was sein Meister ihm sagen wollte. Konnte es sein, dass er seine Gedanken erraten hatte? Schon oft hatte er den Verdacht gehegt, dass Amil genau wusste, was in seinem Kopf vorging. Doch Amils Augen glühten nicht im magischen Grün, wie sie es getan hätten, wenn er seine Magie in diesem Moment eingesetzt hätte. Trotzdem spürte er, dass er mehr wusste, als er preisgab.

»Ihr wisst, dass ich mich schuldig fühle, nicht wahr? Ich hätte Safiana vor der schwarzen Klinge schützen müssen. Stattdessen sah ich zu, wie sie davon getroffen wurde, und ließ es geschehen, dass sich die schwarze Magie in ihr ausbreitete.«

Amil sah ihn mit durchdringendem Blick an. Dennoch meinte Emiron, eine Spur von Mitleid in seinem Gesicht zu lesen. »Was geschehen ist, war nicht deine Schuld. Ich bin mir sicher, dass es Mittel geben wird, ihr zu helfen. In Glorina mag es Elfen geben, die die Magie noch besser anwenden können als Gilios. Die Stadt der Elfen ist älter als alle anderen Städte sämtlicher Königreiche, selbst älter als Duhn. Dort bewahren die Elfen ein Wissen, das anderswo längst verloren ist.«

Emiron schwieg. Er wusste, dass Amil ihn damit aufzumuntern versuchte, doch er wollte es nicht hören. Schließlich sagte er: »Ich gebe mir keine Schuld an den Dingen, die geschehen sind. Mein einziger Wunsch ist es, dafür zu sorgen, dass so etwas nie wieder geschehen kann. Nie wieder! Ich hoffe, dass wir jeden dieser verfluchten Dunkelelfen treffen und vernichten werden.« Aber er wusste, dass er Amil mit seinen Worten nicht täuschen konnte.

Amil lächelte jedoch nur aufmunternd. Sein Blick sagte mehr, als Worte in diesem Moment hätten ausdrücken können. Er verstand ihn und wusste sehr wohl, was in ihm vorging.

Als Emiron entschied, sich der Nacht hinzugeben, um etwas Ruhe zu finden, und die Augen schloss, sah er erneut Safianas glückliches Gesicht vor sich. Ihr Lächeln sah so lebendig aus, so wirklich, als wäre sie direkt neben ihm im Zelt. Fast konnte er ihre Wärme spüren, ihren Arm fühlen, den sie sanft um seinen Körper legte. Es dauerte nicht lange, und er fiel in einen schweren, traumlosen Schlaf.

Der neue Tag brachte dunkle Wolken mit sich, die nach Norden über sie hinwegzogen und bald den ganzen Himmel bedeckten, sodass kein Fetzen Blau oder gar Sonnenlicht mehr zu sehen war. Als Emiron durch das Lager ging, hörte er, dass viele der Männer besorgt über das Wetter sprachen. Sie deuteten den raschen Wetterumschwung als schlechtes Omen für die kommende Schlacht. Viele Gerüchte machten im Lager die Runde, Geschichten über Orkscharen und Trolle, die sich unter den Wolken um sie sammeln würden. Einmal hörte er einen Soldaten sagen: »Es sind die Toten, die unter dem schwarzen Himmel wandeln. Ich habe sie selbst in Enhor gesehen, vom Schiff aus. Die leblosen Körper gingen auf den Mauern umher. Wartet nur ab, ihr werdet sehen.«

»Ach, das ist doch Unsinn, Borg«, erwiderte einer seiner Begleiter und lachte. »Ich glaube nicht an derlei Dinge. Wenn da nicht die Orks dahinterstecken, will ich ein Troll sein.«

»Du glaubst mir nicht? Was meinst du, warum ich hier bin? Ich habe Frau und Kinder in Valinar zurückgelassen, um für sie zu kämpfen, damit meiner Familie nicht dergleichen widerfährt. Hast du Familie?«

»Ja, zwei Mädchen hab ich, und ein weiteres ist unterwegs. Hab Frau und Kind bei meiner Mutter untergebracht, so lange ich fort bin. Wir werden da unten im Süden kräftig aufräumen, und damit hat sich's dann.«

Emiron schaute nachdenklich zu den Wolken auf. Es waren die gleichen Wolken, die er von Tesnan aus schon einmal gesehen hatte. Bereits dort hatte er gespürt, dass es keine normalen Wetterwolken waren. Mit ihrem Auftauchen verschwand nicht nur der warme Sonnenschein des Sommers, es schien vielmehr, als wäre noch etwas anderes, etwas Bedrohliches, mit ihnen nach Norden gekommen.

Auf dem Weg zum Frühstück sah er Galdrion auf einem kleinen Fass sitzen. Der Elf hatte die Augen geschlossen, und eine spürbare Kraft umgab ihn. Er schien etwas zu murmeln, was Emiron aus der Entfernung nicht hören konnte. Hielt der Elf nach dem Amulett Ausschau? Versuchte er, es zu spüren? Elfische Magie war hier am Werk, daran bestand kein Zweifel. Schon oft hatte er andere Elfen in Lothinar dabei beobachtet, wie sie mithilfe von Zauber versuchten, Pflanzen zu neuen Kräften zu verhelfen oder Wunden zu heilen. Die Magie der Elfen war nicht mit derjenigen der Nomendi oder der ausgestorbenen Magier aus Duhn zu vergleichen. Sie hatte ihre ganz eigene Natur, die nur ein Elf verstehen konnte.

»Galdrion«, sagte er, und der Elf schaute verwirrt auf, als er seinen Zauber abbrach. Wieder meinte er, dass seine Augen glühten, und für den Bruchteil einer Sekunde stellten sich ihm die Nackenhaare auf. Im nächsten Moment war das Gefühl verflogen. So ein Unsinn, es waren dieselben milchig blauen Augen, mit denen der Elf ihn immer ansah.

»Emiron, mein Freund, seid Ihr bereit, weiterzuziehen? Hoffen wir, dass es keinen Regen gibt. Das wäre ein schlechtes Zeichen für den bevorstehenden Kampf.«

»Diese Wolken sind, glaube ich, auch kein gutes Zeichen. Es sind bestimmt keine normalen Wetterwolken. Ich glaube kaum, dass sie Regen bringen.«

»Wie kommt Ihr darauf?«

»Ich sah sie schon von Tesnan aus. Sie kommen in stetiger Geschwindigkeit von Süden. Mehr weiß ich darüber nicht. Ich habe nur das Gefühl, dass etwas mit ihnen nicht stimmt.«

»Dann versucht, Eure Gefühle zu ergründen. Vielleicht habt Ihr recht, und diese Wolken sind tatsächlich ein wichtiges Zeichen für uns.« Galdrion hielt kurz inne und fügte leise hinzu: »Ich spüre leider noch nichts von dem, was wir beide suchen, doch ich tue weiter mein Bestes. Ich bin fest davon überzeugt, dass das Erscheinen der dunklen Albe kein Zufall ist. Vielleicht haben wir Glück, und es ist in ihrem Besitz oder sie sind ebenfalls auf der Suche danach.«

Emiron nickte höflich und setzte seinen Weg zum Frühstück fort. Doch die Begegnung beschäftigte ihn. Hatte der Elf wirklich mithilfe seiner Magie nach dem Amulett gesucht? Hier, mitten im Lager? Das konnte doch nicht sein. Aber was war es dann und warum hatte es ihn kurz in Alarmbereitschaft versetzt? Ob es an der düsteren Stimmung lag, die gerade alles einhüllte? Sicher wusste Galdrion, was er tat, und hatte seine Gründe, wenn er ihm nicht alles mitteilen wollte. Er wischte die Gedanken beiseite und bediente sich am Frühstück.

Als er etwas gegessen und getrunken hatte, nahm er einen anderen Weg zurück zu seinem Zelt. Viele Männer verstauten bereits ihr Nachtlager und bereiteten sich auf den weiteren Marsch vor. Es dauerte nicht lange, bis er Amil entdeckte. Auch er packte. Der Pavillon des Kaisers war nicht mehr zu sehen. Die Männer aus Tirions Leibgarde sattelten ihre Pferde.

Emiron schwang sich in den Sattel. Er war froh, dass seine Rüstung nicht aus normalem Erz geschmiedet war, sondern aus einem seltenen Metall, das sie fast so leicht wie eine Feder machte. Die Rüstungen der Nomendi schmiedeten Elfen und Zwerge gemeinsam als ein Produkt vollkommener Hingabe zweier Völker, die in ihrer Geschichte mehr einen Zwist auszutragen hatten. Sie verwendeten spezielle Erze, die selten und schwer zu finden waren. Welche Materialien genau benutzt wurden, war ein gut gehütetes Geheimnis der wenigen Schmiedemeister, die die Kunst der Herstellung von Nomendirüstung noch beherrschten.

Sie galt als der beste Panzer der Welt. Nicht nur die Materialien machten sie so unvergleichlich, sondern auch die Magie, die mit jedem der Schmiedehammerschläge in sie eingedrungen war, sodass kein übliches Schwert sie spalten, keine Lanze sie durchbohren konnte. Das Privileg der Nomendi, diese Rüstungen tragen zu dürfen, war ein Geschenk der Völker als Gegenleistung für den Schutz, den die Nomendi ihnen gelobt hatten.

Emiron sah keine anderen Nomendi, aber er vermutete, dass sich welche im Zug weiter hinten aufhielten. Nomendi waren bekannt dafür, aus allem ein großes Geheimnis zu machen. Dass man keine sah, hieß nicht, dass keine da waren.

Tirion hatte Boten zum Treffpunkt am Garro entsandt, um die dortige Zusammenkunft der Soldaten aus Foston und Fedalia vorzubereiten. Ansonsten vergingen die Tage in eintönigem Trott. Der Himmel blieb hinter dunklen Wolken verborgen. Regen gab es jedoch nicht. Die Soldaten im Lager erfanden die abenteuerlichsten Geschichten, und viele von ihnen freuten sich bereits auf den bevorstehenden Kampf und gaben damit an, möglichst viele Orks oder andere Ungeheuer töten zu wollen.

Emiron wusste es besser. Zwar hatte er noch in keinem großen Krieg gekämpft, jedoch bereits viele Orks töten müssen, und er wusste, dass es kein sauberes oder einfaches Geschäft war. Dieses Mal würden sie außerdem nicht nur auf Orks treffen, sondern gegen Wesen kämpfen, die keiner von ihnen einschätzen konnte. Dunkelelfen waren keine Orks, keine Trolle oder Wölfe. Und auch wenn er für die aufkommenden Geschichten darüber, dass in Enhor nur noch lebende Tote umgingen, nicht viel übrig hatte, so konnte es dennoch sein, dass sie auf welche treffen würden. Immerhin war Eldrit einer von ihnen gewesen, ein Körper, dessen Fleisch bereits vermoderte, wenngleich er sich bewegte.

Sie erreichten den großen Wachturm, als der Abend nicht mehr fern war, jedenfalls vermutete Emiron das, obwohl seit ihrem Aufbruch weder die Sonne noch der Mond oder die Sterne zu sehen gewesen waren. Dafür wurde die Wolkendecke immer dichter und schwerer. Schon drückte sie einem aufs Gemüt wie ein aufkommender, lange nötiger Regenschauer, der die Sommersonne vertrieb.

Am Garro war bereits ein kleines Lager errichtet worden. Er schätzte, dass sich dort um die fünfhundert bis siebenhundert Mann aufhalten mussten. Pferde waren kaum zu sehen. Hauptsächlich waren Fußsoldaten dem Ruf, sich ihrem Heer anzuschließen, gefolgt. In einem zweiten Lager in der Nähe einer Baumreihe sah Emiron einige wenige Zelte von Elfen stehen. Es mussten Elfenzelte sein, denn sie waren aus grünem Stoff gewebt, den sie aus Blättern anfertigten. Goldene Sterne waren kunstvoll in das Material eingenäht worden. Es waren wirklich nicht viele. Er schätze ihre Zahl auf etwa fünfzig, sodass sie etwa einhundert Elfen beherbergen mochten. Wahrscheinlich kamen die meisten nicht direkt aus den großen Städten Glorina oder Lothinar, da diese weit entfernt vom Garro lagen, zu weit, um in dieser kurzen Zeit in großer Zahl zu ihnen zu stoßen. Es mussten Waldelfen aus den Wäldern Fedalias sein.

»Damit wächst unsere Streitmacht auf knapp viertausend Mann«, sagte Amil, als der Kaiser mit einigen Vertrauten aus der Reihe ausbrach und dem Lager entgegenritt. »Ich bin mir nach wie vor nicht sicher, was hierbei herauskommen mag. Mein Gefühl sagt mir deutlich, dass wir nicht das Richtige tun.«

Emiron sah zu, als der Kaiser auf eine kleine Gruppe von Menschen und Elfen traf, die unter zwei Bannern neben dem Turm auf ihn warteten. Er erkannte die Symbole der Fahnen aus der Ferne. Die goldene Gerste, die sich auf blauem Grund mit einer Sichel kreuzte, war das Symbol des Bauernreichs Foston, der silberne Baum auf grünem Grund hingegen das des Elfenreichs Fedalia und der Stadt Glorina.

»Ich glaube, dass wir es mit diesem Heer schaffen werden, die Dunkelelfen aus dem Süden zu vertreiben«, sagte Emiron, ohne den Blick abzuwenden. »Immerhin werden wir uns bei Tesnan mit deren Truppen und denen von Dahn verbünden. Kein Ork oder Dunkelelf kann uns dann noch etwas anhaben.«

»Du vergisst, was in Enhor geschehen ist«, erwiderte Amil. »Bedenke, was der Fürst uns sagte, als wir ihn vor der Seuche warnen wollten. Erinnerst du dich nicht mehr an den Schatten, der über dem Fürsten zu spüren war? Wir sind vielleicht dabei, denselben Fehler wie er zu begehen. Und mehr noch – was geschieht, wenn sich die Krankheit, dieser magische Bann des Todes, über unser Heer ausbreitet? Wissen wir denn, ob die Dunkelelfen sich überhaupt blicken lassen? Vielleicht reiten wir gegen Orks und Trolle, aber niemand kann behaupten zu wissen, dass diese Schattenkreaturen sich uns zeigen werden.«

»Wie soll ein magischer Bann ein ganzes Heer anstecken? Und wozu sollten die Dunklen diesen freisetzen, wenn nicht als Provokation gegenüber allen freien Völkern?«

Emiron hatte nicht mehr über die Seuche nachgedacht, seit er mit Galdrion über das Amulett gesprochen hatte, aber der Gedanke war seiner Ansicht nach Unsinn. Ein magischer Bann brauchte immer Zeit, um zu wirken, und sollte er andere anstecken können, so brauchte auch das seine Zeit und würde nicht unbemerkt bleiben. Schließlich verwandelte man sich nicht von jetzt auf gleich in eine untote Kreatur. Er zweifelte kein bisschen daran, dass sie auf Dunkelelfen stoßen würden, und das Heer konnte sie mit Sicherheit vernichten. Die Seuche würde mit den dunklen Kreaturen von der Erde getilgt.

»Bedenke, was im Rat gesagt wurde, Emiron. Lass dich nicht blenden durch deine Wünsche oder deine Gefühle. Wenn die Seuche ein magischer Bann ist, dann sind wir alle in großer Gefahr. Niemand weiß dieser alten Magie mehr richtig zu begegnen. Wir hätten uns mit den älteren Elfen aus Glorina beraten sollen, statt kopflos zu einer Schlacht aufzubrechen, ohne im Mindesten zu wissen, was uns erwartet.«

»Aber der Hohe Rat war sich doch sicher? Galdrion und die anderen Elfen? Der Kaiser? Irren sie sich alle? Warum ziehen wir dann weiter?«

Amil seufzte schwer. »Ich bin selbst ratlos und traue meinen eigenen Gedanken nicht. Eben deshalb hatte ich auf das Wissen der alten Elfen gehofft. Vielleicht habe ich Unrecht, aber da ist so ein Gefühl, das mich zu warnen scheint.«

Emiron wusste von früher, dass man auf Amils Gefühle vertrauen konnte, doch wollte er nichts davon wissen. Er wollte kämpfen, Rache nehmen, die Hoffnung auf Safianas Rettung nicht aufgeben.

Der Kaiser kehrte zurück, und kurz darauf machte sich das Heer daran, ein Lager aufzuschlagen.

Schwarze Wolken zogen schleichend über das marschierende Heer hinweg. Emiron fror und zog sich den Umhang fester um den Körper. Die Kälte schien sich in das Metall seiner Rüstung gegraben zu haben. Je weiter sie nach Süden ritten, desto unangenehmer wurde die Luft. Kalte Windböen klatschten ihm ins Gesicht und ließen ihn zusätzlich frösteln. Jetzt waren schon fast neun Tage seit ihrem Aufbruch vergangen. Miram, die kleine Stadt der Gasthäuser, wo sie auf dem Weg nach Valinar eine Nacht verbracht hatten, lag bereits weit hinter ihnen. Die Stadt war noch immer voller Menschen, die nach Norden wollten. *Nur immer weg vom Süden* hieß es dort. Man floh vor der Seuche – vor dem Tod, der sich die Dörfer und Bauernhöfe einverleibte. Botschafter aus Tesnan hatten dem Kaiser vor einigen Stunden berichtet, dass ihre Stadt seit zwei Tagen von vielen Orks aus den südlichen Bergen belagert wurde und die Zwerge aus Dahn noch immer nicht zur Unterstützung gekommen waren. Daraufhin hatte der Kaiser Befehl gegeben, noch schneller zu marschieren, um den Menschen in Tesnan so bald wie möglich beizustehen und die Stadt zu befreien.

Emiron setzte seit einigen Tagen seine Magie gezielt ein, um versteckte Gefahren in der Umgebung aufzuspüren. Seit die Wolken sich noch dichter zusammenballten, wurde er das Gefühl nicht los, von jemandem oder etwas beobachtet zu werden. Doch so sehr er sich auch bemühte, er konnte keine Bedrohung in seinem Umfeld feststellen. Wie wäre das auch möglich gewesen? Er hielt sich bei Amil und inmitten einer Heerschar des Kaisers auf. Wie sollte ihm da Gefahr drohen?

Doch war das Gefühl real. Das Amulett, das er zusammen mit Galdrion zu finden hoffte, blieb natürlich auch weiterhin verschollen, doch Emiron beobachtete den Elfen manchmal dabei, wie er tief in Gedanken versunken war und etwas vor sich hin murmelte. Er war davon überzeugt, dass Galdrion alles versuchte, um ihm zu helfen, doch hatte er etwas an sich, das ihn erschauern ließ.

Tesnan war nicht mehr weit. In einiger Entfernung sah er die drei großen Berge, die immer näher zu kommen schienen. Seit gestern Abend waren sie deutlich am Horizont zu sehen. Wie drei einsame Wächter stachen sie selbst in der Düsternis des zugezogenen Himmels aus der flachen Umgebung heraus, so unbeweglich und beständig, wie man sie seit jeher kannte. Früher hatte er bei ihrem Anblick Freude empfunden, weil es für ihn bedeutete, Safiana bald zu begegnen. Jetzt jedoch fühlte er nur eine gähnende Leere in sich aufsteigen, die gefüllt werden wollte. Er ballte die Hände zu Fäusten bei dem Gedanken, sein Schwert gegen jene Kreaturen zu führen, die seiner Liebe solch ein Leid zugefügt hatten.

Als später eine große schwarze Rauchsäule zwischen den Bergen in den dunklen Himmel stieg, wusste er, dass bei der Königsstadt ein heftiger Kampf tobte. Schon konnte er die Soldaten rufen hören. Aufregung und gespannte Erwartung verbreiteten sich schnell in der ganzen Heerschar.

»Seht Ihr den Rauch, Meister?«

»Allerdings. Ich hoffe, wir kommen noch rechtzeitig. Es sieht nicht gut aus.«

Der Rauch stieg direkt von der Stadt empor, beleuchtet von hellem Feuerschein.

Die Vorhut des Kaisers kam ihnen entgegen. »Ein Teil der Stadt steht in Flammen!«, rief einer von ihnen, ehe Tirion noch etwas sagen konnte. »Große Mengen Orks und auch einige Trolle stehen vor den Mauern. Sie benutzen Kriegsmaschinen, um in die Stadt einzudringen.«

»Sind die Zwerge aus Dahn schon eingetroffen?«, fragte der Kaiser, der trotz der schlechten Nachricht Ruhe ausstrahlte.

»Wir konnten keinen Zwerg sehen. Die Menschen in der Stadt verteidigen sich von innen heraus. Das Hauptor steht kurz vor dem Fall. Wir müssen uns beeilen, ehe es den dunklen Kreaturen gelingt, in die Stadt einzudringen.«

Tirion nickte und gab Befehl, sich kampfbereit zu machen. Emiron sah zu, wie die Fußsoldaten sich formierten und die Reiter sich in Gruppen an den Flanken sammelten. Nicht weit vor ihnen konnte er sie sehen – viele Orks, die darum kämpften, in die Stadt zwischen den Bergen einzudringen. Katapulte und Belagerungstürme standen in ihrer Mitte. Noch nie hatte er gesehen, dass Orks solche Kriegsgeräte zu nutzen verstanden. Er kannte diese Kreaturen nur als dahergelaufene Kerle, die nicht anders als mit ihren bloßen Körperkräften töteten. Dass hier Kriegsgeräte zum Einsatz gebracht wurden, kam ihm mehr als seltsam vor. Woher hatten die Orks das Wissen und die Geduld, Geräte zu bauen und zu bedienen?

»Bald werden sie uns bemerken«, sagte Amil. »Wir müssen dafür sorgen, dass ihre Maschinen schnellstens unbrauchbar werden, damit sie nicht die Stadt einnehmen.«

»Dort sind mehr Orks versammelt, als ich je im Leben zu Gesicht bekommen habe.«

Er hatte nie mehr als etwa fünfzig Orks auf einmal gesehen. Er war einmal mit Amil in den westlichen Bergen am

Rande des alten Waldes unterwegs gewesen, wo sie mithilfe einiger Bauern eine Gruppe Orks vertreiben mussten, die die nahen Bauernhöfe bedrohten. Es war nicht besonders schwer gewesen, die Scheusale abzuwehren. Damals war er sechzehn Jahre alt und begierig, seine Magie im Kampf einzusetzen. Er hatte sicher sechs von ihnen getötet. Orks waren grausame, eklige Wesen, aber bei Weitem nicht die schlausten, wenn es darum ging, Kampftaktiken einzusetzen.

Sie erreichten die Ebene der drei Berge. Rote Flammen loderten aus dem ersten Verteidigungsring der Stadt. Schwarzer Rauch stieg bedrohlich zum Himmel empor. Mindestens zweitausend Orks belagerten die Stadtmauer. Auch einige Trolle waren dabei. Sie ragten wie plumpe, übergroße Menschen, aus der Masse heraus, nur dass ihr Kopf zu klein für den massigen Körper schien. Sie trugen die verschiedensten Gegenstände als Waffe in den Händen: Holzlatten, Äxte und lange Hämmer. Emiron schluckte schwer bei dem Anblick so vieler Orks und Trolle auf einem Fleck.

Trompeten hallten plötzlich durch die Luft, als der Kaiser den Befehl zum Angriff gab.

»Komm mit, wir bleiben erst einmal in der Nähe des Kaisers«, sagte Amil laut, als die Soldaten sich in breiten Reihen zusammenstellten und wie ein Mann nach vorn auf die Ebene vor der Stadt rannten. Die Banner von Foston, Fedalia und auch das des Kaisers – die Farben Gold, Blau und Rot – wehten im aufkommenden Südwind.

»Ich kann keinen Dunkelelfen erkennen«, sagte Emiron und verstärkte seine Sicht durch den Einsatz von Magie. Damit hätte er eine Maus auf hundert Meter erkennen können, doch es half nichts. Es blieb bei den Trollen und Orks, die mit großen Steinen, Schwertern, Äxten oder Pfeilen gegen die Stadt vorgingen. Katapulte schossen brennende Gegenstände über die Mauern.

»Wir werden sehen«, rief Amil im Kampflärm und lenkte sein Pferd nach links, um sich in der Nähe des Kaisers zu halten. Emiron folgte ihm, so schnell er konnte. Indem er seine Konzentration wahrte, sah er die Bewegungen der Soldaten langsamer und detailreicher, sah und fühlte, wie ihre Schritte den Boden unter ihm zum Beben brachten. Von Tesnan aus waren ebenfalls laute Trompetensignale zu hören. Die Menschen in der Stadt begrüßten das Heer des Kaisers. Man hatte es sehnlichst erwartet.

Kaum waren die Signale aus der Stadt verstummt, erkannten die Orks, dass ein Angriff von hinten kam, versuchten, sich in geordneten Reihen aufzustellen, scheiterten jedoch bereits bei dem Versuch, eine gerade Linie zu bilden. Planlos gafften sie, fuchtelten mit ihren Waffen in der Luft herum und brüllten ihre Angreifer an.

VIII

Als er die Formation der kaiserlichen Leibgarde unbemerkt verließ, ertönten die ersten Signale aus der Königsstadt Tesnan laut im kalten Südwind. Alles lief wie geplant. Die von ihm herbeorderten Orks griffen bereits an, und Tirions Heer erreichte den Kampfplatz scheinbar noch rechtzeitig, um die Stadt der Menschen zwischen den drei Bergen vor größerem Unheil zu bewahren.

Die Soldaten grüßten höflich, als er an ihnen vorbeiritt. Einige neigten sogar ehrerbietig den Kopf. Es war schon erstaunlich, wie dumm diese Menschen waren. Eigentlich hatte er immer Trolle und Orks für die dümmsten Wesen gehalten, doch Menschen schienen kaum intelligenter als sie zu sein. Vor den Elfen jedoch hatte er nach wie vor Respekt. Es hatte ihn spürbar angestrengt, seine Tarnung während der letzten Tage aufrechtzuerhalten, aber es war ihm gelungen, nicht zuletzt, da er ein Meister der alten Magie war. Der Elf, der mehr von dieser Materie verstand als er, müsste erst noch geboren werden.

Er plante, am rechten Ende der Reiterformation zum Schein mit in den Kampf zu reiten. Sollten die Menschen nur ihrem Schicksal mit erhobenem Haupt entgegenziehen. Keiner von ihnen würde den kommenden Tag erleben – jedenfalls nicht so, wie sie es sich vorstellten.

Er passierte eine kleine Gruppe Bogenschützen aus dem Elfenreich Fedalia. Ihre grünen Umhänge wehten im aufkommenden Wind, und ihre Mienen waren ernst und undurchdringlich. Keiner lächelte oder machte sich einen Spaß aus der bevorstehenden Situation. Natürlich nicht. Bestimmt hatte jeder von ihnen bereits mehr Schlachten geschlagen, als alle Menschen um sie herum zusammen. In ihrer Nähe spürte er die Schwingungen der Magie, die von ihnen ausgingen. Er schloss die Augen und sprach leise einen Gegenzauber, bevor einem von ihnen etwas an ihm auffallen konnte. Entdeckte man ihn jetzt und hier, wäre alles umsonst gewesen.

Er ließ die Reihen der Bogenschützen rasch hinter sich und reihte sich in den Trupp der rechten Formation ein, wo man gebannt auf die vielen Orks schaute und das Signal zum Angriff abwartete. Er schaute auf. Sein Blick suchte nicht die in Flammen stehende Stadt Tesnan. Seine Augen waren auf einen anderen Punkt im Süden gerichtet. Dort, versteckt hinter einer kleinen Anhöhe, standen die dunklen Truppen bereit – jene Truppen, die diese Schlacht entscheiden würden. Dort wartete der reinste aller Schatten – sein Volk.

Er unterdrückte das Glimmen, das ihm in die Augen steigen wollte, konnte sich jedoch ein wissendes Lächeln nicht verkneifen, als er sich ausmalte, wie alles sich verändern würde, endlich, nach der langen Zeit der Verbannung aus der Welt und dem schier endlosen Verbleib in der Finsternis. Endlich war er hier, bereit, Vergeltung an jenen zu suchen, die verantwortlich für all das Leid waren, das sein Volk erdulden musste. Für all jene hier gab es kein Entkommen mehr. Ihre Zeit war vorbei. Die Zeit aller freien Völker ging heute zu Ende, und eine neue, bessere Zeit würde anbrechen.

Emiron suchte Amils Blick, als die Orks erwartungsvoll mit den Füßen auf den Boden zu stampfen begannen. Die Erde schien zu beben. Die Truppen des Kaisers warteten regungslos in Formation auf das Signal ihres Befehlshabers. Eine greifbare Spannung lag in der Luft. Er spürte die Energie förmlich prickeln. Seine Magie pulsierte bereits in voller, erregender

Erwartung. Er spürte seine Augen in einem hellen Grün glimmen, als er mit der Hand den kalten Griff seines Schwertes suchte. Das Metall fühlte sich glatt an. Es versprach ihm Sicherheit in der Schlacht und Rache für Safianas Leid. Er würde mit der Klinge in jeden Leib schneiden, der sich seiner Rache in den Weg stellte, und mochten es nur Orks sein. Es war ihm egal. Sein durch die Magie geschärfter Blick musterte die Umgebung der Königsstadt. Er sah die Kriegsmaschinen, die – durch seinen Blick verlangsamt – Steine in die Stadt warfen. Die Gesichter der Orks, für ihn deutlich zu erkennen, sahen aus wie verzerrte Fratzen. Mit ihrer grünlichen Haut und den kleinen Stoßzähnen machten sie mehr den Eindruck eines niederen Tieres als einer menschenähnlichen Kreatur. Viele von ihnen trugen nur abgewetztes und zerlumptes Leder an sich. Nur selten sah er ein löchriges altes Kettenhemd oder eine ernst zu nehmende Waffe in einer der dicken Pranken. Er lächelte und ließ den Griff seiner Waffe los, um beide Hände an den Zügeln seines Pferdes zu halten. Amil würde ihn nicht davon abhalten, so viele wie nur möglich zu töten. Heute war der Tag, an dem er endlich kein Lehrling mehr war. Dies hier war die Geburt von Emiron, dem Nomendi. Und mochte er auch keine Dunkelelfen oder elfenähnliche Wesen unter den Orks sehen, so wusste er dennoch, dass hier mit ihnen zu rechnen war. Es war vielleicht nur ein trügerisches Gefühl, doch auch Amil hatte oft genug unter Beweis gestellt, dass ein Gefühl mehr sein konnte als eine bloße Gemütsbewegung.

Mit erhobenem Schwert ritt der Kaiser nun an den Schlachtreihen seiner Truppen entlang. Obwohl kaum Tageslicht durch die schweren Wolken fiel, glänzte seine Rüstung golden. Fast sah er aus wie ein glühender Gott, der voller Eifer und Selbstüberzeugung seiner Bestimmung entgegenritt.

»Dies kann die Stunde sein, in der sich das Schicksal des Südens entscheidet«, sagte er laut zu seinen Truppen. »Was auch immer hier geschehen wird – lasst nicht zu, dass die Dunkelheit über euch kommt. Heute sind wir hier, um unseren Brüdern und Schwestern in Tesnan und in ganz Tralessa beizustehen. Heute sind wir hier, um zu siegen!«

Kaum waren seine letzten Worte ausgesprochen, als lauter Jubel einsetzte. Trompeten bliesen zum Angriff, und die Truppen marschierten nach vorn. Die Schlacht hatte begonnen.

Emiron versuchte, Galdrion zu entdecken, während er mit Amil und anderen Reitern nach vorn stieß, doch der Elf war nirgendwo zu sehen.

»Egal was passiert, bleib in meiner Nähe!«, rief Amil ihm zu und zog sein Schwert, das grell im trüben Tageslicht leuchtete.

Auch er griff nach seiner Waffe. Ein Kribbeln durchfuhr seinen Arm, als er das Schwert langsam hervorzog. Er lenkte seine Gedanken auf die Hoffnung und den Glauben an einen schnellen Sieg – darauf, dass er finden würde, was er begehrte. Sofort spürte er, wie die Magie seinen Arm und seinen ganzen Körper durchströmte. Er hatte es geschafft, sie zu fokussieren. Seine Klinge glühte genauso grell wie seine Augen.

Er sah seinen Meister neben sich, mit dem Schwert in der Hand über den Hals seines Pferdes nach vorn gebeugt. Jeden Moment würden sie auf die Reihen der Orks treffen. Er öffnete den Mund zu einem Schrei, der alle Gefühle, die er in den letzten Tagen hatte ertragen müssen, enthielt: Wut auf den nächtlichen Angriff des untoten Kriegers, Hoffnung auf

Safianas Rettung und vor allem Hass auf die dunklen Kreaturen, an denen er hoffentlich sich heute noch rächen konnte, Hass auf die Orks, die er töten würde, aber vor allem Hass auf sich selbst, weil er versagt hatte, obwohl es seine Pflicht gewesen wäre, Safiana zu beschützen. Der Schmerz schürte seinen Hass noch.

Ein lautes Krachen übertönte seinen Schrei, als Metall auf Metall stieß. Sie erreichten die Reihen der Orks. Er hieb sofort auf jede Kreatur ein, die er vom Pferd aus erreichen konnte, und sah, dass Amil es ihm gleichtat. Schon hatten sie zusammen an die zwölf Orks getötet, als deren Reihen langsam vor ihnen zurückwichen. Offenbar erkannten sie die Gefahr, die von ihnen ausging. Er sah rechts und links, wie die kaiserlichen Truppen mit ihren Schwertern und Speeren vielen Orks den schnellen Tod brachten.

»Trolle!«

Emiron blickte auf, als er den Ruf neben sich hörte. Mehrere hässliche Wesen mit dicker, lederner Haut rannten in einer merkwürdigen Gangart auf sie zu. In ihren klobigen Händen hielten sie große Keulen, Äxte oder Holzlatten. Die Orks machen Platz oder duckten sich weg, als die riesigen Kerle nach vorn stießen und ihre Waffen todbringend schwangen. Einige Soldaten wurden getroffen und stürzten gleich tot zu Boden. Ihre Schwerter und Speere prallten an der dicken, grauen Haut der Ungetüme ab, ohne einen sichtbaren Schaden anzurichten.

»Los jetzt!«, schrie Amil ihm zu und ritt in ihre Richtung davon.

Emiron folgte ihm, und zusammen stießen sie mit aller Macht zu. Ihre Schwerter fuhren durch die dicke Trollhaut wie durch weiche Butter, als sie ihre Tiere um die klobigen

Kreaturen herum lenkten. Schon lagen drei Trolle leblos am Boden, während die Orks um sie her ihren Angriff mit allem Eifer fortsetzten. Emiron stieß zu, wo er nur konnte. Sein Schwert durchfuhr Kettenhemden und dickes Leder und färbte die Erde rot. Ork für Ork fiel mit einem hässlichen Laut zu Boden. Seine Sinne waren jetzt schärfer denn je. Er hatte das Gefühl, über allem zu stehen. Nichts konnte ihm Schaden zufügen. Mit jedem Ork, der durch ihn fiel, wuchs sein Hass, fuhr in seinen Arm, seine Hand, sein Schwert. Ein lautes Wiehern war zu hören, als Artax sich unter ihm aufbäumte und ihn abwarf. Ein langer, dunkler Speer ragte aus dem Körper des Tieres.

Emiron fluchte. Er hatte den Speer nicht kommen sehen. Artax röchelte. In aller Schnelle sprach er die Abschiedsformel der Elfen und fuhr seinem treuen Begleiter mit der Hand über den schweißnassen Hals, bevor er das Pferd mit seiner Klinge erlöste, die er gleich darauf in den nächsten Ork rammen musste.

Amil ließ weiterhin Schwertstöße auf die Orks niedersausen. Emiron unterstützte ihn zu Fuß, und immer weiter trieben sie sie vor sich her. Der Schall lauter Trompeten ertönte. Soldaten kamen jetzt aus Tesnan heraus und liefen von dort auf die Orks zu. Mit einem Angriff von zwei Seiten kamen die Orks nicht zurecht. Immer mehr von ihnen fielen tödlich getroffen zu Boden oder rannten fluchend davon. Schon fingen die Kriegsmeister der Orks an, ihresgleichen selbst in den Tod zu schicken, weil immer mehr sich weigerten, weiterzukämpfen.

Er war der kaiserlichen Reiterei auf das Schlachtfeld gefolgt, die dort Ork für Ork niedermachte. Er selbst zog sein Schwert nicht, sondern schaute nur in aller Ruhe zu, wie andere dafür sorgten, dass die Zahl ihrer Gegner stetig abnahm. Ab und zu fiel einer der Reiter, von einem Pfeil oder einer anderen Waffe getroffen, leblos zu Boden. Er kümmerte sich nicht darum. Er hatte nichts als Verachtung für die Menschen übrig. Etwas weiter entfernt sah er einige Elfen, die in fließenden Bewegungen ihre Gegner der Reihe nach zu Boden warfen.

Verstohlen zog er an seinem schwarzen Umhang, sodass seine Rüstung vollkommen verborgen war. Anschließend verdeckte er mit der weiten Kapuze seinen Kopf und war so für niemanden mehr zu erkennen, gleich ob Freund oder Feind. Nun war er nicht mehr als eine Schachfigur auf einem Feld, eine Figur, die nicht nach den üblichen Regeln spielte, sondern ihre eigenen machte. Er trieb sein Pferd an, verließ die Kampfformation der kaiserlichen Reiterei und ritt am Rand des Schlachtfeldes entlang.

Endlich war es so weit. Seine Zeit – die neue Zeit – war gekommen. Jetzt ließ er es zu, dass seine Augen in einem hellen Rot glühten. Als er einigen Orks begegnete, die ihn erst angreifen wollten, dann aber innehielten, wusste er, dass sie ihn an seinen Augen erkannten. Sie begriffen, dass dieser Reiter ihnen nicht feindlich gesinnt war. Ihm war bewusst, dass er einem Soldaten aus der kaiserlichen Armee auffallen musste – ein einzelner Reiter am Rand des Schlachtfeldes, der unbehelligt an den Orks vorbeiritt. Es kümmerte ihn nicht.

Als er endlich die kleine Anhöhe hinter dem eigentlichen Schlachtfeld erreichte, drang der Lärm der Schlacht noch deutlich herüber, doch war es für ihn fast so, als sei er in ein anderes Reich getreten, in eine andere, bessere Zeit.

Dort, vor den Blicken der kaiserlichen Truppen verborgen, standen sie. An die fünfhundert schwarz gekleidete Gestalten warteten auf seinen Befehl. Ihre Umhänge verbargen schwarze Rüstungen, so schwarz, als hätte die Finsternis selbst sie geschmiedet. Alle hatten sie lange, spitze Ohren, und ihre Augen glühten in einem Rot, das so magisch und kräftig war, dass es selbst aus weiter Entfernung zu erkennen wäre.

Hinter ihnen standen ordentlich zu Linien aufgereiht jene Menschen, die einst im Süden gelebt hatten und nun nichts anderes mehr waren als Diener der neuen Welt. Ihre leeren Augen starrten ausdruckslos in die Ferne. In ihren leblosen Händen hielten sie Schwerter, Äxte, Hämmer, Keulen und Bögen. Einige von ihnen waren einst Soldaten der Stadt Enhor gewesen. Ihre Kettenhemden hingen in Fetzen an ihnen herab.

Er lächelte bei dem Anblick. Es waren nicht alle aus seinem Volk gekommen, doch ihre Anzahl und die der Krieger reichte aus, um das Heer Tirions deutlich zu schwächen und vielleicht ganz zu zerstören. Hätte der Kaiser nur etwas länger gewartet und seine Truppen auf die volle Stärke aufgestockt, dann wäre sein Plan sicher nicht so schnell aufgegangen. Sein Plan umfasste noch viel mehr als eine einzelne Schlacht.

Als er mit der Hand tief in die Tasche seines Umhangs griff, fühlte er es. Metall pulsierte warm und angenehm in seiner Hand. Die Magie darin war mächtiger als alles, was er je zustande gebracht hatte. Es war jener Schmuck, in den er seine ganze Hoffnung setzte. Sein neuer Träger würde über dieses Land herrschen, es neu erstehen lassen und dieses Volk endlich für alles bluten lassen, was es ihnen angetan hatte. Langsam hob er die Hand und schob sich die schwere Kapuze vom Kopf. Laute Jubelrufe drangen an seine Ohren. Die Truppen waren bereit, und der Kaiser ahnte nicht das Geringste.

Emiron trat einen weiteren Ork mit dem Fuß zu Boden und zog die glimmende Klinge seines Schwerts aus dem grünlichen Körper. Orkblut lief daran herab. Erst jetzt fiel ihm auf, dass er vollkommen allein unter den Orks gewütet hatte. Jetzt traute sich kein weiterer mehr in seine Nähe.

Wo war Amil? Wo war der Kaiser, und vor allem, wo war Galdrion? Er hatte sich so auf das Töten der Orks und die Anwendung von Magie konzentriert, dass er nicht einmal die Richtung wahrgenommen hatte, in der er sich bewegte. Jetzt stand er allein zwischen toten Orks.

Wo waren die Dunkelelfen? Würden sie kommen? Bis jetzt hatte er nur Orks und Trolle gesehen. Von dunklen Alben fehlte nach wie vor jede Spur. Er schaute nach Süden. Überall tote Körper. Dunkler Rauch quoll weiterhin aus der Stadt empor, und noch immer tobte die Schlacht, aber die Orks hatten dem Angriff des Heeres nichts mehr entgegenzusetzen. Der Kampf war so gut wie gewonnen.

Auf einer kleinen Anhöhe am südlichen Ende des Schlachtfeldes sah er einen einsamen Reiter stehen – ein kleiner Reiter auf einem großen, schwarzen Pferd. Trotz seiner Magie konnte er ihn aus der Entfernung nicht deutlich erkennen. Allem Anschein nach war es ein Elf. Oder doch nicht? Der Reiter stand hinter den letzten Orks, hinter der feindlichen Linie. Ein Elf konnte dort nicht hingelangen, es sei denn, er käme allein und unbemerkt aus südlicher Richtung. Kein Ork, kein Troll interessierte sich für ihn.

Er versuchte, die Gestalt zu fixieren, konzentrierte sich so sehr, dass ihm der Kopf schmerzte. Er bildete sich ein, den Reiter schon einmal gesehen zu haben, ihn sogar zu kennen, doch das konnte nicht sein. Nicht, wenn er das war, wofür er ihn hielt.

Es traf ihn mit derartiger Wucht, dass er drei Schritte nach hinten taumelte. Der schwarze Reiter richtete den Blick aus zwei roten Augen auf ihn, und er bohrte sich tief in seinen Kopf. Nie gekannte Schmerzen drangen auf ihn ein, und sofort war es ihm zweifelsfrei klar. Die Dunkelelfen waren gekommen!

Die Soldaten des Kaisers schrien erregt auf, als sich am südlichen Horizont etwas bewegte. Hinter dem schwarzen Reiter kamen andere Gestalten in Sicht, kleine, aber auch menschliche. Emiron sah die fremden Wesen herannahen. Es mussten weit über zweitausend sein. Die restlichen Orks stoben lachend in ihre Richtung davon.

Wo war Galdrion? Gerade jetzt brauchte er ihn an seiner Seite, jetzt, da sie endlich hier waren, jetzt, da die Hoffnung und sein Glaube in ihm wieder anwuchsen, das Amulett finden zu können, denn er wusste, dass sie es hatten. Es musste einfach so sein.

»Emiron!«, rief Amil, der auf ihn zugerannt kam. Sein Pferd war nicht mehr bei ihm. »Siehst du sie?« Er deutete auf die schwarze Masse, die stetig näher kam.

»Bildet eine Reihe! Formation!«, schrie ein Befehlshaber im Bemühen, die Rufe der Männer zu übertönen. Die Soldaten, verwirrt und nicht auf diese Wendung vorbereitet, wichen reflexartig zurück. Sie hatten die Orks fast geschlagen und mit keiner Gegenwehr mehr gerechnet.

»Es sind Dunkelelfen!«, rief Emiron seinem Meister zu.

Amils Augen flimmerten. Emiron konnte die Energie, die von ihm ausging, spüren. »Es macht den Anschein, dass du mit deiner Vermutung recht hast. Aber siehst du die anderen? Die Soldaten?« Emiron sah genauer hin. Die großen Menschen, die bei den kleinen schwarzen Gestalten dabei waren, bewegten sich seltsam verhalten. Ihr Gang wirkte unnatürlich. »Es sind Tote! All jene, die nicht vor der Seuche fliehen konnten!« Amil wandte sich zu den nahen Soldaten. »Bleibt in Formation! Wo ist der Kaiser?«

Keiner wusste, wo Tirion abgeblieben war. Von ihrer Position aus konnten sie ihn nicht sehen. »Ich habe den Kaiser und auch Galdrion seit Beginn der Schlacht nicht mehr gesehen«, sagte Emiron. Sein Blick blieb auf die Truppen gerichtet. Er konnte es kaum erwarten, gegen die Dunkelelfen anzutreten.

»Bleibt standhaft! In Formation!«, rief Amil den Soldaten zu, die sich seinem Befehl fügten. Er strahlte eine solche Energie aus, dass niemand es wagte, ihm zu widersprechen. Er wandte sich an Emiron. »Sie werden kommen, und ich will, dass du vorsichtig bist. Was auch immer diese Kreaturen sein mögen, konzentriere dich und sei vorsichtig.«

»Ich werde aufpassen, Meister«, erwiderte er. Seine Stimme zitterte vor Erregung.

Jetzt war die feindliche Linie nur noch wenige Meter entfernt. Nun konnten auch die Soldaten deutlich erkennen, gegen wen sie ihre Waffen führen sollten. Neben kleinen Wesen mit spitzen Ohren, langem, schwarzem Haar und dunklen Umhängen marschierten hunderte tote Menschen. Mit leeren, ausdruckslosen Augen blickten sie auf die Soldaten. Die Augen der Dunkelelfen jedoch glühten in einem bösartigen, roten Licht.

Die ersten Soldaten wichen zurück, doch Amil hielt die Reihen fest geschlossen. Was die anderen Soldaten gerade taten oder wo der Kaiser war, wusste Emiron nicht. Ihm war vor allem Galdrions Verbleib wichtig. War er gefallen oder suchte er das Amulett? Hatte er sich unter die Dunkelelfen gemischt, um es zu bekommen? Oder war er bei ihrem Anblick geflohen?

»Eure Schwerter hoch, Soldaten Valinars und Fostons!«, schrie Amil jetzt und richtete seine glühende Klinge nach vorn. »Metzelt diese Brut nieder. Für die Freiheit, für Tralessa und für ganz Araquest!«

Die Soldaten schritten nach vorn, und die feindlichen Reihen prallten aufeinander. Jetzt kämpften Menschen und Elfen gegen ihre dunkle Gegenseite.

Die toten Soldaten spürten offenbar keinen Schmerz. Wo sie auch verwundet wurden, sie kämpften mühelos weiter. Unter den Männern von Valinar kam Panik auf. Was konnte man einem Toten schon anhaben? Viele machten angsterfüllt kehrt und rannten schreiend davon. Der süßliche Geruch des Todes, der Verwesung und Fäulnis umgab das Schlachtfeld. Jeglicher Lebenswille ging den Kämpfern verloren. Soldaten, die keine Wunden davongetragen hatten, fielen unvermittelt zu Boden und rührten sich nicht mehr.

Emiron schlug auf drei tote Krieger gleichzeitig ein und trennte ihre Köpfe vom Leib. Er wollte seine Zeit nicht mit diesen toten Hüllen verbringen. Er musste sich zu den Dunkelelfen durchkämpfen. Nicht weit weg sah er, geschützt von einigen toten Kriegern, die kleine Gestalt eines Elfen, ganz in Schwarz gehüllt, dessen rote Augen bösartig in die aufkommende Dunkelheit glühten. Er blickte zur Seite, suchte seinen Meister. Amil schlug sich mit einem Toten und einem wiedergekehrten Troll.

Emiron schwang sein Schwert. Die Magie erfüllte seinen ganzen Körper. Er fühlte sich unbezwingbar und unverwundbar. Er würde es ihnen zeigen. In nur wenigen Augenblicken brachte er fünf der toten Krieger endgültig zu

Boden. Der Gestank des Todes, der von ihnen ausging, kümmerte ihn nicht. Er hatte keine Angst. Einzig der Hass, von der Magie verstärkt, durchströmte seinen Schwertarm.

Der Dunkelelf kam auf ihn zu. Allein seine Anwesenheit wirkte bedrohlich. Mit den langen, dünnen Fingern hielt er ein Schwert mit schwarzer Klinge. Emiron schlug zu, bevor er sich ihm entgegenstellen konnte. Ihre Klingen stießen aufeinander. Der Alb mochte stark sein, doch er wusste in diesem Moment, dass er ihn besiegen konnte. Der Blick aus den roten Augen bohrte sich in seine Augen, doch er achtete nicht auf die Schmerzen in seinem Kopf, sondern nur auf sich und auf den Kampf. Ihre Klingen stießen immer wieder zusammen. Obwohl er durch die Magie alles gedehnt wahrnahm und so schneller reagieren konnte, war der dunkle Alb seinen Angriffen mehr als gewachsen. Er spürte die magische Kraft des Geschöpfs als starken Schild, der seine eigene Kraft nicht durchlassen wollte. Es war eine Art der magischen Kunst, wie er sie nie zuvor kennengelernt hatte, schwer einzuschätzen und in ihrer Art nicht zu beschreiben. Elfenmagie kam ihr wohl am nächsten, doch fühlte diese hier sich falsch und direkter an, so als würde man ein krummes Messer betrachten, das trotz falsch geschmiedeter Klinge mühelos einen geraden Schnitt ausführte.

Erst ein gefühltes Lebensalter später schaffte er es, die Verteidigung seines Gegners zu durchbrechen. Zwei flinke Hiebe hatte der Alb erfolgreich pariert, doch der dritte kam zu schnell. Die Klinge fuhr dem Dunkelelfen direkt ins Herz. Emiron sah zu, wie die roten Augen noch einmal wild und zornig aufglühten und dann erloschen. Mit einem völlig neuen Machtgefühl zog er das blutgetränkte Schwert aus dem toten

Leib. Er hatte einen von ihnen getötet. Jetzt sollten die anderen folgen.

Jemand schrie seinen Namen. Er kannte diese Stimme. Die ganze Zeit hatte er darauf gewartet und gehofft, sie zu hören, hatte seinen Glauben an sie gekoppelt. Galdrion tauchte wie die vergessene Figur eines gewonnenen Spiels neben ihm auf dem Schlachtfeld auf. Seine Rüstung wirkte nicht mehr so stattlich, sondern wies einige Beulen und Kratzer auf. Blut klebte an seinem schwarzen Umhang und in seinem Gesicht. Offenbar hatte er in der Zwischenzeit eine stattliche Anzahl Feinde bezwungen. Die Miene des Elfen wirkte aufgelöst und erschöpft. Fast sah es so aus, als würde er jeden Moment erschöpft zusammenbrechen. Dann sah Emiron in Galdrions Augen hinter der milchig-blauen Farbe erneut dieses geheimnisvolle Funkeln.

»Galdrion! Wo in allen Welten seid Ihr gewesen?«, fragte er und hinderte einen herannahenden Ork daran, ihm den Schädel mit einem plumpen Hammer einzuschlagen. Die Augen des Orks quollen wie irre hervor, als er ihm das Schwert in den feisten Wanst stieß. Er wandte sich Galdrion zu und hoffte inständig, dass sein Erscheinen etwas Gutes zu bedeuten hatte.

»Ich habe mich um unsere Sache gekümmert«, sagte der Elf und wehrte einen Ork ab, der ihn von hinten angriff, indem er ihm, ohne sich auch nur dafür herumzudrehen, pfeilschnell seinen Dolch in den Bauch stieß.

Der Ork wimmerte und fiel stöhnend auf die Knie. Hinter ihm kamen weitere. Sie witterten leichte Beute. Einige Dunkelelfen hielten sich in ihrer Nähe auf und schauten interessiert zu. Emiron konnte ihre Blicke und ihre Präsenz spüren. Es fühlte sich an, als rollte eine Welle dunklen, eiskalten Wassers auf ihn zu. Sie kamen näher, genau zu ihnen herüber. Ihre Augen glühten voller Hass in diesem unfassbaren Rot, das er nie zuvor gesehen hatte.

»Was habt Ihr herausgefunden?«, fragte er und beobachtete, wie einige Soldaten von Valinar in ihrer Nähe standhaft gegen einige der toten Krieger kämpften. Der Boden um sie herum lag voller lebloser Leiber, aber überall war auch Blut.

»Es ist hier. Irgendwo hier, ganz in unserer Nähe. Ich kann nicht genau sagen, wo, aber ich spüre seine Macht. Sie ist unbeschreiblich groß. So etwas habe ich noch nie zuvor wahrgenommen. Die Dunklen haben sich tatsächlich der alten Macht des Amuletts bedient und konnten so zurück in diese Welt gelangen. Jetzt ist alles ganz klar. Wir müssen ihnen Einhalt gebieten und ihnen das Amulett abnehmen, bevor noch mehr Schaden angerichtet wird.«

Freude durchflutete ihn wie ein angenehmer warmer Schauer. Sein Glaube wurde zur Gewissheit. Galdrion hatte den Ursprung des Amuletts gefunden, er würde herausfinden, wo es war. In seinem Hinterkopf keimte eine Frage auf, die immer mehr Gestalt annahm, so unangenehm sie ihm auch war: Wenn der Elf meinte, die Magie des Amuletts sei so groß, warum spürte er ihre Präsenz dann nicht? Als Nomendi hätte er sie wahrnehmen müssen. War es, weil er diese alte Art der Magie nicht kannte, nicht verstand? Würde Amil sie wahrnehmen?

»Hat es einer von ihnen?«, fragte er laut.

Einige der toten Krieger drängten sich zwischen sie, sodass Galdrion abgedrängt wurde. Fetzen von Haut hingen an ihren Knochen herab. Ihre Gesichter waren kaum als solche zu erkennen. Ihre kahlen Schädel grinsten breit, als sie mit plumpen Bewegungen angriffen. Für Emiron waren diese Gegner keine Herausforderung. Ebenso wenig für den Elfen, der so schnell drei von ihnen zu Boden rang, dass Emiron seine Bewegungen selbst mit seiner Magie kaum wahrnahm.

»Ich glaube ja. Es ist in der Nähe. Emiron, töte möglichst viele von ihnen. Wir müssen es an uns nehmen, bevor es aus unserer Reichweite verschwindet!« Galdrion schwang erneut sein Schwert und schlug weitere tote Krieger zu Boden.

Fünf Dunkelelfen kamen auf sie zu. Zwei davon waren eher klein, einer jedoch war größer und wirkte bedrohlicher als die anderen. Etwas Pulsierendes ging von ihm aus, während er den Blick aus seinen hasserfüllten roten Augen direkt auf Emiron richtete. Galdrion wurde inzwischen weiter abgedrängt und in einen Kampf mit zwei der dunklen Kreaturen verwickelt. Amil kämpfte in der Nähe gegen eine Gruppe Toter, wobei er die Soldaten ständig aufforderte, standhaft und auf Linie zu bleiben.

»Meister, ich brauche Euch hier!«, rief Emiron, als der große Alb ihn angriff.

Amil hörte den Ruf, aber als er ihm beistehen wollte, stellten sich ihm zwei Dunkelelfen in den Weg und machten ein Durchkommen unmöglich.

Er war auf sich gestellt. Dies hier war seine Stunde, seine Geschichte. Er fokussierte seinen ganzen Hass und seine ganze Magie auf diesen Gegner. Der Dunkelelf grinste breit und zog zwei große Schwerter hervor, beide lang und schwarz und mit Sicherheit tödlich scharf. In ihre Klingen waren dunkelrote Runen eingelassen, die in der dämmrigen Düsternis leicht glommen. Emiron konzentrierte sich. Seine Sinne waren aufs Äußerste gespannt, sein Schwert glühte in weiß-grünlichem

Licht. Mit aller Kraft bündelte er seine Gedanken auf eine Linie – Safiana.

Der dunkle Alb holte aus und schlug so blitzschnell zu, dass ihm kaum Zeit blieb, sich zu verteidigen. Emiron zog sein Schwert hoch und konnte den Schlag gerade noch abwehren. Er durfte diese Kreatur nicht unterschätzen. Dies war kein toter Soldat, sondern ein mächtiger Dunkelelf, mächtiger vielleicht als ein Nomendi, und seine Bewegungen wurden schneller. Emiron merkte, dass sein Gegner ähnliche Fähigkeiten besaß wie er selbst und es verstand, sich voll und ganz dem Kampf hinzugeben und eins zu werden mit seinen Klingen.

Schon waren keine einzelnen Hiebe mehr wahrnehmbar. Ihre Klingen schienen zu einer Waffe, einer Bewegung zu verschmelzen. Emiron tat, was er konnte. Seine Sinne waren nur auf den Dunkelelfen gerichtet. Galdrion oder seinen Meister sah er nicht, obwohl er wusste, dass sie beide in der Nähe kämpften.

Mit einem gezielten Hieb gelang es ihm endlich, den dicken schwarzen Brustpanzer des Dunkelelfen zu durchtrennen. Er wich erschrocken zurück. Auf dem nackten Oberkörper der schwarzen Gestalt hing etwas, und im Bruchteil einer Sekunde hatte er erkannt, was es war.

Die Zeit blieb stehen. Er starrte auf das Amulett, das sich gut sichtbar von der hellen Brust des Dunkelelfen abhob. Es hatte eine kreisrunde Form. Ein gezackter Stern und viele kleinere Sterne füllten die Mitte aus. Silbern glitzerte es und schien zu pulsieren. Fast meinte er, es spräche zu ihm, ganz so, als wollte es dringend seinen Besitzer wechseln, als sei es vorherbestimmt, dass er, der Nomendi Emiron, dieses Schmuckstück besitzen sollte.

Dunkles Blut quoll aus der Schnittwunde am Bauch des Dunkelelfen. Für Emiron tropfte es wie in Zeitlupe von dort auf den Boden. Sein Gegner starrte ihn nicht minder erschrocken an. Seine grellroten Augen blendeten ihn. Angst stand in ihnen geschrieben, eine Angst, die Emiron nur zu gut verstand. Der Dunkelelf wusste, dass er durch seine Hand sterben würde und dabei den größten Schatz verlor, den sein Volk besaß. Sein Hass auf diese elende Kreatur wuchs ins Unermessliche, aber etwas ließ ihn zögern. Da war etwas, was er nicht verstand.

»Töte ihn, Emiron! Jetzt!«

Es dauerte wenige Augenblicke, bis die Worte ihn erreichten, doch Emiron kam es vor, als seien Stunden oder gar Tage vergangen. Da war es. Das Amulett – der Gegenstand, der die Macht besaß, Safiana zu retten und die Welt für immer von den Dunkelelfen zu befreien. Er allein würde es bekommen. Er allein würde es besitzen. Ein gieriges Verlangen erfüllte ihn und wurde durch seinen innigen Hass noch befeuert.

»Los jetzt! Töte den dunklen Alb!«, schrie Galdrion, und Emiron holte aus. Der Dunkelelf zeigte keine Angst mehr. Er sah ihn mit seinen roten Augen nun abschätzig an. Seine Klingen hingen kraftlos auf den Boden gerichtet, und immer mehr Blut quoll aus seiner Wunde. Es sah aus, als wollte er sich nicht mehr wehren, sondern den Tod willkommen heißen. Emiron hob sein Schwert und rammte es in die Brust der großen Gestalt. Als er es zurückzog, sank der Dunkelelf zu Boden, und seine roten Augen erloschen, als sein Geist die Welt verließ.

Emiron sah sich um. Amil kreuzte immer noch mit einem der Dunkelelfen die Klingen und hatte nichts mitbekommen.

Um ihn herum schrien die Soldaten um Hilfe. Sie kämpften um ihr Leben. Ihm kam alles so unwirklich und seltsam vor. Die Soldaten des Kaisers zogen sich immer weiter vor dem Tod zurück. Überall roch es nach dem süßlichen Gestank des Todes, sah man die Hoffnungslosigkeit in den Augen der Soldaten.

Elfen wie Menschen lagen tot zwischen Orks auf dem blutgetränkten Boden. Rauch quoll als dunkle Säule aus der nahen Stadt empor. Hatten sie nicht beinahe gewonnen? Was war geschehen? War der Tod doch mächtiger als angenommen? Hatte Amil recht behalten, und die Leblosen würden über die Lebenden siegen?

Plötzlich stand Galdrion neben ihm. »Nimm es! Nimm es, und du kannst deine Freundin heilen. Sie wird erwachen, als wäre nichts gewesen.« Seine Stimme klang anders als sonst. Ihm fiel auf, dass der Elf in der verbeulten Rüstung nicht mehr edel und stark, sondern gierig und gehetzt aussah.

Irgendetwas stimmte hier nicht. Seine Sinne schlugen Alarm. Die Magie sagte ihm, dass er Galdrion nicht trauen durfte. Aber warum? Er war ein Berater und Vertrauter des Kaisers. Und jetzt wusste er, was ihn hatte zögern lassen. Es war die Frage, wie es sein konnte, dass er allein einen der mächtigsten Dunkelelfen besiegt hatte, noch dazu jenen, der einen so mächtigen Gegenstand bei sich trug. Konnte es Zufall gewesen sein, oder lag dem eine verborgene Absicht zugrunde? Sicher hätte der dunkle Alb die Macht des Artefakts gegen ihn verwenden können, aber er hatte es nicht getan. Zweifel breiteten sich in ihm aus. Sein Bauchgefühl warnte ihn vor dem nächsten Schritt. Er zögerte erneut.

»Nimm es, Emiron«, sagte Galdrion noch einmal, und seine Stimme klang jetzt ruhig und vernünftig, »bevor jemand anderer es tut. Mit seiner Hilfe wird alles gut. Vertrau mir!«

Er würde ihm vertrauen. Nur mit der Macht des Amuletts konnte er Safiana zurück ins wirkliche Leben führen, in ein Leben mit ihm. Er hatte es ihr versprochen. Er konnte gar nicht ohne das Amulett nach Valinar zurückkehren.

Noch einmal schaute er zu seinem Meister hinüber. Es wurde Zeit, dass er Amil gegen den Dunkelelfen beistand. Aber was würde er sagen, wenn er sah, dass sein Schüler sich des Amuletts des Fanros bemächtigte? Sicher würde er ihm abraten, es an sich zu nehmen. Ein so besonderes und mächtiges Artefakt dufte bestimmt nicht in die Hände eines Nomendilehrlings gelangen. Sicher würde er es selbst an sich nehmen oder es jemandem in Lothinar übergeben oder – noch schlimmer – den Elfen in Glorina. Sie alle würden es ihm vorenthalten, kein Zweifel. Wenn er es nicht nahm, wäre Safianas Geist für immer verloren, fern von ihrem Körper. Er musste seinem Meister zuvorkommen. Er musste allen anderen zuvorkommen.

Mit zitternder Hand griff er nach dem Amulett und riss es dem toten Alb mit einem kräftigen Ruck vom Hals. Eine ihm unbekannte magische Kraft durchströmte seinen rechten Arm mit einer solchen Macht, dass seine Hand zu beben begann. Ein Wille, der nicht der seine war, gebot ihm, das Schmuckstück anzulegen. Es war, als spräche eine fremde Stimme im Befehlston zu ihm. Er konnte sich dem nicht verweigern.

»Leg es an. Los.« Es war Galdrion, der so eindringlich zu ihm sprach. Er sah den Elfen an und erschrak. Galdrion war nicht mehr zu sehen. An seiner statt war da ein Dunkelelf.

Seine roten Augen glühten voll gierigem Verlangen. Was war hier los? Er musste diesen Alb töten, aber er sprach mit Galdrions Stimme.

Er konnte sich nicht bewegen. Einzig sein Arm bewegte sich und hob das Amulett an, führte es an seinen Körper. Er konzentrierte sich, wollte seine Magie, seine Kraft sammeln, doch er konnte sich nicht gegen den fremden Willen wehren, der ihn gefangen hielt – oder er wollte es nicht. Seine zitternde Hand wollte das Amulett nicht loslassen, hob es hoch und hängte es um seinen Hals.

IX

Ein Gefühl schier unermesslicher Macht und Stärke durchdrang seinen ganzen Körper wie ein rauschender Fluss, durchdrang seine Gedanken, seinen Willen, sein Selbst. Er spürte die aufkommende Kraft in jeder einzelnen Ader. Er war unbesiegbar. Er war in die Welt zurückgekehrt.

»Emiron! Was tust du?«

Die Stimme war ihm bekannt, doch war das sein Name? Daran würde er sich doch erinnern. Sein Name war nicht Emiron sondern …

»Emiron!«

Langsam und wie in Trance drehte er den Kopf in die Richtung, aus der die Stimme kam. Ein Mensch in einer glänzenden Nomendirüstung und mit einem funkelnden Schwert stand in seiner Nähe. Vor ihm auf dem Boden lagen zwei in dunkle Umhänge gehüllte Leichen. Er wusste, wer dieser Mensch war. Es war Amil, sein Meister. Doch das stimmte nicht. Er war nun ein Meister. Niemand hatte mehr das Recht, ihm etwas zu befehlen. Einen Gott konnte man nicht unterweisen.

»Neben dir, Emiron! Da, neben dir! Was tust du denn?«

Wie in einem Traum, unfähig, sich auch nur einen Schritt weit zu bewegen, schaute er zu, wie Amil auf ihn zukam. Die Augen seines ehemaligen Meisters fixierten einen Punkt links von ihm. Er drehte den Kopf und sah Galdrion, der mit gezogenem Schwert dort stand. Die Augen des Elfen glühten in einem magischen Rot. Als der Elf seines Blicks gewahr wurde, ließ er sein Schwert in den blutgetränkten Schlamm fallen und senkte sein Haupt.

Er schwang sein Schwert in die Höhe, bereit zuzuschlagen, und stutzte. Verwundert sah er, dass es ein Schwert der Nomendi war. Ein plötzlicher Hass durchströmte ihn, so eindringlich, wie er ihn nie zuvor verspürt hatte. Allein der Gedanke an die Nomendi reichte aus, um dieses tiefgreifende Gefühl auszulösen.

Aber war er nicht selbst ein Nomendi? Oder wer war er? Was war geschehen?

Dann griff Amil Galdrion an. Emiron drehte sich in dem Moment herum, als er die Klinge nach vorn stieß. Ihre Waffen prallten geräuschvoll aufeinander. Die Wucht des Schlags ließ Amil nach hinten schnellen. Verdutzt blinzelte er und musste sich erst sammeln, um zu einem neuen Schlag auszuholen. »Was zum …?«, stotterte Amil, und dann schrie er auf. Es war nur ein kurzer Schrei, doch er erfüllte für einen Augenblick das ganze Geschehen. »Deine Augen! Emiron … Leg es ab! Leg diese Kette ab!«

Erst jetzt spürte Emiron das Gewicht an seinem Hals. Verwundert blickte er auf seine Brust hinab. Dort, auf seiner Rüstung gut zu erkennen, hing ein aus dunklem Metall geschmiedetes Amulett. Es glitzerte und leuchtete magisch auf. Er hatte es getan. Das Amulett gehörte tatsächlich ihm. Er konnte seine Macht tief im Innern spüren, ja fast greifen. Jetzt würde er die Liebe seines Lebens heilen können. Seine Safiana würde leben. Kein Nomendi dieser Welt, nicht einmal Amil könnte ihn jetzt noch aufhalten.

»Emiron, hörst du mich? Leg es ab, los!«, schrie Amil.

Emiron sah, wie einige verbliebene Soldaten aus Valinar vor weiteren toten Kriegern zurückwichen, von denen immer mehr auf sie eindrangen. Schon waren Soldaten unter ihnen, die erst kürzlich ihr Leben für die Schlacht gegeben hatten.

Blut tropfte aus frischen Wunden. Einigen von ihnen musste ein Troll einen Faustschlag verpasst haben, denn ihre Leiber sahen so zerdrückt aus, dass sie sich kaum auf den Beinen halten konnten. Dennoch drängte eine unsichtbare Macht sie dazu, stetig weiter gegen die verbliebenen Kämpfer auf dem Schlachtfeld anzugehen. Es sah immer mehr nach einer Niederlage für sie aus.

»Herr, ich bitte Euch, hört mich an«, flehte Galdrions Stimme neben ihm.

Er wandte sich von Amil ab, der sich jetzt gegen zwei herannahende tote Krieger verteidigen musste. Einer von ihnen schwang eine doppelseitige Axt auf den Nomendi nieder.

»Was habt Ihr zu sagen, Galdrion?«, fragte er und erschrak. Seine Stimme war ihm unbekannt. Sie war dunkler und schwerer als gewohnt. Etwas Fremdes war in ihr, das konnte er deutlich spüren. Und dieses Fremde, das sich immer weiter durch jeden seiner Körperteile fraß, wurde immer stärker.

»Herr, seid Ihr es? Seid Ihr es wirklich?« Ehrfurcht klang aus Galdrions Stimme.

Was sollte diese Frage? Wer er war? Er war Emiron, ein Nomendi. Und doch war er es nicht mehr, das wusste er. Allein diese Tatsache machte ihn glücklich. Niemals konnte er einer dieser abscheulichen Blutsverräter sein. Doch wer war er dann? Was war das Fremde in ihm, das immer mehr an Präsenz gewann?

»Wo ist Safiana?«, fragte er mit seiner neuen, dunklen Stimme. Safiana, das war der einzige Gedanke, von dem er wusste, dass er nur ihm allein gehörte. Sie war seine Liebe, seine Hoffnung, sein Leben.

»Sie starb vor wenigen Tagen in Valinar. Elfen haben sie im Schlaf getötet, da sie die Hoffnung auf Rettung aufgegeben hatten. Wisst Ihr das nicht mehr?«

Emiron hörte die Worte und hörte sie doch nicht. Das konnte nicht sein. Seine Safiana, tot? Er hatte sie doch noch gesehen, ihren Körper ohne Geist, wie sie in einem Federbett im kaiserlichen Palast lag und umsorgt wurde. Er hatte sie jeden Tag besucht, ihr Blumen gebracht, mit ihr gesprochen. Sie lebte. Sie musste leben. Warum sprach Galdrion von ihrem Tod?

»Das ist nicht wahr. Du lügst!«, schrie er wutentbrannt auf den knienden Elfen hinab. Seine Stimme überschlug sich und dröhnte wie Donner in der aufgeheizten Luft. Es durfte nicht wahr sein. Er schrie auf, schrie seinen Hass in die Welt und spürte, wie sich das Fremde in ihm an seinem Hass nährte, wie sich ein Blutegel mit warmem, frischem Blut vollsaugte. Es wurde größer und mächtiger, und er ließ es zu. Er wollte nicht mehr er selbst sein. Wenn Safiana nicht mehr war, wollte er aus dieser Welt verschwinden, zu einem Nichts werden. Als sein Schrei endete, verließ etwas seinen Körper. Sein Selbst war jetzt ein anderes. Er war nun nicht mehr Emiron. Dunkle und weit entfernte Erinnerungen strömten wie ein Gewittersturm auf ihn ein, Gedanken und Taten aus längst vergangenen, alten Tagen. Erinnerungen, die seinen Hass stärkten wie ein Gift, das den Körper durchströmt. Einst war er Fanros, der Meister der Dunkelheit, Diener des Schattens und Gott der Welt gewesen. Jetzt war er als Emros in diese Welt zurückgekehrt. Endlich war er befreit. Endlich konnte er als neuer Herrscher Rache nehmen. Rache an den Blutverrätern, den Elfen und allen Völkern, die ihm etwas entgegensetzen wollten. Diesmal würde kein Fluch eines

Magiers, kein Nomendi oder eine andere Hexerei ihn davon abhalten, die Welt in endlose Finsternis zu stürzen.

»Erhebe dich, Garthoas«, sagte er, und seine dunkle Stimme bebte in der Luft.

»Herr. Ihr seid es. Endlich«, erwiderte der Dunkelelf, der zuvor Galdrion gewesen war.

Emros zuckte zusammen. Er senkte den Blick und sah, wie das Amulett sich schmerzhaft in seine Brust bohrte. Es zischte, als es sich mit seinem Körper zu einem Ganzen vereinte. Der Geruch verbrannten Fleisches lag in der Luft. Das schwarze Metall hatte sich durch seine Rüstung tief in den Körper eingegraben.

»Garthoas. Wo sind wir hier? Wie viel Zeit ist vergangen?« Er blickte sich um.

Die Streitmacht der Toten hatte so viel Boden gewonnen, dass keine Soldaten mehr in ihrer Nähe war. Einzig der alte Nomendi kämpfte verbittert weiter. Es war an der Zeit, dem ein Ende zu bereiten.

»Ihr habt lange geschlafen, Herr«, sprach Garthoas. »Doch ich fand Euch und erweckte Euch wieder. Ich habe für alles gesorgt und Euch den Weg bereitet.«

»Ich werde mich später mit dir beschäftigen, Garthoas. Zuvor muss ich mir meiner alten Kräfte wieder bewusst werden.«

Er wandte sich dem Nomendi zu, der gegen fünf tote Krieger gleichzeitig kämpfte. Er wäre annehmbar als Probe für seine wiedererlangten Kräfte. Er hasste die Nomendi aus tiefstem Grund, denn in ihnen floss das Blut des Verräters Fanir. Solange auch nur eine dieser abscheulichen Kreaturen auf der Welt weilte, würde er nicht ruhen im Bemühen, sie auszurotten.

»He, Nomendi!«, rief er mit seiner dunklen Stimme.

Der Mann hieb den toten Kriegern die Köpfe ab und wandte sich ihm zu. »Emiron, was hast du getan? Was ist hier los?«, fragte er. »Emiron ...«, sagte er nochmals leise, mehr zu sich selbst als zu ihm.

Er war nicht Emiron. Er war Emros. Und dieser Mann musste sterben. Jeder Nomendi musste sterben. »Stirb, kleiner Mann«, sagte er ruhig, lächelte und hob sein Schwert. Es glühte nicht mehr in magischem Weiß, sondern war in rotes Licht getaucht. Die Waffe hatte ihren neuen Meister gespürt und ihn willkommen geheißen. Nun würde sie ihr erstes Nomendiblut zu trinken bekommen.

»Nein!«, rief der Mann und ließ seine Waffe auf ihn niederfahren.

Emros wehrte den Schlag gekonnt ab, jedoch war seine Stärke noch nicht die, die er vorzufinden erwartet hatte. Es kostete ihn bei Weitem mehr Kraft, als er gedacht hatte.

»Erbärmlich. Hast du nicht mehr zu bieten?«, fragte er dennoch und lachte laut auf.

Schlag auf Schlag wuchs ihrer beider Magie an. Emros wollte dem Spiel rasch ein Ende setzen, doch der Nomendi, von einer unbegreiflichen Wut gepackt, die seine Magie aufs Äußerste entfesselte, wurde bald zu einer echten Gefahr. Voller Hass hieb Emros immer wieder zu, doch gelang es ihm nicht, den Nomendi zu Fall zu bringen. Jeder einzelne seiner Angriffe wurde pariert. Der alte Mann war wahrlich ein Meister seines Fachs.

Weitere tote Krieger und einige Dunkelelfen versammelten sich um sie und sahen dem Treiben zu.

»Tut nichts«, befahl er ihnen. Sie sollten sich nicht in seinen Kampf einmischen. Er selbst musste diesen Nomendi töten. Er musste es tun.

Ein tiefes Dröhnen erfüllte plötzlich die von Energie durchzogene Luft wie aufkommender Donner. Ein fremdes Hornsignal. Was hatte das zu bedeuten? Wer mischte sich in die Schlacht, in seinen Kampf ein?

»Zwerge! Sie kommen aus Dahn! Von Westen her nahen Zwerge!«, riefen Dunkelelfen wie wild durcheinander.

Einige von ihnen widmeten sich gleich den herannahenden Truppen. Mehrere der rastlosen Leichen erstarrten in ihren Bewegungen, drehten sich um und liefen mit langsamen, gleichmäßigen Schritten, ihre vermoderten Gesichter dem neuen Feind zugewandt, los.

»Stellt euch auf! Formation!«, schrie Garthoas. Er begleitete seine Befehle an die Dunkelelfen mit hektischen Bewegungen.

Zwerge? Was für Zwerge wollten seinen Kampf stören? Dahn? Wo sollte das liegen? Er kannte kein Dahn, und er konnte sich keine Ablenkung erlauben. Der alte Nomendi kämpfte mit einer Kraft, der er trotz seiner Magie nichts entgegenzusetzen hatte. Was war mit ihm los? Er war ein Gott. Er war das mächtigste Wesen von allen! Wo waren seine Kräfte geblieben?

»Herr, die Zwerge kommen, bitte, kommt jetzt mit uns, Herr!«, flehte Garthoas ihn an.

Und dann sah er sie. Mehrere hundert kleiner bärtiger Männer in Kettenhemd und Leder, bewaffnet mit Hämmern und Äxten, rannten von Westen direkt auf sie zu. Ihre Äxte glänzten im Schein einiger Sonnenstrahlen, die jetzt durch die dicke Wolkendecke drangen. Ihr Kampfgebrüll hallte auf dem Schlachtfeld wider.

Orks und Dunkelelfen wichen angsterfüllt und irritiert zurück. Die Untoten schritten weiter auf die Herannahenden zu. Nichts konnte sie mehr erschrecken, doch die Zwerge schienen vor den toten Leibern auch keine Angst zu haben. Immer schneller donnerten sie auf sie zu.

Er hatte keine Wahl. Er musste sich vorerst zurückziehen, wenn er sich selbst nicht gefährden wollte. Noch war er nicht bereit, nicht kräftig genug, sich dieser Übermacht entgegenzustellen.

Seine Zeit würde kommen. »Wir sehen uns wieder, Nomendi«, sagte er und führte einen letzten Schlag aus, den der Nomendi zwar parierte, der ihn jedoch einige Meter nach hinten stieß.

Garthoas fluchte laut auf. Er hatte nicht mehr mit den Zwergen aus Dahn gerechnet, dachte er doch, dass sie mit den Orks, die er ihnen zur Ablenkung geschickt hatte, lange genug beschäftigt wären. Aber sie kamen ohnehin zu spät, um seine Pläne zu durchkreuzen. Sein Meister war in diese Welt zurückgekehrt, und nichts könnte das mehr ändern.

Schnell befahl er den toten Kriegern, sich dem Zwergenheer entgegenzustellen, doch er wusste, dass seine Truppen nicht mehr siegen konnten. Mit den Zwergen und den verbliebenen Soldaten des Kaisers war der Feind in der Überzahl und würde somit den Sieg in dieser Schlacht davontragen. Er konnte den magischen Bann, den er über das Schlachtfeld gelegt hatte, nicht mehr lange aufrechterhalten. Auch kostete es viel Energie und Kraft, die Toten kämpfen zu lassen, und beides hatte er beinahe aufgebraucht. Noch reichte ihre Kraft nicht, um sämtliche Leichen zu erheben, und er spürte bereits, wie die dunkle Macht, der Nebel der Toten, das Schlachtfeld verließ. Sie mussten die eine Gelegenheit, die ihnen blieb, so schnell wie nur möglich nutzen, damit der dunkle Meister nicht gefährdet wurde. Noch waren seine Kräfte nicht völlig wiedergekehrt.

»Sammelt euch, Volk des Schattens!«, schrie er und sah zu, wie die restlichen Dunkelelfen sich um ihn scharten. Noch fast dreihundert von ihnen waren am Leben, und ihre Augen glühten ausnahmslos in dunklem Rot. Noch immer hielten sie den Bann aufrecht, doch musste er diese Energie nun anders einsetzen.

»Wir müssen weichen. Nutzt eure Kräfte, um euch unbemerkt zurückzuziehen. Ich selbst werde mit unserem Herrn nach Süden hinter das Gebirge reiten.«

Die dunklen Albe gehorchten sofort und hoben den Bann auf. Die Toten verharrten auf der Stelle und blieben regungslos stehen. Es würde nur Sekunden dauern, bis das Zwergenheer auf sie träfe. Hinter ihnen hörte er bereits Jubelschreie der Menschen aufkommen. Fast alle Orks waren gefallen. Der Rest würde fliehen. Jetzt senkte sich ein von Magie heraufbeschworener dichter Nebel über sie, sodass sie von einer weißen, nahezu undurchdringlichen Wand eingeschlossen wurden, unsichtbar für Freund und Feind.

Garthoas ließ zwei Pferde holen und bestieg das eine. Die Tiere schauten ausdruckslos und machten kein Geräusch, denn es waren Abraxae, leblose Körper von Pferden, die im Tod ihren Dienst taten. Ihre Haut lag straff über den Knochen, darum wirkten sie wie wandelnde Skelette, aber diese Tiere konnten ihre Reiter schnell und lange ohne Rast tragen.

»Meister, Ihr müsst mit mir kommen«, wandte er sich an Emros, der immer noch den Nomendi im Blick hatte. Dieser war zu Boden gestoßen worden und dabei, sich zu erheben. »Wir müssen fort von hier. Es ist noch zu früh«, fügte er hinzu.

Emros drehte schwerfällig den Kopf, nickte und stieg auf das andere Pferd.

Garthoas wartete kurz, um sicherzugehen, dass die Verbliebenen seines Volkes im Nebel verschwanden und sich zurückzogen. Dann, nach einem kurzen Blick zurück auf das Gemetzel, wo eben die Zwerge die feindlichen Linien auffüllten, wandte er sein Gesicht gen Süden. Weit in der Ferne meinte er, das schwarze Gebirge zu erkennen. Ihr Ziel lag weit dahinter. Er würde den Meister zurück zu seiner Festung führen, zurück auf seinen alten Thron. Von dort aus würde sich die Zukunft der Welt für immer verändern. Mochten die Elfen und Nomendi ihre Magie und alten Schutzformeln anwenden – ihre Kraft von einst war vergangen. Die menschlichen Magier aus Duhn waren ausgestorben. Einzig ihre auf Erden verbliebenen Abbilder zeugten noch von ihrer ehemaligen Anwesenheit. Heute gab es keine Magier, keine Flüche mehr. Die Nomendi waren ein aussterbendes Volk und die Elfen ihrer alten Mächte schon lange beraubt. Endlich würde der Schatten siegen. Seine Zeit war gekommen.

Mit lauter Stimme gab er den Abraxae den Befehl zum Aufbruch, und durch den dichten Nebel stoben sie unerkannt gen Süden davon.

Amil konnte es nicht fassen. Was war nur geschehen? Wo war er gescheitert? Sein Kopf brummte, als er sich aufrichtete. Die Dunkelelfen waren genauso wie ihre toten Krieger verschwunden. Um ihn herum standen einige Zwerge aus

Dahn und Soldaten des Kaisers, die gegen den kläglichen Rest der dunklen Streitmächte vorgegangen waren.

»Meister Amil?«, fragte einer der Soldaten. Es war Brandir, der Abgesandte und Heerführer des Königreiches Foston. »Geht es Euch gut? Seid Ihr verletzt?«

»Danke, mir geht es gut. Wo ist der Kaiser? Tirion – wo ist er?«

Brandir antwortete nicht sofort. Sein Gesichtsausdruck ließ nichts Gutes erahnen. »Der Kaiser wurde von einem Orkpfeil getroffen. Heilkundige Elfen kümmern sich bereits um ihn. Wir wissen jedoch nicht, ob er durchkommen wird.«

»Es war eine Falle. Das Ganze war eine Falle. Galdrion …« Amil stockte. Ihm fiel plötzlich alles wieder ein. Galdrion war ein Dunkelelf, und er hatte Emiron für seine Zwecke benutzt. Sie mussten ihn finden, ehe es zu spät war.

»Wir müssen sie einholen«, sagte er und hoffte, dass man ihn verstand. Jede Sekunde war jetzt kostbar. »Sie haben das Amulett. Galdrion ist einer der Dunklen. Wir müssen hinter ihnen her, bevor es zu spät ist.«

Sein Kopf schmerzte. Was hatte Emiron getan? Hatte sein Schüler ihn wirklich töten wollen? War er überhaupt sein Schüler gewesen, als er die Klinge gegen ihn erhob? Die Stimme, die aus seinem Mund gekommen war … Es war nicht Emiron gewesen.

Er stand auf und blickte sich um. Die Schlachtreihe war weit nach Südosten verschoben. Die Zwerge hatten eine große Schneise in die Reihen der toten Kreaturen geschlagen und waren zusammen mit den kaiserlichen Soldaten dabei, die letzten der Untoten für immer von der Welt zu tilgen.

Trümmer der schweren Kriegsgeräte lagen rauchend und zerstört umher. Leichen von Orks bedeckten den Boden. Ihre

Körper waren leblos liegen geblieben, hatten sich nicht erneut erhoben, um weiter zu kämpfen. Die Rauchwolke, die aus Tesnan emporstieg, war kleiner geworden. Die Schlacht war vorbei und ihr Sieger stand fest.

Ein dichter Nebel grenzte das Schlachtfeld im Süden ab. Von den Dunkelelfen und auch von Emiron war weit und breit nichts mehr zu sehen. Er musste seinem Schüler folgen, ihn mit sich nehmen und ihn von dem Bann befreien. Doch etwas in ihm sagte ihm, dass es dafür längst zu spät war. Emiron trug das Amulett des Fanros, daran hatte er keinen Zweifel. Er hatte es gleich aus der Ferne erkannt. Seine Form, die Sterne und die Farbe waren unverkennbar gewesen. Er wusste nicht, wie solch ein verloren geglaubter Gegenstand hierher und zu seinem Schüler gelangen konnte, doch es war geschehen. Es gab nun keinen Weg mehr, ihm zu helfen. Wenn die alten Schriften in Lothinar die Wahrheit sprachen, steckte mehr Magie in diesem Schmuckstück, als die Magier in Duhn je anwenden konnten.

»Kann ich Euch helfen?«

Brandir stand noch immer vor ihm und wartete offenbar darauf, dass er etwas sagte. Er hatte ihn fast vergessen. »Ich muss so schnell wie möglich zum Kaiser«, sagte er und hielt sich den Kopf. Mit der anderen Hand nahm er sein Schwert und steckte es an den Gürtel zurück.

Zusammen gingen sie zu den Toren von Tesnan, vor denen jetzt in großer Eile Zelte errichtet wurden, um die Verwundeten unterzubringen. Hier und da sah man noch einzelne Rauchschwaden über der Stadt, die sich den Weg in den Himmel erkämpften. Die drei Berge warfen einen langen Schatten über die weite Ebene.

Brandir führte ihn in eines der schon aufgebauten Zelte. Innen standen einige Betten, an denen kleinere Elfen sich um Verwundete kümmerten. Ganz hinten lag eine Gestalt, neben der ein Elf kniete.

»Hoher Kaiser?«, fragte Amil, als sie Tirion erreichten.

Sein Gesicht war blutverschmiert. Eine große Pfeilwunde klaffte in seiner Brust. Es war Gift am Werk, das erkannte Amil gleich, denn obwohl der Elf heilende Worte sprach, wollte die Wunde sich nicht schließen.

»Mein Freund Amil. Kommt näher«, keuchte Tirion mit schwacher Stimme. »Wie ich höre, haben wir die Schlacht dank der Zwerge aus Dahn doch noch gewonnen.«

»Die Schlacht ja. Doch ich befürchte, den Krieg haben wir noch vor uns.«

»Was meint Ihr damit? Sind die Schatten nicht besiegt worden?«

»Es starben nicht alle«, sagte Amil und machte eine kurze Pause, ehe er weitersprach. »Sie besitzen das Amulett des Fanros. Ich habe es mit eigenen Augen gesehen.«

Der Kaiser schaute ungläubig drein. »Ihr meint, sie besitzen eine Legende, einen Mythos? Habt Ihr mit Galdrion darüber gesprochen? Vielleicht weiß er Rat. Er kannte sich immer gut mit den vergangenen Zeiten und ihren Mächten aus. Ich habe ihn seit Stunden nicht mehr gesehen.«

»Herr, er hat uns verraten. Galdrion ist selbst einer der Dunklen.«

»Unsinn!«, erwiderte Tirion heftig, und eine Spur der alten Stärke schwang in seiner Stimme mit. »Galdrion kann keiner der Schatten sein. Ich kannte ihn schon als ich ein kleiner Junge war. Er hat meinem Haus und Valinar immer treu gedient.«

»Und doch ist es so. Ich habe es mit meinen eigenen Augen gesehen. Sein wirklicher Name ist Garthoas. Wir müssen uns neu organisieren. Die Schatten sind entkommen, aber noch können wir uns schützen, wenn wir schnell handeln. Die Elfen des Nordens müssen unterrichtet werden. Wir benötigen ihren Schutz, ihre Magie. Nur vereint können wir in dieser Sache etwas erreichen.«

Tirion hustete, und Blut spritzte aus seinem Mund auf das bereits besudelte Laken. Es war klar, dass der Kaiser nicht mehr lange leben würde. Amil hatte den Tod bereits gespürt, als er das Zelt betrat.

»Amil«, keuchte Tirion. »Versprecht mir, dass Ihr meinem Sohn helfen werdet. Wenn es stimmt, was Ihr sagt, wird Rethilan Eure Hilfe in den kommenden Kriegen brauchen. Er ist noch zu jung, um zu verstehen, was vorgeht, zu jung, um seinen Vater zu verlieren.« Ein erneuter Hustenanfall ließ ihn erzittern. »Es tut mir leid, wenn wir versagt haben. Es tut mir leid.«

Amil nickte nur kurz und wandte sich dann ab. Er wollte den Kaiser in Ruhe aus dieser Welt treten lassen. Er verließ das Zelt. Die Schlacht war vorüber. Die Soldaten suchten das Schlachtfeld nach Überlebenden ab und legten die Toten zusammen. Letztere mussten so schnell wie möglich verbrannt werden. Nur Feuer konnte die Toten für immer von der Erde tilgen. Insgesamt hatte kaum die Hälfte aller Soldaten aus Valinar den Kampf überstanden. Die übrigen waren entweder tot oder zu verstört oder verwundet, um ein klares Wort oder gar einen ganzen Satz zu äußern.

Er blickte nach Süden. Die dunklen Wolken zogen eilig dorthin zurück und gaben das Licht der Abendsonne frei, das sich wie ein warmer Hoffnungsschimmer über sie breitete. Am

Horizont sah er klein und in weiter Ferne das schwarze Gebirge. Dort hatte in längst vergangenen Zeiten die alte Festung des dunklen Meisters gelegen. Kaum jemand wusste noch davon, doch ihm als Nomendi war die letzte große Schlacht noch ein Begriff, und auch der Schutz, den die Nomendi dem Reich damals geleistet hatten. Dort hinter den Bergen war der Schatten in Sicherheit. Dorthin würde man seinen ehemaligen Schüler Emiron bringen.

Mit grimmiger Miene schritt er auf die großen Tore der Königsstadt zu. Beide Torflügel lagen zerbrochen neben den Angeln. Die Belagerungsmaschinen der Orks hatten ganze Arbeit geleistet. Noch immer stieg Rauch auf, als er die Stadt betrat. Viele Häuser waren zerstört oder wiesen große Schäden auf.

Er musste mit dem König und der Königin über Safiana sprechen und erfahren, ob die beiden Nomendi, die mit ihnen in die Schlacht geritten waren, überlebt hatten. Wenn sie lebten, befanden sie sich vermutlich ebenfalls beim König oder auf dem Weg zu ihm. Es war zu hoffen, dass Balduan und seine Frau Gildrit wohlauf waren. Das Gespräch würde ihm nicht leicht fallen, schließlich war Balduan ein langjähriger, guter Freund.

Als Nächstes war es seine Pflicht, nach Lothinar zurückzukehren. Er musste Eragion berichten, was vor sich ging. Elfen und Nomendi mussten sich beeilen, wenn sie die kommende Dunkelheit aufhalten wollten. Alles Weitere musste gut überlegt und schnell angegangen werden. Außerdem oblag es ihm, ihnen den Verlust seines Schülers und sein Versagen zu beichten, denn es war seine Schuld gewesen. Wäre er bei Emiron geblieben, so wäre das Amulett nie in seine Nähe gelangt. Er hatte Emiron zu viel zugemutet, als er ihn allein kämpfen ließ. Es war ein Fehler gewesen, den er niemals hätte begehen dürfen. Er verspürte einen heftigen Stich im Herzen, als seine Gedanken zu Emiron wanderten, der doch nichts als gute Absichten gehabt hatte, der voller Eifer gewesen war. Er hatte nicht auf ihn aufgepasst, ihn nicht genug geschützt. Nun konnte ihm nichts mehr helfen, nur der Tod. Und wenn er bei seiner Ausbildung als Meister der Nomendi versagt hatte, dann würde er zumindest nicht bei seiner Rettung versagen.

Sie ritten auf einer staubigen Straße immer weiter nach Süden. Hinter ihnen türmten sich die schwarzen Berge bedrohlich auf. Bald hätte er es geschafft. Bald wäre er wieder zu Hause. Seit ihrem Aufbruch spürte er, wie die Stärke in ihm stetig anwuchs. Langsam, aber sicher gewöhnte sich sein alter Geist an den neuen Körper. Viel zu lange hatte er eingesperrt in tiefster Dunkelheit ein elendes Dasein geführt. Das Amulett in seiner Brust, das er vor unzähligen Jahren selbst erschaffen hatte, zeugte davon, dass es stimmte. Er war in seine Welt zurückgekehrt.

Vor ihnen erhob sich eine Gruppe großer Berge, die, ähnlich denen bei der Menschenstadt Tesnan, nahe beieinanderstanden. Dort, direkt vor der Berggruppe, erhob sich seine Festung. Die schwarzen Mauern und Türme blitzten bedrohlich im milchigen Mondlicht, das durch die dichten Wolken fiel. Die alte Festung, erbaut von seinen edlen Dienern und Knechten, war wiederauferstanden.

Garthoas wandte sich ihm zu. »Seht Ihr Eure Feste, Meister? Seit vielen Monden schon baut mein Volk mithilfe der Orks an ihr. Gefällt sie Euch?«

Seine Stimme war ruhig, und doch erkannte Emros sofort die Furcht, die in ihr mitschwang. Das war sehr gut. Furcht war immer besser als Mut, denn nur Furcht und Angst sorgten dafür, dass er seine Ziele erreichte. Mut war etwas für Einzelgänger, die mit sich selbst nichts anfangen konnten, für Helden, die einen schnellen Tod suchten. Furcht aber konnte dafür sorgen, dass sich ganze Heerscharen versammelten. Furcht schloss Pakte und zerschmetterte Gegner.

Sehnsüchtig besah er sich seine alte Festung. Sie war beinahe so prachtvoll, wie sie früher einmal gewesen war. Von hier aus würde er die Welt in eine neue Dunkelheit stürzen. Und diesmal konnte kein Fanir und kein Magier der Menschen ihm Schaden zufügen, denn es gab sie nicht mehr auf dieser Welt. Duhn war nicht mehr, nur eine Geschichte in einer Welt, in der Magie ihre einstige Stärke verloren hatte. Und Fanir? Sein Bruder war längst aus der Welt getreten, sein Amulett zerstört und nichts weiter als Erinnerung. Letztendlich war doch er es, der gewonnen hatte.

Die Nomendi hatten verloren. Hier würde er seine Macht stärken und seine Kräfte sammeln, eine Armee erschaffen und dunkle Magie aus alter Zeit anwenden. Jene Magie, die nur den Göttern selbst vorbehalten war.

Sein Lachen erfüllte die Dongurebene. Emros lachte kalt und spitz in die Dunkelheit, und die Dunkelheit lachte zurück. Das Echo erfüllte die Luft, die Erde, die ganze Welt. Die alte Macht war wiedergekehrt.